ro
ro
ro

ro
ro
ro

Über die Autorin:
Virginia Doyle, Mitte 30,
ist das Pseudonym einer
mehrfach ausgezeichne-
ten Krimiautorin. Sie lebt, nach einer Lehrzeit in
einem Hotel an der Côte d'Azur und einer Ausbil-
dung zur Sommelière in einem Londoner Restaurant, mittlerweile in Maidstone (Grafschaft Kent),
wo sie sich ganz dem Schreiben und der Corgi-Zucht
hingibt. «Das Totenschiff von Altona» ist ihr siebter
Roman um den Meisterkoch und Amateurdetektiv
Jacques Pistoux.

Virginia Doyle ⋄ DAS TOTENSCHIFF VON ALTONA

Ein historischer Kriminalroman

Rowohlt Taschenbuch Verlag

6. Auflage Dezember 2007

Originalausgabe
Veröffentlicht im Rowohlt Taschenbuch Verlag,
Reinbek bei Hamburg, März 2002
· Copyright © 2002 by Rowohlt Taschenbuch Verlag GmbH,
Reinbek bei Hamburg
Umschlaggestaltung any.way, Cathrin Günther
Illustration Jürgen Mick
Satz Adobe Garamond PostScript, PageOne
Gesamtherstellung Clausen & Bosse, Leck
Printed in Germany
ISBN 978 3 499 23153 7

I n h a l t

Vorüber, ach vorüber
Geh, wilder Knochenmann!
Ich bin noch jung, geh lieber
Und rühre mich nicht an.

Matthias Claudius

Prolog ~ HAFEN IM NEBEL

Sie erwachte von den Böllerschüssen, die, vom Nebel gedämpft, über die Elbe hallten. Voller Angst hielt sie die Augen geschlossen, den Kopf in den Armen vergraben. Ein kalter Windhauch fuhr über sie hinweg. Sie fröstelte. War das ihr Körper, von dem ein dumpfer Schmerz ausging? Er signalisierte ihr, dass sie noch lebte. War sie denn wirklich nicht tot? Die Erkenntnis, noch da zu sein, durchfuhr sie wie ein Schock. Sie krümmte sich zusammen. Nun konnte es also doch noch schlimmer kommen!

Sie hörte ein lautes Stöhnen und merkte dann, dass sie selbst diesen Laut ausgestoßen hatte. Noch immer wagte sie nicht, den Kopf zu heben. Aber sie horchte. Sie hörte ein Flattern wie von einem Fähnchen im Wind. Sie hörte das Knarren von Holz und Seilen, ein Schaben, leises Quietschen, Gurgeln, ein regelmäßiges Schwappen. Dann einen fernen Schrei, irgendwo dort oben, wo der kalte Hauch herkam. Wer schrie da?

Plötzlich war da wieder dieser schreckliche Geruch. Die Ausdünstung des Todes, die sie so lange ertragen hatte, dass sie inzwischen schon ganz abgestumpft dagegen war. Aber jetzt war dieser Gestank schlimmer als je zuvor. Er kam von unten. Ein bestialischer Geruch nach Fäulnis und Zerfall. Ein plötzliches krampfartiges Unwohlsein wallte in ihr hoch.

Wieder Böllerschüsse in der Ferne. Dann hörte sie erneut

den Schrei der einsamen Möwe. Eine Möwe? Sie hob den Kopf. Wo Möwen waren, da war Land. Sollte diese schreckliche Reise endlich vorbei sein? Warum erlöste sie niemand aus ihrem Albtraum und rief: «Land in Sicht!»?

Sie setzte sich auf. In ihrem Magen rumorte es. Sie hielt sich die Hände vors Gesicht. Sie rochen nach Teer. Ein wundervoller Geruch. Sie sog ihn ein. Sie rieb mit den Handflächen über ihr Gesicht. Hier und da schmerzte es. Sie spürte Schorf und wunde Stellen.

Ein frischer Lufthauch trug ihr den Geruch von Gras zu. Endlich traute sie sich, die Augen zu öffnen. Ich bin blind, dachte sie. Ein Lächeln quälte sich über ihr Gesicht: Oh, wie gut, dass ich blind bin! Doch dann nahm sie unscharfe Konturen wahr. Um sie herum war alles schwarz, aber sie konnte graue Schemen erkennen. Nebelschwaden zogen über das Schiff hinweg. Jetzt konnte sie einen Teil des Großmastes erkennen. Das Großmastsegel samt Rah und Pardunen war heruntergekommen, nachdem der Fockmast umgeknickt und dagegen gefallen war. Sie saß inmitten eines Gewirrs aus Takelagen, zerfetzten Wanten, zerschmetterten Fässern, kaputten Kisten und zersplittertem Gestänge.

Sie stellte fest, dass sie einen Mantel trug. Der schwere Stoff roch tranig, nach würzigem Tabak und Männerschweiß. Es war ein guter Geruch, ein Geruch, der sie schützte. Unter dem Mantel war sie nackt. Aber das war normal, wenn man gerade der Hölle entkommen war.

Sie versuchte aufzustehen und knickte sofort wieder ein. Ihre Knie schmerzten, ihre Oberschenkel schienen von tausend Nadeln durchstochen, die nackten Füße zerschnitten. Auf dem Rücken spürte sie ein Brennen, als würden frisch verheilte Wunden aufplatzen. Sie fasste nach einem Tau und zog sich ächzend hoch. Ein kalter Windstoß ließ ihre Haare flattern.

Wo sind die anderen?, fragte sie sich. Einen Moment lang

bildete sie sich ein, jemand würde nach ihr rufen, aber es war wieder nur die einsame Möwe, die sich mitten in der Nacht im wabernden Nebel irgendwo auf diesem zerrütteten Schiff niedergelassen hatte, um gelegentlich klagende Laute von sich zu geben. Dann entdeckte sie die erste Leiche, einen bärtigen Mann, der keine Augen mehr hatte. Er lag auf einem wirren Haufen aus Tauen und Segeltuch. Nicht weit von ihm entfernt fand sie eine Frau, mit dem Gesicht auf den Planken liegend, unter sich die Leiche eines Kindes. Zwei Schritte weiter einen jungen Mann, dem ein Messer aus dem Bauch ragte, dann einen Alten, dessen Vollbart blutdurchtränkt war. Sie sah Matrosen in grotesken Todesstellungen, die ans Ruder gebundene Leiche des Steuermanns und weitere Passagiere, von denen manche in Ecken lagen, wo sie offenbar auf den Tod gewartet hatten.

Sie kletterte über die Toten, den Unrat und die zerstörten Aufbauten zum Heck. Plötzlich schreckte sie zusammen. Direkt neben dem Schiff dröhnte ein Böllerschuss. Sie wollte zur Reling laufen und rufen, blieb jedoch abrupt stehen und starrte zum Besanmast. Sie begann am ganzen Körper zu zittern, grässliche Laute wollten durch ihre verschnürte Kehle nach draußen und blieben auf halbem Weg stecken.

Der Kapitän! Sie hatte den Kapitän entdeckt. Er stand kerzengerade und in voller Uniform am Besanmast. Sein schneeweißer Schnurrbart war korrekt gezwirbelt, die Koteletten gekämmt, das schüttere Haupthaar klebte gut gescheitelt am Kopf. Seine Mütze war nirgends zu sehen. Dafür ragte aus der Stirn ein dicker langer Nagel. Der Kapitän der «Anastasia» war an den Mast genagelt worden!

Ein heftiger Ruck ging durch das Schiff, sie hörte lautes Knirschen und Schaben. Sie verlor das Gleichgewicht und fiel auf die feuchten Planken. Kaum lag sie da, begann sie zu zucken. Dann entrangen sich ihrer Brust verzweifelte Schreie.

Sie schrie immer noch, als sich ihr plötzlich ein Schatten näherte. Er stolperte über den Unrat, der an Bord herumlag, strauchelte, kam näher. Sie blickte auf. Die Schreie blieben ihr in der Kehle stecken. Über ihr stand ein Husar in weiß-roter Uniform. Ein Soldat? Ein Retter? Sie wollte etwas sagen, aber ihre Stimme versagte. Er beugte sich zu ihr herunter, packte sie, warf sie grob über seine Schulter und trug sie von Bord.

Sie verlor das Bewusstsein.

Das Totenschiff trieb weiter durch den Nebel, stieß gegen einen Frachtkahn und drohte einen Ewer zu versenken, der ihm unter den Bug geraten war. Dabei erst wurde das Schiff von einem Beamten der Hafenaufsicht bemerkt. Er holte Verstärkung. Die freiwilligen Helfer schufteten stundenlang, um den Dreimaster so weit zu sichern, dass er, trotz der in den Hafen drängenden Wassermassen, kein Unheil mehr anrichten konnte.

Die Herren von der Criminal-Polizei kamen erst bei Tageslicht, als die Flut schon wieder zurückgegangen war und nur einige Pfützen mit Elbwasser auf der Uferstraße hinterließ. Der Nebel wurde bei Tagesanbruch von einer leichten Brise zerweht. Im fahlen Licht eines nasskalten Aprilmorgens fanden die Polizisten nicht nur den Kapitän am Besanmast und diverse an Deck liegende Leichen, sondern auch zweihundert Tote im Zwischendeck.

M. Auguste Escoffier, Directeur
Chevet & Cie
Palais Royal
Paris – Frankreich

Hamburg, den 10. April 1882

Mein lieber Auguste,

den letzten Brief, in dem ich dir von meinen Abenteuern als Lebkuchenbäcker in Nürnberg berichtete, habe ich noch von unterwegs abgeschickt. Es war eine beschwerliche Reise nach Hamburg. Sie dauerte einige Wochen, denn ich musste immer wieder Station machen, um mir etwas Geld zu verdienen. Das war nicht ganz einfach, denn Deutschland ist, was den Stand der Zivilisation betrifft, ganz und gar nicht so weit gediehen wie Frankreich, auch wenn Napoleons Truppen durchaus den einen oder anderen heilsamen Einfluss hatten. Dies jedoch nur in den Städten. Die ländlichen Gegenden zeichnen sich durch bloße Armseligkeit aus. Gasthöfe sind dort nichts weiter als Schlachtereien, in denen Fleisch und Wurst, gebraten oder gekocht, zusammen mit Kartoffeln oder Kohlgemüse ausgegeben werden.

Allzu traurig war ich nicht darüber, dass ich nur in den seltensten Fällen des Mittags in einem Wirtshaus an der Table d'Hôte sitzen durfte. Ja, doch, immerhin gibt es diese gesellige Einrichtung des gemeinsamen Mittagstisches, zu dem sich durchreisende Fremde und wohlhabendere Bürger in einem Restaurant oder Hotel zusammenfinden. Aber gespeist wird fantasielos, mal ärmlich, mal feist, stets bäuerlich, selten einmal auf bürgerlichem Niveau, und man fragt sich, ob es in Deutschland überhaupt einen Adel gibt, der Genuss und Esprit zu verbinden weiß. Aber ein Urteil steht mir im Grunde genommen nicht zu, denn ich musste mich größtenteils als Tagelöhner verdingen. Sogar den Bauern diente ich mich an und half ihnen bei der Aussaat.

Dann plötzlich Hamburg. Die Stadt hat mich überwältigt! Doch zunächst war es nicht ganz einfach, dorthin zu gelangen, denn ein breiter zweiarmiger Strom, die Elbe, trennt Hamburg vom südlichen Teil Deutschlands ab. In einem Städtchen namens Harburg angekommen, das sich ein kleines Stück flussaufwärts befindet, erklärte man mir, dass die Elbe von mehreren großen Inseln zerteilt wird, weshalb der Fuhrverkehr gezwungen ist, gelegentlich den Dienst von Fähren in Anspruch zu nehmen. Brücken für den Straßenverkehr scheint es nicht ausreichend zu geben, sogar der regelmäßig zwischen Harburg und Hamburg verkehrende Pferdeomnibus wird teilweise auf Booten transportiert.

Es wäre möglich gewesen, einen Eisenbahnzug zu nehmen, denn für diesen existiert eine mächtige Brücke, die ganz über den breiten Strom führt. Da ich aber kaum noch einen Pfennig in der Tasche hatte, entschloss ich mich, im Harburger Hafen nach einer günstigeren Fahrgelegenheit zu suchen. Vor einem Speicher am Fluss traf ich einen Elbschiffer, der gerade sein Segelboot, Ewer genannt, belud. Ich half ihm dabei, und er erklärte sich bereit, mich nach Hamburg mitzunehmen. Nach getaner Arbeit tranken wir in einer Hafenspelunke ein großes Glas Bier und warteten darauf, dass die Flut zurückging. Wenn nämlich die Ebbe das Flusswasser ins Meer zurückzieht, kann man sich ohne große Anstrengung nach Hamburg treiben lassen. Und das taten wir dann auch.

Der erste Blick auf Hamburgs Hafen war überwältigend. Wir näherten uns einem unüberschaubaren Wald von Masten und Gewirr von Takelagen. Segelschiffe aller Größen und Arten liegen teils an weitläufigen Kaianlagen, teils an zahllosen Duckdalben mitten im breiten Strom. Zwei- und Dreimaster aus Übersee ruhen dort in schönster Pracht nebeneinander. Dazwischen nicht wenige Dampfboote und Raddampfer. Hinzu kommt ein wahres Gewimmel an kleinen Segelbooten und Dampfschiffchen. Erstere gehören vor allem den Fischern, die in der Elbe reiche Fanggründe vorfinden, und den Hafenarbeitern, die die Ladung von den im Strom liegenden Schiffen in die Speicher an Land transportieren. Die kleinen Dampfer, die einen recht lustigen, quirligen Eindruck machen, dienen vor allem der Personenschifffahrt, denn es sind ja drei nebeneinander liegende Städte zu verbinden: Harburg, Hamburg und das stromabwärts angrenzende Altona.

Mein Fährmann, der bis Altona unterwegs war, gönnte sich einen Spaß und machte für mich kurz an einer Anlegestelle fest, die eigentlich nur für Fährschiffe und Überseedampfer bestimmt ist. «Hamburg-St. Pauli» stand auf einem Schild, das an einer Holzbude mit Blechdach befestigt war. Der Anleger schien für den regen Verkehr viel zu klein zu sein, denn die zahlreichen Elbdampfer, die hier anlegten und abfuhren, waren in beständiger Gefahr, miteinander zu kollidieren. Kurz bevor der kleine Ewer von einem Hafenaufseher verjagt wurde, gab mein Fährmann mir noch den Tipp, mich keinesfalls im «Seemannshaus» oben auf dem Hügel einzumieten, denn dort gehe es zu wie in der preußischen Armee. Doch die Warnung war überflüssig, ich hatte ja bereits ein Ziel.

Während ich durch einen Park auf eine Anhöhe namens Stintfang hinaufkletterte, genoss ich den Blick über die sonnenbeschienene Elbe. Ein wehmütiges Gefühl von Freiheit durchströmte mich. Wehmütig, weil ich wusste, dass ich bald wieder beim Coup de Feu ins Schwitzen geraten würde. Dann schlenderte ich durch die Straßen und Gassen des Hafen-

viertels und dachte an die beunruhigende Geschichte, die mir mein Fährmann erzählt hatte: von einem Pestschiff, das führerlos in Altona angetrieben worden sein soll. War ich etwa zum falschen Zeitpunkt angekommen, am Vorabend einer Katastrophe? Mir wurde bang bei dem Gedanken, Hamburg womöglich gleich wieder verlassen zu müssen.

Aber im Hotel wusste niemand etwas von dieser Geschichte. Der Seemann hatte mich offenbar ins Bockshorn jagen wollen.

Lieber Auguste, nun bin ich in Hamburg. Das Hotel de l'Europe liegt an einem Binnensee namens Alster und kann sich in Ausmaß und Pracht mit jedem Pariser Haus messen. Die zahllosen Kanäle der Stadt, über die Brücken führen, und die eleganten, weiß schimmernden Gebäude erinnern mich dagegen an Venedig.

Doch die Zeit verrinnt, mein Freund, ich muss mich um meine Arbeit kümmern. Ich verspreche dir, regelmäßig Bericht zu erstatten, auch über die hiesigen Verhältnisse und Möglichkeiten.

Sei umarmt, mein treuer Auguste, ich grüße dich aus der Ferne, dein Freund Jacques

❧ 2 ❧ HOTEL DE L'EUROPE Jacques Pistoux lehnte an einem schmiedeeisernen Geländer am Rand der Binnenalster, sog an seiner Pfeife und blickte aufs Wasser. Die leicht gekräuselte Oberfläche dieses herrlichen Sees in der Mitte der Stadt spiegelte den blauen Himmel, über den dicke weiße Wolken zogen. Pistoux hatte seine Schirmmütze abgenommen. Ein kühler Aprilwind fuhr durch seinen dunklen Haarschopf. Ich habe es gut getroffen, dachte er, Hamburg ist eine schöne Stadt. Und gerade beginnt der Frühling.

Einige Schwäne zogen an ihm vorbei, während ein kleiner weißer Dampfer namens «Alina II» beidrehte, um am halbmondförmig geschwungenen Anleger des Jungfernstiegs festzumachen. Jenseits der Reesendammbrücke erhob sich die prächtige Fassade des Hotels St. Petersburg. Das Gebäude, das sich vom Jungfernstieg aus an der kleinen Alster entlangzog, wurde von einem Bogengang mit venezianischen Arkaden begrenzt.

«Das hat ein Sohn französischer Einwanderer bauen lassen», hatte Dyckhoff gesagt, «ein gewisser Chateauneuf. Der Mann hat unserer Stadt ein neues Gesicht geschenkt. Ich finde, es steht ihr gut.» Dyckhoff hatte eine weit ausholende Handbewegung gemacht, aber in seinem kleinen Büro im hinteren Teil des Hotels ist von Hamburgs Pracht nichts zu sehen gewesen. Durch sein Fenster blickte man in einen Innenhof, wo Fässer und Blechtonnen voller Abfälle herumstanden.

Dyckhoff. Sein neuer Chef. Ein durchaus sympathischer Mensch. Etwas laut vielleicht und ungehobelt in seiner direkten Art. Aber man konnte sich schlimmere Vorgesetzte vorstellen. Viele Chefs, die Pistoux im Laufe der Jahre kennen gelernt hatte, waren Choleriker. Egal, ob sie dick oder dünn, groß oder klein waren. Der Küchendirektor hier machte im Vergleich zu ihnen einen geradezu gemütlichen Eindruck, obwohl er ein hoch aufragender Hüne war.

Pistoux war nach seiner Ankunft in St. Pauli durch die Hansestadt zum Personaleingang des Hotels de l'Europe in der Hermannstraße gegangen. Durch einen engen Torbogen und über einen Innenhof war er in einen kahlen Korridor gelangt, der ihn zum Büro des Küchendirektors geführt hatte.

Dyckhoffs erste Worte, nachdem er ihm die Hand geschüttelt hatte, waren: «Donnerwetter, ich hätte Sie nicht für einen Franzosen gehalten! Sie haben zwar nicht gerade meine Statur, aber es fehlt nicht viel. Sie sind der größte Franzose, der mir je untergekommen ist! Wissen Sie, was sich die Dienstmädchen in der Franzosenzeit über die napoleonischen Soldaten erzählten? Meine Großmutter hat mir das mal ...» Er hielt inne. «Nein, lassen wir das. Zeigen Sie mir mal Ihre Papiere.»

Pistoux war in der Tat eine stattliche Erscheinung. Für einen Franzosen aus dem Süden war er ziemlich groß gewachsen. Er trug dichtes schwarzes Haar, einen stolzen Schnurrbart und hatte, obwohl er sich monatelang im winterlichen Deutschland aufgehalten hatte, noch immer den dunklen Teint eines Mannes, der am Mittelmeer aufgewachsen war. Dass das Hotel de l'Europe französische Köche suchte, hatte Pistoux in Straßburg von einem aus Norddeutschland kommenden Kollegen erfahren. Kurzerhand hatte er einen Brief nach Hamburg geschrieben, weil es ihm als gutes Omen erschien, dass so mancher Reisende die aufstrebende Stadt an der Elbe als die reichste und schönste von ganz Deutschland bezeichnete. Er hatte eine Zusage zum Beginn der neuen Saison im April bekommen und sich, da er mittellos war, auf eine beschwerliche Wanderschaft durch Deutschland begeben.

«Sie wissen, warum ich Sie so prompt engagiert habe?», fragte Dyckhoff, nachdem er Pistoux einen Stuhl angeboten und selbst wieder hinter seinem mit Listen, Briefen, Rechnungen und Menüentwürfen übersäten Schreibtisch Platz genommen hatte.

Pistoux sah ihn fragend an.

Der Küchendirektor lächelte jovial. «Nicht etwa, weil Sie ein nahezu fehlerloses Deutsch zu schreiben verstehen.» Er schüttelte den Kopf. «Auch nicht, weil Sie schon einmal in einem Londoner Grandhotel gearbeitet haben, wie Sie schrieben ... Das Derby, nicht?»

Pistoux nickte.

«Was natürlich eine ausgezeichnete Empfehlung ist, gerade für ein Etablissement in Hamburg, wo doch bei uns alles Englische für heilig gilt ...» Dyckhoff kramte in seinen Papieren und warf einen kurzen Blick auf die Dokumente, die Pistoux ihm überreicht hatte: Ausweis, Zeugnisse, Empfehlungsschreiben, Entlassungspapiere der französischen Armee.

«... aber ich finde gar kein Zeugnis aus dem Derby ...», murmelte er zerstreut.

«Es gibt keins», sagte Pistoux etwas zu laut und hielt die Luft an. Er hatte das Grandhotel Derby in London nach einer Eifersuchtsaffäre verlassen müssen. Ein Koch hatte sich wegen eines untreuen Zimmermädchens umgebracht. Anlass der Untreue war Pistoux gewesen. Nach einer solchen Angelegenheit verzichtete man lieber auf ein Zeugnis und suchte schleunigst das Weite.

Dyckhoff sah erstaunt auf: «Es gibt keins ... Nun gut, ich dachte schon, ich hätte es verloren ...» Er lächelte freundlich. «Aber lassen wir doch die Zeugnisse beiseite. Natürlich können Sie gar nicht wissen, warum ich Sie gern in unsere Brigade aufnehmen möchte. Tatsächlich ist meine Frau daran beteiligt ...»

«Wie bitte?», fragte Pistoux verunsichert.

«Sie wollte unbedingt, dass wir unsere Hochzeitsreise nach Paris machen. Sie wissen ja, wie romantisch Frauen sind. Und warum auch nicht? Für einen Koch ist Paris schließlich ein interessantes Pflaster ...» Er grinste breit. «Das ist jetzt acht Jahre her, aber meine Frau redet immer noch davon. Mich hat ein ganz spezieller Abend am meisten beeindruckt. Wir waren in einem Restaurant, in dieser kleinen roten Mühle ...» Dyckhoff zwinkerte vergnügt.

«Im Petit Moulin Rouge?», fragte Pistoux. «Vor acht Jahren?»

«Ganz recht.»

«Haben Sie dort gegessen?»

«Selbstverständlich, und zwar selbst für Pariser Verhältnisse außergewöhnlich gut.» Der Küchenchef hob den Kopf und blickte sinnierend zur Decke. «Lassen Sie mich mal überlegen:

17

Es gab zunächst diverse Canapés, Austern auf amerikanische und englische Art, dann eine Consommé Floréale, Cabillaud à la portugaise. Filet de Bœuf à la Dauphine und zum Schluss – natürlich, meine Frau bestand auf das heftigste darauf, woran zweifellos der Wein schuld war – eine Coupe Vénus, in unserem Fall eine doppelte Portion im großen Becher, über die wir uns gemeinsam hermachen durften.»

«Die Suppe und das Rinderfilet sind zweifellos in meiner Verantwortung entstanden», sagte Pistoux verwundert.

«Und deswegen sind Sie jetzt hier. Sie waren doch damals Souschef im Petit Moulin Rouge.»

«Das ist wahr.»

«Sehen Sie! Ich habe bei Ihnen gegessen, und deshalb bin ich glücklich, Sie in unsere Brigade aufnehmen zu können. Sie werden Chef des Bankett-Service.»

Pistoux sah ihn ungläubig an: «Chef ... des Banketts ...?» Das bedeutete, dass er vom Handwerker zum Strategen avancierte, vom Musiker zum Dirigenten, vom Praktiker zum Philosophen. Er würde Diners und Bankette für große Gesellschaften ausrichten und sie zu lebendigen Kunstwerken dramatisieren wie ein Regisseur. Er würde Geschmackssinfonien komponieren, Dessertfeuerwerke inszenieren, Kaskaden des Genusses ... Ihm stockte der Atem. «Ich danke Ihnen für Ihr Vertrauen.»

«Sie werden sich dem zweifellos als würdig erweisen, Herr Pistoux.» Dyckhoff breitete einladend die Arme aus. «Ich gebe Ihnen ein paar Tage Zeit, sich mit unserem Haus bekannt zu machen. Ich werde Ihnen unseren Souschef, den Oberkellner und unseren Chefdekorateur vorstellen, damit sie Sie einführen können. Morgen früh um sechs Uhr, wenn die Lieferanten kommen, sehen wir uns wieder, hier an dieser Stelle.» Er erhob sich schwerfällig.

Pistoux schnellte nach oben und hätte beinahe die Hacken

seiner Stiefel zusammengeschlagen. Kerzengerade stand er da, um das freudige Zittern zu verbergen, das ihn erfasst hatte.

Dyckhoff stemmte seine kräftigen Arme auf den Schreibtisch und beugte sich augenzwinkernd nach vorn. «Die Coupe Vénus hat übrigens ihre Wirkung nicht verfehlt», sagte er in vertraulichem Ton. «Ich bin stolzer Vater von vier Kindern.»

«Gratuliere», sagte Pistoux steif.

Der Küchendirektor lachte, richtete sich auf und deutete zur Tür: «Gehen Sie den Flur entlang, durch die nächste Tür, und fragen Sie nach Frau Hülsen. Sie wird Ihnen Ihre Unterkunft zeigen.»

Das Zimmer, das Frau Hülsen, eine hagere kleine Frau in einem hochgeschlossenen schwarzen Kleid mit strengen Falten, ihm zuwies, war allerdings nicht der Rede wert. Es lag im dritten Stock, und das Fenster ging auf einen zweiten Innenhof hinaus. Als Pistoux hinunterblickte, sah er, dass sich unten zwei Lieferanten mit ihren Pferdewagen zu schaffen machten und Probleme hatten, in der Enge zu manövrieren.

«Dort unten befindet sich die Küche?», fragte Pistoux.

«Ganz recht», sagte Frau Hülsen und sah ihn streng an. Sie schien nicht recht glauben zu wollen, dass dieser Ausländer, der in seinen ausgebeulten, verstaubten Kleidern eher aussah wie ein Arbeiter, ein französischer Küchenmeister sein sollte. «Sie bekommen bald ein größeres Zimmer. Es wird noch hergerichtet. In zwei Tagen ist es fertig. So lange müssen Sie mit diesem hier vorlieb nehmen.» Es klang so, als fände sie es angemessener, wenn er das Zimmer für immer behalten würde.

Pistoux wandte sich vom Fenster ab und blickte sich in dem kleinen Raum um. Er war alles andere als großzügig eingerichtet: Bett, Schrank, ein Stuhl, ein leeres Regal, aber immerhin ein Waschbecken mit fließendem Wasser und sogar elektrisches Licht. Pistoux deutete auf ein seltsames Gemälde, das über dem Bett hing: «Wer ist denn das?»

Das Bild zeigte einen bärtigen Mann mit wildem Blick und mittelalterlicher Mütze auf dem Kopf. Er stand an der Reling eines altertümlich aussehenden Segelschiffs, schwenkte einen mächtigen Säbel und schien jeden Moment losstürzen zu wollen, um ein anderes Schiff zu entern.

«Störtebeker», sagte Frau Hülsen trocken.

Pistoux sah sie fragend an, aber sie ließ sich zu keiner Erklärung bewegen, sondern sagte nur schroff: «Das gehört nicht da hin. Der Rôtisseuer, der hier wohnte, hat es selbst gemalt. Wir nehmen es ab. Es wird an einen Trödler verkauft.» Sie kniete sich auf das Bett, um das Bild abzunehmen, und entblößte dabei überraschend stramme Waden in schwarzen Strümpfen.

«Lassen Sie es hängen, Frau Hülsen. Ich ziehe ja sowieso wieder um.»

Für einen kurzen Moment schien es, als würde sie das Gleichgewicht verlieren und auf das Federbett fallen. Dann glitt sie vom Bettrand, strich verlegen ihr Kleid glatt und sah Pistoux ungeduldig an: «Wünschen Sie sonst noch etwas?»

«Ich brauche einen Tisch.»

«Das andere Zimmer wird einen haben.»

«Ich brauche sofort einen Tisch, Frau Hülsen.»

Schon auf dem Weg durch das Treppenhaus der Bediensteten hatte Pistoux begonnen, Rezepte zu rekapitulieren, die für eine luxuriöse Bankettküche infrage kamen. Zweifellos würde es zahlreiche Vorschriften zur Gestaltung von Büffets und Diners geben, denn das Hotel de l'Europe bot diesen Service seit seiner Gründung im Jahr 1846 an. Sicherlich gab es eine Unmenge von Gerichten und Zubereitungsarten, die sich im Laufe der Jahrzehnte als Standards entwickelt hatten. Aber als Chefkoch würde er einen eigenen Stil prägen müssen. Ganz offensichtlich hatte Dyckhoff ein Faible für die Grande Cuisine der Franzosen. Deshalb hatte er ihn engagiert. Pistoux würde sich eine Menge Notizen machen müssen.

«Was für ein Tisch soll es denn sein?», fragte Frau Hülsen, die offenbar keine Lust hatte, ein Möbelstück für zwei Tage in dieses Zimmer bringen zu lassen.

«Einer, an dem ich schreiben kann.»

«Nun gut, ich werde Ihnen einen Schreibtisch kommen lassen.»

«Danke sehr. Ich bin Ihnen zutiefst verbunden, Madame.» Pistoux deutete eine Verbeugung an.

Frau Hülsen stutzte, sah ihm ungläubig ins Gesicht, drehte sich abrupt um und eilte aus dem Zimmer.

Pistoux ging zum Fenster und blickte eine Weile auf das Treiben der Lieferanten im Innenhof hinunter. Dann rumpelte etwas draußen im Flur, die Tür wurde aufgestoßen, und zwei schwitzende Hotelhandwerker erschienen mit einem mächtigen Schreibtisch. Das Möbelstück würde das Zimmer fast ganz ausfüllen.

«Warten Sie», rief Pistoux. «Ich gehe erst nach draußen.»

Kurz darauf hatte er das Hotel über die Hintertreppe und durch den Innenhof verlassen und war um die Ecke über die Bergstraße zum Jungfernstieg gegangen. Dort stand er nun, genoss den Anblick und beglückwünschte sich zum wiederholten Mal zu seinem Entschluss, nach Hamburg zu gehen.

Ein steter Strom von Fußgängern bewegte sich über die Recsendammbrücke und den Jungfernstieg. Bei genauerem Hinsehen bemerkte Pistoux, dass die Menschen hier nicht flanierten, sondern eilten. Nicht nur den Herren in schwarzen Gehröcken mit Zylindern oder Bowler-Hüten auf dem Kopf schien es wichtig zu sein, ihr Ziel möglichst schnell zu erreichen. Auch die Damen mit den schmalen Taillen und gebauschten Röcken, die mit bunten Bändern festgebundene Hüte auf den Köpfen trugen, schritten so kräftig aus, dass es beinahe burschikos wirkte.

Pistoux ließ seinen Blick über die Binnenalster schweifen.

Drüben auf der Lombardsbrücke rumpelte auf den Gleisen neben den Fuhrwerken und Pferdeomnibussen ein Zug der Verbindungsbahn Richtung Bahnhof. Unter der Reesendammbrücke wurde eine leere Schute von einem Ewerführer mit einem Piekhaken hindurchmanövriert. Pistoux klopfte seine Pfeife aus, stieß sich vom Geländer ab und lenkte seine Schritte Richtung Jungfernstieg.

Die große Promenade der Hamburger war mit kleinen Bäumen bepflanzt worden und wirkte im hellen Licht der Frühlingssonne beinahe südländisch. Pistoux dachte an Nizza. In seiner Geburtsstadt war es zu dieser Jahreszeit allerdings schon bedeutend wärmer. Zu seiner Linken erhoben sich die beindruckenden Fassaden hoher Prachtgebäude, die auf die Binnenalster blickten. Hier und da wehte eine stolze Fahne auf dem Dach eines Hauses. Viele Konkurrenten des Hotels de l'Europe waren darunter. Pistoux begutachtete die klassisch geradlinigen Fassaden und las die Namen: Hotel St. Petersburg, Hotel Zum Kronprinzen, Victoria-Hotel, Streit's Hotel. Das protzigste Gebäude war aus rotem Sandstein im Renaissance-Stil gebaut und beherbergte ein Hotel namens Hamburger Hof.

Gegenüber lag direkt am Ufer ein kleiner, barock anmutender Tempel, auf dessen Säulen allegorische Frauenfiguren thronten. Ein Gärtner war gerade dabei, kleine Bäume in Kübeln davor aufzustellen. In einer Ecke hatte man Gartenstühle gestapelt. Bald würden hier unter den Veranden, die mittels bunt gestreifter Markisen noch verlängert werden konnten, zahlreiche Gäste Platz nehmen, um Kaffee, Tee oder heiße Schokolade zu genießen. Pistoux näherte sich neugierig dem kleinen Kaffeehausgebäude und warf einen Blick durch die breite Glastür nach innen. An kleinen Tischen saßen größtenteils Männer und lasen Zeitungen. Hier und da waren auch Damen zu sehen, die sich unterhielten. Vor dem Tresen hatten einige Kellner in Livrée Position bezogen, und auf einem langen

Tisch lagen zahllose Zeitungen aus. Pistoux spürte das intensive Verlangen, die Hand nach dem Türknauf auszustrecken, um dieses heimelige Kaffeehaus am Alsterufer zu betreten. Doch halt! Er war mittellos und außerdem in seinem verbeulten Anzug nicht angemessen gekleidet. Enttäuscht drehte er sich um. Er würde wiederkommen, wenn er sich neu eingekleidet hatte. Vielleicht gab es hier sogar französische Zeitungen? Sicherlich. Hamburg war eine Weltstadt, das konnte man auf den ersten Blick sehen.

Im Weitergehen kamen ihm die ersten Gedanken, wie er seine neue Arbeit angehen sollte. Was er über die Gestaltung von Banketten wusste, hatte er im Wesentlichen von seinem Freund Auguste Escoffier gelernt, der ein Meister kulinarischer Inszenierung war. Ja, er wollte die «Hamburger Herausforderung», wie er es selbst in Gedanken nannte, annehmen und bewältigen!

Es kam also gar nicht infrage, den Tag zu verbummeln. Statt geradeaus Richtung Gänsemarkt zu wandern, bog Pistoux nach rechts ab und ging unter den Bäumen des Neuen Jungfernstiegs entlang. Die Häuser auf dieser Seite der Binnenalster waren nicht ganz so monumental, aber nicht weniger beeindruckend. Von hier aus konnte man einen Blick auf die andere Seite werfen. Pistoux stellte fest, dass das Hotel de l'Europe, zumindest von außen betrachtet, das größte Haus am Platz war. Das schmeichelte ihm und stachelte seinen Ehrgeiz an. Er begann schneller zu laufen und erreichte die Lombardsbrücke mit ihren Kugellampen. An den Balustraden standen hier und da Passanten und blickten auf die Außenalster. Pistoux war beeindruckt: Jenseits der Brücke erstreckte sich eine große blitzende Wasserfläche, die nicht nur von kleinen Dampfern, sondern auch von flotten Segelschiffchen durchschnitten wurde. Weiter hinten bemerkte Pistoux eine künstliche Insel oder, besser gesagt, ein Gebäude auf Pfählen. Sollte dies etwa eine Badeanstalt sein?

Er ging weiter in Richtung Alsterdamm, seine neue Adresse. Geradeaus, über die Brücke hinweg, erblickte er ein prächtiges Gebäude im italienischen Renaissance-Stil, das er fälschlicherweise für den Palast eines Herrschers hielt. Später, nachdem er gelernt hatte, dass es in Hamburg nie einen autokratischen Adel gegeben hatte, sondern dass die Bürger diese Stadt schon seit ihrer Gründung selbst regierten, erfuhr er, dass es sich bei diesem Palast um eine öffentliche Kunsthalle handelte.

Auf dem Alsterdamm verlangsamte er seine Schritte und näherte sich mit wachsendem Vergnügen «seinem» Hotel. Neben dem mit Säulen verzierten, aber nicht übertrieben prächtigen Portal standen Droschken und warteten auf Fahrgäste. Der Schriftzug «Hotel de l'Europe» prangte in dicken goldenen Lettern an einem schmiedeeisernen Balkon im ersten Stock. Auf einen weiteren Balkon zu seiner Rechten trat gerade eine Frau in einem weißen Kleid. Sie blieb stehen und fasste mit der rechten Hand nach ihrem Strohhut, dessen Seidenband im Frühlingswind flatterte. Der Wind war heftiger geworden und drohte, den sommerlichen Hut fortzuwehen. Pistoux lehnte sich gegen das Eisengeländer und sah der Frau zu, wie sie ihrerseits den Blick über die Binnenalster schweifen ließ. War sie gerade angekommen? Woher kam sie? Wie lange würde sie bleiben? Was führte sie in die Hansestadt? Was würde sie heute Abend zum Diner bestellen? Oder würde sie die Wahl ihrem Mann überlassen? Diesem kleinen dicken Kerl, der jetzt auf den Balkon trat, sie am Arm nahm und wieder ins Zimmer zog? Pistoux beobachtete, wie die beiden hinter der Balkontür in ihrer luxuriösen Zimmerflucht verschwanden. Dann richtete er sich auf und machte sich auf den Weg in seine winzige Stube im hinteren Teil des Hotels.

⌀ 3 ⌀ VERSCHLEPPT Was war nur passiert? Und was geschah ihr jetzt? Sie hatte vollkommen die Orientierung verloren. Wo befand sie sich eigentlich? Und warum hatte man sie hierher gebracht? Was für ein Schicksal hatte der liebe Gott für sie vorgesehen? Oder war es der Teufel, der hier seine Hand im Spiel hatte?

Wer war dieser Mann, der sie mitgenommen hatte? Und wohin hatte er sie getragen? Sie erinnerte sich nur, dass er auf dem Schiff plötzlich auf sie zugekommen war, sie hochgerissen und sich über die Schulter geworfen hatte. Dann war er langsam über das Durcheinander aus herumliegenden Tauen, herabgefallenen Segeln, zerborstenen Kisten, zerstörten Deckaufbauten und allerhand Unrat geklettert und nach einem großen Schritt über einen gurgelnden Abgrund auf festem Grund angelangt.

In diesem Moment musste sie das Bewusstsein verloren haben. Irgendwann später kam sie wieder zu sich und spürte, wie sich ihr Gesicht an dem rauen, feuchten Stoff seines Mantels rieb. Sie wollte rufen: Halt ein, ich kann laufen, warte doch! Aber nur ein heiseres Stöhnen entrang sich ihrer Kehle. Der Mann ging über eine Schutthalde, über schlammige Wege und feuchtes Straßenpflaster. Sie lag über seiner rechten Schulter und hatte das Gefühl für Arme und Hände fast völlig verloren, als wären sie abgestorben oder abgefallen. Dennoch versuchte sie, ihn durch eine Bewegung der Beine auf sich aufmerksam zu machen.

«Sei still!», zischte er. «Halt ruhig!»

Seine Schritte hallten durch einen niedrigen, schmalen Torbogen. Ihr Kopf streifte eine Mauer. Dann fluchte er, weil er beinahe auf dem glitschigen Untergrund ausgerutscht wäre, und stieg eine Treppe hinab. Ein Schlüsselbund klirrte, ein Schlüssel drehte sich quietschend im Schloss, die Tür wurde aufgestoßen, prallte gegen eine Wand, und der Mann schleppte sie durch einen feuchten Gang in ein muffig riechendes Zimmer.

«Muss Feuer machen», murmelte er.

Dann kniete er nieder und legte sie behutsam auf einen Strohsack. Jetzt erst merkte sie, dass sie am ganzen Körper vor Kälte zitterte. Ihre Zähne klapperten. Der raue Mantel, den sie anhatte, war feucht und kalt. Der Mann schien es auch zu bemerken. Nachdem er eine Ölfunzel auf dem Tisch angezündet hatte, nahm er ihren Mantel weg und legte seinen eigenen über sie. Kaum war das geschehen, verschwammen die Konturen vor ihren Augen und sie verlor erneut das Bewusstsein.

Als sie wieder zu sich kam, war es warm und stickig. Sie japste nach Luft. Einen Moment lang hatte sie das grässliche Gefühl, die Luft sei zu dick, um sie atmen zu können. Sie wäre gern aufgestanden, aber es ging nicht. Kaum versuchte sie, den Oberkörper etwas anzuheben und sich abzustützen, durchströmte sie eine Welle von Übelkeit und Brechreiz, die sie erschöpft zurücksinken ließ.

Als sie die Augen öffnete, stellte sie fest, dass es jetzt heller im Raum war. Offenbar hatte er weitere Funzeln angezündet. Sie hörte ein quietschendes Geräusch und das Lodern eines Ofenfeuers. Ganz langsam drehte sie den Kopf. Der Mann hockte vor einem Kanonenofen und warf Holzscheite ins Feuer.

Hör auf!, wollte sie ihm zurufen. Es ist schon heiß genug hier! Da merkte sie, dass ihr plötzlich entsetzlich kalt war. Sie zitterte am ganzen Körper und wünschte sich mit einem Mal, sie könne dort hinüberkriechen und sich an den heißen Ofen lehnen.

Er bemerkte das Rascheln des Mantels und wandte sich um. Das Erste, was sie von ihm wahrnahm, war ein hageres, bärtiges Gesicht und traurige, dunkle Augen, die tief in ihren Höhlen lagen. Wie alt mochte er sein? Er sah nicht sehr jung aus, aber Arbeit und Sorgen konnten einen Menschen schon sehr früh altern lassen, das wusste sie. Er trug nichts weiter als lange Unterhosen, Socken und ein fleckiges Unterhemd.

Sie beobachtete, wie er aufstand und langsam auf sie zutrat.

«Bist du wach?»

Sie antwortete nicht.

«Keine Angst», sagte er. «Hier bei mir geht's dir gut. Keine Angst.» Er setzte sich neben sie auf den Boden. Seine Stimme klang sanft, beinahe zart. Er roch nach herbem Schweiß, Tabakrauch und wildem Tier. «Keine Angst», wiederholte er. «Keine Angst, meine Kleine.»

Und gerade damit machte er ihr Angst. Sie hatte Männer kennen gelernt, die ihr genau das immer wieder zugeflüstert hatten: «Keine Angst, meine Kleine», während sie sie in eine Ecke drängten oder an sich zogen oder zu Boden drückten.

In der schäbigen Unterkunft am Hafen, wo sie die zwei Tage vor der Abfahrt der «Anastasia» verbracht hatte, war in der letzten Nacht eine Horde betrunkener Männer in den Schlafsaal der Frauen eingedrungen und hatte sich grölend auf die Schlafenden gestürzt. Der stinkende Fettwanst, der sich auf sie geworfen hatte und ihr Nachthemd zerriss, hatte auch immer nur gemurmelt: «Keine Angst, meine Kleine», während er seine Hose aufknöpfte.

Kurz darauf war eine andere Gruppe erschienen, offenbar gewillt, die Frauen zu schützen, und es war zu einer wüsten Schlägerei gekommen. Sie hatte gesehen, wie ein junger Pole dem Fettwanst so lange ins Gesicht geschlagen hatte, bis man vor lauter Blut nichts mehr erkennen konnte. Während des Kampfgetümmels hatten sich die Frauen in eine Ecke ihres Schlafraums gedrängt und verängstigt zugesehen.

«Da wird sich die Neue Welt aber freuen, wenn sie solche wackeren Burschen als Bürger geliefert bekommt», hatte eine verlebte vierzigjährige Frau höhnisch angemerkt.

Und sie hatte die ganze Zeit verzweifelt versucht, die ekligen

27

Flecken von ihrem Nachthemd zu wischen, die der Fettwanst dort hinterlassen hatte.

Und jetzt dieser hier.

«Du bist noch jung, mein Mädchen, du bist noch so jung», flüsterte er, während er näher zu ihr hinrutschte.

Mit weit aufgerissenen Augen, bebend vor Kälte und Angst, starrte sie ihn an. Sie versuchte so etwas wie Güte und Verständnis in seinem Blick zu finden, doch die Augen wirkten leer und mitleidlos. Aber war dies nicht der Mensch, der sich um sie kümmerte, während sie krank und hilflos war? Sollte sie ihm nicht vertrauen?

Mit einer sachten Handbewegung zog er ihr den Mantel fort. Jetzt lag sie nackt vor ihm, schweißgebadet. Sie zitterte heftig. Sein Blick glitt über ihre nackte Haut. Ein Gefühl von Abscheu und Ekel stieg in ihr hoch. Sie würgte.

«Schsch», machte er.

Dann hob er beide Hände. Sie waren schmal. Dies konnten unmöglich die Hände eines Verbrechers sein, hoffte sie. Er legte sie auf ihre nackten Schultern. Sie waren warm und rau. Langsam glitten sie über ihre Haut, über die Brüste, ihre Rippen. Plötzlich schrie sie auf vor Schmerz.

«Schsch», machte er wieder. «Sie haben dich schlimm behandelt, sehr schlimm.» Was wusste er denn davon? «Sie haben dich geschlagen ...»

Seine Hände strichen über ihre Rippen, von denen jede einzelne wehtat, und über ihren Bauch. Sie streiften ihre Scham, glitten über ihre Schenkel und weiter hinunter bis zu ihren Füßen. Eine Weile blieb er vor ihr sitzen, ihre Füße mit den Händen umschlossen, und starrte mit leerem Blick vor sich hin. Ihr war jetzt warm. Sie fühlte sich völlig gleichgültig.

«Du bist dünn», sagte er, «viel zu dünn.»

Er beugte sich vor und küsste ihre Füße. Dann stand er abrupt auf, starrte sie noch einmal kurz an und hob dann in einer hilflosen Geste die Arme. Sie sah, dass er erregt war. Er wandte sich ab und setzte sich in eine dunkle Ecke.

Das angenehme Gefühl vollkommener Gleichgültigkeit verschwand. Sie wurde erneut von einem Fieberanfall geschüttelt und musste heftig stöhnen. Mühsam gelang es ihr, den Mantel wieder über sich zu ziehen.

Sie schlief ein. Später wachte sie kurz auf, als er noch eine Wolldecke über sie legte. Sie wollte ihn fragen, wie er hieß. Vielleicht würde es ihr leichter fallen, ihn einzuschätzen, wenn sie seinen Namen wusste, dachte sie. Aber sie brachte keinen Ton über die Lippen, die schon wieder nach salzigem Schweiß schmeckten.

Was war das nur für ein Mann, der sie hierher geschleppt hatte? War er gut oder böse? Eine barmherzige Seele?

Im Traum erschien ihr der Kapitän der «Anastasia». Er zog sich den Nagel aus dem Kopf, löste sich vom Mast und ging auf sie zu. Doch bevor er nach ihr fassen konnte, brachen die Schiffsplanken unter ihr weg, und sie fiel in eine unendliche schwarze Tiefe.

⇢4⇠ EIN FRANZOSE IN HAMBURG

M. Auguste Escoffier, Directeur
Chevet & Cie
Palais Royal
Paris – Frankreich

Hamburg, den 13. April 1882

Mein lieber Auguste,
sicherlich wunderst du dich, dass du schon wieder einen Brief von mir bekommst. Sollte ich etwa die Absicht haben, dir alle drei Tage von meinem Schicksal zu berichten?

Sicherlich nicht. Du kannst dir denken, dass meine Zeit bald äußerst knapp bemessen sein wird. Deshalb will ich dir, solange es mir noch möglich ist, von meinem neuen Leben in Hamburg berichten.

Nachdem ich zunächst in ein winziges Zimmer einquartiert worden war, hat man mir heute eine standesgemäße Unterkunft angewiesen.

Der Küchendirektor Dyckhoff hat mir nahe gelegt, mir eine Wohnung in der Stadt zu suchen, und mir versichert, er wolle dabei behilflich sein. Er hat Sorge, dass meine Autorität gegenüber der Küchenbrigade leidet, wenn ich wie ein gemeiner Bediensteter im Trakt der Hotelangestellten wohne. Aber es ist ein schönes Zimmer, und ich überlege, ob ich es nicht behalte. Neben einem bequemen Bett und einem kleinen Schreibtisch, an dem ich bis in die späte Nacht hinein sitze und meine Strategie für die Bankette und Diners plane, gibt es hier ein Sofa, zwei Sessel und einen kleinen Tisch. (Strategie? Ja, mein lieber Freund, ich nehme deine Worte sehr ernst, auch wenn ich mich einst darüber lustig machte, dass du die Organisation einer Küchenbrigade mit der eines militärischen Bataillons verglichen hast.)

Ich nenne das Zimmer «meinen kleinen Salon». Das Schönste an ihm ist, dass er an die zentrale Heizversorgung des Hotels angeschlossen ist. Was für ein überaus angenehmer Luxus! Überhaupt befindet sich das Hotel de l'Europe auf dem neuesten Stand des technischen Fortschritts: Ein Fahrstuhl verbindet die fünf Etagen des Hauses miteinander. Alle zweihundert Zimmer in sämtlichen Stockwerken wie auch die anderen Bereiche sind mit elektrischem Licht ausgestattet. (Vielleicht liegt es daran, dass ich so gern bis in die Nacht hinein arbeite und auch noch große Lust verspüre, Briefe zu schreiben?) Es gibt eine Telegrafenstation in der Eingangshalle und einen Schalter, wo man Billetts für die

Eisenbahn kaufen kann, wenn man in Richtung Berlin, Hannover oder Bremen fahren möchte.

Eine besondere Attraktion ist das Stadttelefon. Wie eine Art Heiligtum wird es von einer Dame an einem speziellen Pult verwaltet. Es wurde im letzten Jahr eingeführt. Wenn ich es richtig verstanden habe, gibt es gut zweihundert solcher Geräte in Hamburg. Sie sind mittels elektrischer Kabel verbunden, durch die man mit jemandem sprechen kann, der sich an einem ganz anderen Ort in der Stadt befindet. Es gibt einige Herren, die diesen Service für geschäftliche Zwecke nutzen, aber größtenteils wird das Pult von Damen umringt, die nicht nur gerne selbst fernsprechen, sondern auch großes Vergnügen beim Zuhören fremder Gespräche empfinden.

Vielleicht werden ja eines Tages auch Städte per Telefon verbunden. Möglicherweise könnte ich dann ganz direkt mit dir sprechen und müsste nicht die Feder ins Tintenfass tauchen, um dir Bericht zu erstatten. Kaum zu glauben, dass man sich dann gleichzeitig sehr fern und doch ganz nah sein kann.

Das Hotel de l'Europe erinnert mich in vielem an das Grandhotel Derby in London, das letzte große Haus, in dem ich gearbeitet habe und das ich unter so schmählichen Umständen verlassen musste. Auch wenn dieses hamburgische Hotel einen französischen Namen trägt, wirkt es sehr englisch, wie überhaupt die Menschen in Hamburg, soweit ich das bislang beurteilen kann, sich sehr englisch geben. Möglicherweise hat es etwas mit dem Klima zu tun. Man versichert mir ständig, dass ich unerhörtes Glück habe, wenn ich von einem Spaziergang trockenen Fußes wieder zurückkomme. Nirgendwo sonst in der Welt habe ich so viele Menschen mit Schirm auf den Straßen gesehen, außer in London. Schon nach drei Tagen bilde ich mir ein, bei den Ham-

burgern einen Anflug von Zerknirschtheit im Gesicht zu entdecken, wenn die Sprache auf das Wetter kommt.

Doch zurück zum Hotel. Im Vergleich zum Derby in London wirkt es eher sachlich. Mir scheint, dass das Hamburgische Bürgertum, mehr noch als die Bourgeoisie der englischen Hauptstadt, sich darum bemüht, Bescheidenheit an den Tag zu legen. Man fühlt sich hier einem republikanischen Geist verpflichtet, denn die Stadt wird seit ihrer Gründung vor vielen hundert Jahren als Hanse-(das heißt Handels-)Stadt von den Bürgern selbst regiert. Dieser Geist bestimmt auch den Charakter öffentlicher Gebäude. Ludwig XIV. hätte keine Freude an den hiesigen Repräsentationsbauten. Die beiden großen Säle des Hotels de l'Europe beispielsweise, das Restaurant im rechten und das Café im linken Flügel des Hauptgebäudes, zeichnen sich durch die großzügige Anlage mit Galerie und hohen Säulen aus. Aber die elektrischen Lüster dienen nicht dem Prunk, sondern einzig und allein der Beleuchtung, auch wenn sie zweifellos kunstvoll geschmiedet wurden. Man liebt es hier übrigens, ähnlich wie in London und im Gegensatz zur französischen Gepflogenheit, die Tische weit auseinander zu stellen.

Ansonsten treffen sich die Bürger hier zu allen nur denkbaren Anlässen in kleineren oder größeren Salons, debattieren in Rauchsalons über politische und wirtschaftliche Interessen, studieren Zeitungen im Café oder in einem der gemütlichen Kaminzimmer.

Nun, es wird Zeit, diesen Brief abzuschließen, denn ich bin in wenigen Minuten mit dem Chef de Rang verabredet, der mich erst so spät herumführen kann, weil die Hamburger den Hang haben, zu vorgerückter Stunde zu speisen. Vor ein oder zwei Uhr nachts endet kein Diner, habe ich mir sagen lassen!

Apropos Hörensagen: Bei einem kurzen Gespräch mit dem

Souschef in der Küche hat dieser mir allen Ernstes zu erklären versucht, die Hamburger würden eigentlich nichts anderes essen als Ochsenfleisch. Sie seien geradezu verrückt
danach. Er jedenfalls hätte alle Hände voll zu tun, tagtäglich genügend Roastbeef zu garen. Auch Beefsteak, vor
allem mit Zwiebeln, würden die Börsianer in der Mittags-
pause in großen Mengen vertilgen, meinte er, von Beef-
steak-Tartar und einem mir noch unbekannten Erzeugnis
namens Rauchfleisch ganz zu schweigen. Das klingt doch
ganz nach englischen Sitten und Gebräuchen, meinst du
nicht auch? Ich will nur hoffen, dass mein Kollege versucht
hat, mich mit dieser erschreckenden Auskunft ins Bockshorn
zu jagen.

Es klopft. Ich beende meine Ausführungen, zuversichtlich,
dass die großen Errungenschaften der französischen Küche,
die bisher noch jeden zivilisierten Menschen beeindruckt
haben, sicherlich auch dem hamburgischen Gaumen
schmecken werden.

In plötzlicher Eile, doch voller Zuneigung
grüßt dich herzlich
dein treuer Freund
Jacques

⌁5⌁ PATRIOTEN IN BEDRÄNGNIS   Seit dem
großen Brand im Jahr 1842 hatte die Hansestadt kein Rathaus
mehr – sehr zum Verdruss des Ersten Bürgermeisters, denn nun
tagten Bürgerschaft und Senat im Haus der Patriotischen Gesellschaft an der Trostbrücke, jener Stelle, wo früher das alte
Rathaus gestanden hatte. Das Haus der Patrioten war in den
Augen des Bürgermeisters ein abgrundtief hässlicher Bau, ein
neugotisches Monstrum, immerhin in gutem alten Backstein,

33

aber rein äußerlich betrachtet eine Mischung aus Kirche und Gefängnis. Politik sollte aber seiner Meinung nach weder in der Kirche noch im Gefängnis gemacht werden, sondern von einem würdigen Amtssitz aus, der in seiner ganzen äußeren Gestaltung dem deutschen Geist entsprach. Was dem deutschen Geist entsprach, hätte der Bürgermeister aus dem Stegreif nicht so genau erklären können, aber für ihn stand fest, dass die Ideale der Patriotischen Gesellschaft sowieso nicht mit seinen patriotischen Gedanken übereinstimmten. Toleranz und Wohltätigkeit waren sicherlich gute Tugenden, denen man sich am Sonntag hingeben konnte, ansonsten aber ging es in der Politik darum, die Zügel fest in der Hand zu halten und dem Interesse des Ganzen zu dienen. Das Volk war nur ein Teil dieses Ganzen und sollte sich gefälligst fügen.

Der Bürgermeister seufzte, las den Bericht zu Ende, der vor ihm lag, und stand dann von dem schweren Schreibtisch aus Eichenholz auf, den ein wohlhabender Kaufmann spendiert hatte, damals, nachdem fast alle Möbel von Senat und Bürgerschaft ein Raub der Flammen geworden waren. Er trat vor den großen Spiegel, den sein Sekretär ihm hereingestellt hatte, und schüttelte missbilligend den Kopf. In dieser scheußlichen Amtsrobe sah er einfach lächerlich aus. Dieses bortenbesetzte, reich bestickte und betresste Monstrum machte aus jedem einen Riesen, nur aus ihm einen Zwerg. Das Ding war einfach zu eng, alles an dieser Amtsuniform war zu klein, nur die Ärmel waren so lang, dass die Rüschen des Hemds seine Hand bis zu den Fingerspitzen verdeckten. Auch die spitzen Schuhe, die zur Tracht gehörten, waren zu schmal. Das Einzige, was ihm passte, war der riesige Hut, den er aber gar nicht gern trug, weil er darin seiner Meinung nach wie ein Räuberhauptmann aussah.

Er setzte ihn trotzdem auf und schrak zusammen, als die Tür aufgestoßen wurde und sein Doppelgänger eintrat. Es war der Zweite Bürgermeister, der genauso ausstaffiert war, dem die

Amtsrobe aber wundersamerweise viel besser zu passen schien. Entweder hatte er sie umschneidern lassen, oder er war von günstigerer Statur. Der Erste Bürgermeister schnaubte missbilligend. Der Zweite kannte das schon und maß den grunzenden Lauten seines Kollegen keine Bedeutung bei.

«Die englische Delegation wartet!», rief er aus. «Die Senatoren sind vollzählig versammelt, bis auf … was …?»

Der Erste Bürgermeister legte den Zeigefinger an die Lippen. Der Zweite sah ihn verständnislos an.

Der Erste deutete auf die Tür: «Ist er noch da?»

«Wer?»

«Der Wolf.»

Der Zweite war heute sehr schwer von Begriff und zuckte ratlos mit den Schultern.

«Na, der Wolf vom *Beobachter*, Jonas oder Jonathan Wolf oder wie er heißt …»

«Johannes …»

«Johannes Wolf. Er hat den ganzen Vormittag draußen auf dem Flur gesessen und gewartet.»

Der Zweite hob ungeduldig die Arme: «Und?»

Der Erste nahm seinen Räuberhut ab und legte ihn zerstreut auf den Schreibtisch. «Ja, und …», sagte er. «Sie können es ja noch gar nicht wissen …»

Der Zweite, der gerade rechtzeitig zum Empfang der englischen Delegation von einer Amtsreise aus Berlin zurückgekommen war, strich nervös mit den Händen über den rauen Stoff der Robe. Der Erste Bürgermeister war dafür berüchtigt, dass er seine Gedanken sprunghaft äußerte. Es gab Momente wie diesen, da empfand der Zweite dies als sehr lästig, denn sie waren spät dran.

«Er will es am Samstag bringen, hat er gesagt. Es sei denn …»

«Wolf? Was will er bringen?»

«Die Sache mit dem Godefries-Segler. Wir haben es ja gerade

nochmal geschafft, die Altonaer davon zu überzeugen, dass es sich um unsere Angelegenheit handelt.»

«Was für ein Godefries-Segler?», fragte der Zweite, der natürlich wusste, dass die Reederei Godefries eine der größten der Stadt war.

«Der Wolf spricht schon vom Totenschiff. Das ist so ein Slogan, der mir gar nicht gefallen will.»

«Godefries-Segler? Totenschiff? Altona?» Der Zweite verstand überhaupt nichts.

«Ja, er will über die ganze Sache im ‹Beobachter› bringen. Das würde uns in arge Bedrängnis bringen.» Der Erste blickte in den Spiegel und betrachtete sich selbst beim Grübeln. «Schlimmer wäre es natürlich, wenn diese Bluthunde von der ‹Reform› davon Wind bekämen …»

«Himmelherrgott, was ist denn nun passiert, zum Donnerwetter!», rief der Zweite voll zorniger Ungeduld aus.

Der Erste wandte sich vom Spiegel ab und sah seinen «Secundus inter pares» an. Er senkte die Stimme, fast flüsterte er: «Die ‹Anastasia› ist vor zwei Wochen als Dreimaster Richtung New York aufgebrochen. An Bord befanden sich zweihundert Auswanderer.» Er musste schlucken.

Der Zweite erbleichte allmählich. «Und?», fragte er.

«Das Schiff kam als Zweimaster zurück, die Flut hat es bis nach Altona getrieben.»

«Es kam zurück? Und die Passagiere?»

«Alle tot.»

Der Zweite sackte in sich zusammen und musste sich an den Eichenschreibtisch lehnen. Auf einmal schien ihm seine Amtsrobe doch zu groß zu sein. «Die Mannschaft?»

«Auch.»

«Der Kapitän?»

Der Erste flüsterte fast unhörbar: «Wurde an den Mast genagelt.»

Der Zweite sah ihn entgeistert an. Was er da hörte, war unglaublich, ungeheuerlich und konnte gar nicht wahr sein! Einen Moment lang war er versucht, den Ersten nach seinem Gesundheitszustand zu befragen, aber dessen unglückliche Miene ließ ihn schweigen. «Und Wolf weiß davon?», fragte er stattdessen betont sachlich.

«Er hat zumindest Gerüchte aufgeschnappt, die auf St. Pauli kursieren.»

«Zweihundert Tote – das wird eine Seuche geben!»

Der Erste hob beschwichtigend die Hände: «Das Schiff wurde auf die Elbe hinausgeschleppt. Zurzeit wird es von einem Polizeiboot bewacht.»

«Aber das stinkt doch zum Himmel!», rief der Zweite.

«Im wahrsten Sinne des Wortes.»

«Und Godefries?»

«Ist so ratlos wie wir.»

«Es muss doch eine Untersuchung stattfinden.»

«Wollen Sie die Toten befragen?»

«Aber ja! Ein Seuchenarzt …»

Der Erste seufzte: «Das würde immer weitere Kreise ziehen.»

«Wir können es doch unmöglich verschweigen …»

«Godefries verlangt …»

«Verlangt?»

«Fordert, bittet … also, er bittet um äußerste Zurückhaltung. Habe ich ihm natürlich zugesichert. Schließlich steht nicht nur das Ansehen seiner Schifffahrtslinie, sondern das der ganzen Stadt auf dem Spiel.»

«In der Tat.» Der Zweite geriet ins Grübeln. Dann fiel sein Blick auf die mächtige Standuhr, die neben dem Bücherschrank stand und unbarmherzig tickte. Auch der Erste sah hin und dann ratlos auf sein Gegenüber.

«Die Engländer warten auf den Ersten Bürgermeister», sagte der Zweite. «Ich kümmere mich um Wolf.»

Der Erste seufzte erleichtert und deutete auf den Schreibtisch: «Dort liegt der Polizeibericht.» Dann setzte er sich wieder den Räuberhut auf und verschwand eilig durch die Tür. Als der Chefredakteur des *Hamburger Beobachters* aufsprang, nickte er ihm nur kurz zu und lief eilig weiter.

In der Tür zum Amtszimmer erschien der Zweite. «Ach, sieh an, Herr Wolf!», rief er aus. «Freut mich, Sie zu sehen. Treten Sie doch ein.»

Wolf war noch nie vom Bürgermeister empfangen worden, weder vom Ersten noch vom Zweiten. Er fühlte sich zu Recht geschmeichelt. Er folgte der einladenden Handbewegung des Zweiten und nahm auf einem der bequemen Ledersessel Platz, die in einer Ecke vor dem mächtigen Bücherschrank standen. Der Zweite setzte sich schweigend an den Eichenschreibtisch und studierte eilig den Polizeibericht. Dann kam er herüber und nahm auf dem zweiten Ledersessel auf der anderen Seite des Rauchtischs Platz. Beide Männer wussten nicht, wohin mit ihren Hüten. Also behielt der Bürgermeister seinen Räuberhut auf dem Kopf und der schmächtige Redakteur seinen Bowler-Hat auf dem Schoß.

«Nun, was ist denn das für eine Geschichte mit diesem Totenschiff?», fragte der Bürgermeister in arglosem Tonfall.

«Ja, aber … wissen Sie denn nicht …?»

«Ich bin eben erst aus Berlin zurück. Und kaum habe ich die Robe angelegt, vernehme ich eine Hiobsbotschaft, deren Urheber Sie zu sein scheinen, Herr Wolf.»

Der Redakteur sah ihn entgeistert an: «Ich? Das ist nicht ganz … äh, der Wahrheit entsprechend.»

«Nun», sagte der Bürgermeister, «wie ich höre, beabsichtigen Sie, Panik und Verzweiflung in der Stadt zu schüren. Und das auf der Grundlage eines albernen Gerüchts.»

«Verzeihen Sie, Herr Bürgermeister, ich verstehe nicht.» Wolf musste schlucken, dann räusperte er sich verlegen.

«Sie haben doch, wenn ich das richtig verstanden habe, vor, eine Meldung zu bringen, in der Sie behaupten, wir stünden am Rande einer Pestepidemie.»

«Aber nein!», rief der Redakteur. «Es geht doch lediglich um die Vorfälle auf dem Auswandererschiff ‹Anastasia›.»

«Das Schiff ist sicher in seinen Heimathafen zurückgekehrt.»

«Mit einem geknickten Mast und Hunderten von Toten an Bord.»

«Hunderten von Toten? Wie kommen Sie denn darauf?»

«Es waren doch zweihundert Einwanderer an Bord, als das Schiff Hamburg verließ.»

«Sie waren auch noch an Bord, als die ‹Anastasia› wieder zurückkam.»

Wolf blickte den Zweiten ungläubig an.

«Warum ist sie zurückgekommen?»

«Wie wollen Sie mit einem geknickten Mast nach Amerika segeln, Herr Wolf?»

«Ja, das ist wahr.»

«Na, sehen Sie. Möchten Sie eine Zigarre?» Der Zweite öffnete eine Holzkiste. «Beste Qualität aus Hamburgs Kolonien», fügte er hinzu.

Wolf nahm sich ein besonders dickes Exemplar und konnte seinen Blick nicht von der Kiste lösen. Was für wundervolle Zigarren …

Der Zweite lehnte sich mit jovialer Geste zurück, die so gar nicht zu seiner schmalen Statur passen wollte: «Nehmen Sie nur, nehmen Sie noch eine zweite …» Beinahe hätte er hinzugefügt: «Für Ihre Frau», so sehr war er von seiner Gönnerrolle hingerissen.

«Also sind gar keine Toten an Bord?», fragte Wolf, nachdem er noch einmal zugegriffen hatte.

«Es hat wohl einige Unglücksfälle gegeben. Wenn so ein Mast umknickt, können Sie sich denken, was los ist.»

Der Redakteur war eine Landratte und konnte sich das überhaupt nicht denken, aber er nickte. In Hamburg war es Pflicht, mit maritimen Kenntnissen zu prahlen.

«Natürlich müssen wir uns um die Schiffbrüchigen kümmern, ganz klar», sagte der Zweite. «Es soll ihnen an nichts fehlen, bis sie ihre ... nächste Reise antreten.» Beinahe hätte er «letzte Reise» gesagt.

«Darf ich mit dem Kapitän sprechen?»

«Oh», der Zweite verzog bedauernd das Gesicht. «Das fällt in die Zuständigkeit des Reeders. Sie müssen sich an Godefries wenden. Da kann ich nichts machen.»

«Die Passagiere, darf ich mit denen reden?»

«Sie sind momentan kaum ansprechbar ...»

«Aber die Presse hat ein Recht, die Öffentlichkeit zu informieren!»

Der Zweite beugte sich nach vorn. Mit blitzenden Augen und erhobener Stimme rief er: «Recht, was für ein Recht?» Dann bremste er sich und fuhr gedämpfter fort: «Seit acht Jahren gibt es keine Pressezensur mehr, Herr Wolf.»

«Ja, eben!»

«Seit acht Jahren haben Sie Rechte und Pflichten. Sie sprechen von der Öffentlichkeit? In der Tat haben Sie eine Verantwortung für die Öffentlichkeit: Sie sollen dafür sorgen, dass Umsicht und Vernunft herrschen. Oder etwa nicht?»

Wolf kam nicht ganz mit: «Ja, sicher, natürlich.»

«Die Bürger haben ein Recht, über alle öffentlichen Belange unterrichtet zu werden? Nun, was auf dem Godefries-Schiff passiert ist, ist keine öffentliche Angelegenheit.»

«Aber ...»

«Sollten Sie wider besseres Wissen Unwahrheiten verbreiten, wird die Staatsgewalt dem aufs schärfste Einhalt gebieten. Sie haben die Pflicht zur Wahrheit und Wahrhaftigkeit, halten Sie sich daran!»

«Selbstverständlich …» Wolf hatte den Faden verloren.

Der Zweite Bürgermeister blickte auf die Standuhr. Es war kurz vor zwei Uhr mittags. Wenn er sich beeilte, würde er noch rechtzeitig zum Mittagessen kommen, das zu Ehren der englischen Delegation im großen Saal gegeben wurde. Er stand auf.

Wolf blieb nichts anderes übrig, als es ihm gleichzutun. Der Zweite verabschiedete sich sehr freundlich und begleitete ihn durch das Vorzimmer bis zur Tür.

Kaum hatte sich die Tür hinter ihm geschlossen, hatte der Redakteur das Gefühl, noch weniger zu wissen als vor diesem Gespräch. Er befühlte die Brusttasche seines Gehrocks und sog den würzigen Duft ein, der von dort ausströmte. Immerhin hatte er zwei teure Zigarren erbeutet. Die würde er nun rauchen und sich dabei überlegen, wie er die Angelegenheit weiterverfolgen konnte.

꙳ **6** ꙳ ᴍᴇɴsᴄʜᴇɴ ɪᴍ ʜᴏᴛᴇʟ «Wissen Sie, was das Einzige ist, das Napoleon den Hamburgern geschenkt hat?», fragte Johann Reinwill, der Maître d'Hôtel.

Pistoux sah ihn mit gespielter Neugier an.

Reinwill lachte still vor sich hin, als würde er sich über einen Witz amüsieren, der ihm gerade eingefallen war. Mit kaum unterdrücktem Triumph blickte er in die Runde, die sich zu später Stunde im Speiseraum der Chefs im Seitenflügel zusammengefunden hatte. Es war ein karg eingerichteter Raum, an den Wänden hingen einige Allerweltsgemälde mit maritimen Motiven, elektrische Funzeln verbreiteten kaltes, wenig ergiebiges Licht. Sie saßen in einer Ecke auf einfachen Lehnstühlen um einen Tisch herum, manche rauchten dünne Zigarren oder Pfeife.

«Diese Frage stellt er jedem, der neu zu uns kommt», sagte der Chef Saucier, ein kleiner Mann namens Rother, entnervt.

«Er ist Franzose, er muss es erraten», verlangte Reinwill.

Pistoux mochte ihn nicht. Er war ein Besserwisser, der behauptete, waschechter Franzose zu sein, aber kein Wort Französisch sprach. Als Maître d'Hôtel unterstanden ihm jedoch alle Servicekräfte des Restaurants wie auch des Banketts, und er musste sich gut mit ihm stellen. Die Bankettbrigade setzte sich aus Köchen und Kellnern zusammen, die für die jeweils anberaumten Veranstaltungen extra abgestellt werden mussten. Wer infrage kam, darüber entschied der Maître.

«Es ist ein albernes Rätsel», sagte Rother. «Wie soll er es erraten, wo er doch gerade mal ein paar Tage hier ist? Wahrscheinlich hat er das Hotel kaum verlassen. Was weiß er schon von der Stadt?»

Der Chef Saucier hatte Recht. Pistoux hatte nur wenige kurze Spaziergänge unternommen, meist in Alsternähe, weil er viel Zeit benötigte, sich mit dem Hotel bekannt zu machen, seine Kollegen und Untergebenen kennen zu lernen und sich einzuarbeiten. Zurzeit war Bankettpause, aber in wenigen Tagen sollte es losgehen. Über den Sommer hinweg würden sich die Anlässe steigern, und vom Herbst an würde er dann fast jeden Tag ein großes Ereignis auszurichten haben.

Reinwill zündete sich eine Zigarre an und setzte eine wichtigtuerische Miene auf: «Als mein Urgroßvater aus Frankreich nach Hamburg kam, empfanden die Bürger dies als einen wahren Segen.»

Rother lehnte sich seufzend zurück und betrachtete gelangweilt die Decke. Die anderen blickten schweigend vor sich hin, sie waren müde.

«Er hat den Bürgern hier beigebracht, was Lebenskunst bedeutet.»

Pistoux interessierte sich nicht für die Geschichte von Reinwills Urgroßvater. Er war hundemüde und wollte ins Bett.

«Der Ruf von Rainvilles Terrasse war legendär!»

«Davon zehrst du noch heute», sagte Rother trocken. «Aber wieso hast du deinen Namen geändert, wenn er eine so glorreiche Vergangenheit hat? Eingedeutscht hast du ihn, trotz der Ruhmestaten deines Urgroßvaters.»

«Aber das will ich doch gerade erklären. Napoleon …»

Rother seufzte: «Ich kann es nicht mehr hören.» Er stand auf. «Ich verabschiede mich.»

Die anderen erhoben sich ebenfalls. Pistoux und Reinwill blieben als Einzige am Tisch zurück. Nur mit Mühe konnte Pistoux ein Gähnen unterdrücken. Wie spät war es jetzt wohl? Um zwei Uhr hatten die letzten Gäste das Restaurant verlassen. Eine gesellige Runde, die von einem reichen Kaufmann angeführt worden war. Bis dahin hatte Pistoux als Vertreter des erkrankten Souschefs in der Küche ausgeholfen, was ihm die Gelegenheit gab, die Arbeitsorganisation dort und seine Kollegen kennen zu lernen.

Mittlerweile durfte es wohl drei Uhr sein. Vor zwanzig Stunden war er aufgestanden und mit dem Chef Gardemanger auf den Markt am Messberg gegangen, um einige Lieferanten des Hotels kennen zu lernen. Kein Wunder, dass er nun hundemüde war. Aber Reinwill gab nicht auf. Er zauberte plötzlich eine Schnapsflasche aus der Jackentasche und hielt sie Pistoux hin. Der schüttelte den Kopf. Reinwill tat eingeschnappt und trank allein.

«Napoleon hat unseren guten Ruf ruiniert», sagte er kopfschüttelnd. «Wir Franzosen hatten einen ausgezeichneten Stand in Hamburg. Wer hat das erste Kaffeehaus eröffnet? Lancelot de Quatre Barbes, ein Vicomte, der vor der Revolution davongelaufen war. Das großartigste Restaurant der Stadt? Mein Urgroßvater! Das zweitschönste hat ein gewisser Daniel Louis Jacques weiter elbabwärts gegründet. Jetzt nennt es sich übrigens Jacob. Neuerdings werden deutsche Namen verlangt. Wenn Sie hier bleiben, Pistoux, werden Sie nicht umhinkommen, auch Ihren Namen zu ändern. Früher waren die Hamburger stolz darauf, Hanseaten zu sein. Jetzt genügt es ihnen nicht mehr – sie haben ihre deutsche Seele entdeckt. Die Franzosenzeit hat ihnen gar nicht behagt.» Er trank noch einen Schluck aus der Flasche. «Eroberung, Besatzung … Wer mag schon erobert werden? Ein Frauenzimmer vielleicht.» Er lachte vor sich hin. «Napoleon hat die Hamburger zu Deutschen gemacht und der Maréchal zu Franzosenhassern.»

Pistoux sah ihn fragend an.

«Maréchal Davout hat 1813 die Stadt geknechtet, die Armen verjagt, den Staatsschatz geplündert und die Vorstadt abgebrannt. Seitdem sind Franzosen hier alles andere als beliebt. Das einzige Andenken, das sie hier gelassen haben, ist das Weizenbrot. Und wie nennen es die Hamburger?»

Pistoux zuckte mit den Schultern. Ihm fielen beinahe die Augen zu.

Reinwill grinste breit. «Franzbrot! Das einzige Geschenk, das Napoleon den Hamburgern gemacht hat!»

Pistoux lächelte müde und stand auf.

Reinwill nahm noch einen Schluck aus seiner Flasche und sagte resigniert: «Gehen Sie nur, Landsmann. Und überlegen Sie gut, ob Sie nicht Ihren Namen ändern wollen …»

Pistoux verließ den Speiseraum. Als er die Tür hinter sich geschlossen hatte, hielt er einen Moment inne, um sich zu orientieren. Sein Zimmer lag im anderen Gebäudeflügel. Um dahin zu gelangen, musste er einem langen Korridor folgen, einen Innenhof durchqueren und durch ein schmales Treppenhaus in den dritten Stock steigen.

Als er den Innenhof betrat, bemerkte er eine Droschke, die dort stand. Es war sehr dunkel, da um diese Zeit kein Fenster, das hier herausging, noch erleuchtet war. Pistoux wollte auf keinen Fall indiskret sein und lief direkt an der Hauswand entlang auf die Tür des Treppenhauses zu. Neben der Droschke bemerkte er zwei Schatten. Er hörte aufgeregtes Flüstern, ablehnendes Brummen, lauteres Flüstern, das zum zornigen Raunen wurde.

Eine Dame und ein Herr. Nein, doch nicht. Es handelte sich um eine Dame und einen Kutscher. Pistoux nahm im fahlen Licht des Sichelmonds, der am wolkenlosen Himmel stand, die Umrisse einer recht fülligen Frau und die gedrungene Silhouette des Mannes wahr, der offenbar eine Reitpeitsche in der Hand hielt.

«Bedaure, meine Dame», hörte er den Kutscher sagen, «ich bin nicht befugt.»

«Hören Sie, guter Mann, was glauben Sie denn, wofür ich Sie bezahle?»

«Ich bin Kutscher, kein Transportunternehmer.»

Ein unterdrückter Schrei der Entrüstung, dann ein Fluch, der einer Dame nicht anstand. «Was erlauben Sie sich!»

«Wenden Sie sich an das Hotelpersonal.»

Pistoux griff nach der Türklinke. Dies hier ging ihn wirklich nichts an.

«He, Sie! Mein Herr!»

Er zog die Tür auf.

«Halt, mein Herr, bitte gehen Sie nicht!»

Der Franzose drehte sich um.

Die Dame trat einige Schritte auf ihn zu. «Gehören Sie zum Hotel?»

Pistoux bejahte.

«Bitte helfen Sie mir. Der Kutscher weigert sich. Ich bin hilflos.»

«Womit kann ich Ihnen dienen?»

«Es ist … es handelt sich um meinen Begleiter. Er ist noch drüben im Festsaal. Ich schaffe es nicht, ihn von dort fortzubekommen. Es ist, es ist … schrecklich … Alle sind gegangen.»

«Wo?», fragte Pistoux knapp, nachdem er über die Schulter

der Dame hinweg bemerkt hatte, dass der Kutscher auf den Bock kletterte.

«Ach bitte, hier …»

Er folgte ihr über eine zweite Hintertreppe in den Haupttrakt und dort über einen lang gestreckten Korridor mit dickem Teppich und kostbaren Lüstern. Sie trug ein silbrig glänzendes Kleid, das für ihre üppige Figur fast zu knapp bemessen war, hatte blondes, lockiges Haar und verströmte einen intensiven Rosenduft. Vor einer halb geöffneten Flügeltür drehte sie sich um, und Pistoux blickte in ihr stark geschminktes Gesicht mit Stupsnase und sehr vollen Lippen. Sie lächelte ihn an und ließ ihn die Tür aufziehen.

Pistoux blickte in einen bereits abgedunkelten Festsaal. «Was ist denn hier passiert?», fragte er, als er das Durcheinander aus umgestürzten Tischen und Stühlen, auf dem Boden liegende Lampen und abgerissenen Leuchtern sah.

«Eine Geburtstagsfeier», erklärte sie.

Mit sicheren Schritten stieg sie über das Durcheinander und blieb schließlich in einer Ecke stehen. Als Pistoux neben ihr war, deutete sie auf einen Kopf, der unter einem Tisch hervorlugte, dessen besudeltes Tischtuch halb heruntergerutscht war. Es war der Kopf eines jungen Mannes mit einem noch etwas dünnen Schnurrbart. Sein Gesicht war blass, wächsern und wirkte leblos.

«Er muss hier weg», sagte sie.

«Ist er tot?»

«Unsinn! Betrunken ist er. Er wollte zeigen, dass er ein ganzer Mann ist. Na ja.»

Pistoux zögerte. Was sollte er jetzt tun? «Kann er nicht hier im Hotel …?»

«Gott bewahre! Der Kleine ist inkognito hier. Helfen Sie mir, ihn rauszutragen?» Sie legte bittend eine Hand auf seinen Arm.

Er zögerte. Einen Fehltritt durfte er sich nicht leisten, er hatte seinen Posten gerade erst angetreten und wollte ihn auf keinen Fall verlieren.

«Seien Sie ein Gentleman», sagte die Frau. Das englische Wort konnte sie nur mit Mühe korrekt aussprechen.

Pistoux seufzte. «Er soll in die Kutsche? Und dann?»

«Ich nehme ihn mit zu mir. Ich bin schließlich sein Geburtstagsgeschenk.» Sie schlug in gespielter Verlegenheit die Augen nieder.

Seufzend beugte sich Pistoux hinunter, zog den jungen Mann unter dem Tisch hervor und richtete ihn auf.

Der Betrunkene hob kurz die schweren Augenlider und murmelte: «Helene. Bleib bei mir, Helene.»

Sie tätschelte seine bleichen Wangen. «Keine Angst, mein Kleiner.»

«Majestät! Du sollst Majestät zu mir sagen!»

«Aber ja, Majestät, das tue ich.»

Der Junge lächelte selig und schloss wieder die Augen.

Helene sah Pistoux an und zuckte mit den Schultern: «Was soll man machen? Adel verpflichtet, nicht?»

«Gehen wir!» Er warf sich den Jungen über die Schulter und schleppte ihn in den Hof. Die blonde Helene trippelte hinterher.

Der Kutscher drehte sich nicht um, als Pistoux den regungslosen Körper in den Verschlag hob. Die Blondine stieg eilig hinter ihm ein und schloss die Tür. Dann klopfte sie auf die Karosserie und warf Pistoux ein knappes «Danke» zu, bevor ihr Kopf im Wageninneren verschwand. Der Kutscher schnalzte mit der Zunge, und die Pferde zogen an.

Pistoux sah dem Gefährt hinterher, wie es den Hinterhof durch die Porte discrète verließ, und schüttelte den Kopf. Wenn schon nicht kulinarisch, so waren die Hamburger den Parisern zumindest in moralischer Hinsicht offenbar ebenbürtig, dachte er und ging endlich zu Bett.

❧ 7 ❧ *P*ESTHAUCH DES *T*ODES Es war wieder
kühler geworden. «Englisches Wetter» hatte Dyckhoff es genannt. Und in der Tat erinnerte Pistoux dieser rasche Wechsel
von Sonnenschein mit kurzen Regengüssen an seine Zeit in
England, wo er als Privatkoch auf dem Landsitz eines Lords gearbeitet hatte. Nun befand er sich in einem Einspänner des Hotels de l'Europe auf dem Weg zu einem elbabwärts gelegenen
Fischerdorf namens Blankenese. Um die Aussicht auf den schönen Strom zu genießen, hatte er auf einer kleinen Anhöhe Halt
gemacht. Von hier aus konnte er die breite Elbe überblicken,
die, wie ihm schien, momentan in die falsche Richtung floss,
flussaufwärts statt zum Meer hin. Die Flut drückte das Wasser
zurück, und Pistoux beobachtete, wie die Boote und Segelschiffe auf der Elbe sich diesen Umstand sowie den Westwind
zunutze machten und in beeindruckendem Tempo auf die Häfen von Altona und Hamburg zuhielten.

Auf der Straße, die die Gemeinden Ottensen und Blankenese
verband, verkehrten neben kleinen Fuhrwerken auch mehr-
spännige Kutschen, oftmals mit gelber Karosse und schwarzem
Verdeck, in denen Herren mit Zylindern und Damen mit großen Hüten saßen. Sie fuhren aus geschäftlichen oder gesellschaftlichen Anlässen nach Hamburg oder kehrten von einem
Stadtausflug in ihre prächtigen Villen zurück, die inmitten großer Gärten oder Parkanlagen an der Elbchaussee lagen.

Auch Pistoux befand sich auf dem Weg zu einem dieser stattlichen Anwesen. Küchendirektor Dyckhoff hatte ihn, nachdem
er sich mit dem Hotel vertraut gemacht und zwei kleinere Bankette ausgerichtet hatte, beauftragt, nach Blankenese zu fahren,
um den wohlhabenden Reeder Godefries in seiner Villa am
Elbufer aufzusuchen.

«Ganz Hamburg wartet darauf, dass er endlich seine Tochter
verheiratet», hatte Dyckhoff gesagt. «Was auch an sich kein
Problem wäre, denn die jungen Männer aus den besten Häu-

sern geben sich die Klinke in die Hand, um sich ins Gespräch zu bringen, aber bisher war der jungen Dame keiner der Bewerber gut genug. Andererseits gab es bereits zwei Verlobungen, die nach kurzer Zeit von den Herren gelöst wurden. Godefries ist über diese Entwicklung ziemlich ungehalten. Immerhin ist seine Tochter schon fünfundzwanzig Jahre alt. Bald wird sie keinen mehr bekommen.»

Dyckhoff riet seinem Bankettchef: «Lassen Sie sich einen Wagen mit Verdeck geben. Ich möchte nicht, dass Sie durchnässt bei Godefries ankommen.» Also hatte Pistoux sich ein einspänniges Cab aus dem Fuhrpark des Hotels geben lassen und war zeitig losgefahren, um den Reeder gegen elf Uhr zu treffen.

Nass wurde er trotzdem, denn der Wind blies ihm den Regen ins Gesicht. Gerade jetzt, als er das Pferd wieder auf die Chaussee lenkte, begann einer neuer Guss. Pistoux zog den nagelneuen Bowler-Hat ins Gesicht und hoffte, dass nicht nur der Hut, sondern auch sein gebraucht erstandener Mantel ihm noch lange gute Dienste leisten würden, denn besonders üppig war der Lohn nicht, den er als Bankettchef des Hotels de l'Europe bekam. Auf eine diesbezügliche Bemerkung hin hatte Dyckhoff nur entgegnet: «Seien Sie froh, dass Sie nicht mehr in Courant entlohnt werden.» Vor ein paar Jahren hatte in Hamburg die Währung gewechselt, und die Mark Courant zu 16 Schilling à 12 Pfennig war durch die Mark des Deutschen Reichs zu 100 Pfennig ersetzt worden.

Nach einiger Zeit ließ der Schauer nach. Pistoux bog von der Elbchaussee nach links auf einen Weg ein, der ihn durch eine weitläufige Parkanlage hindurch auf eine Anhöhe über der Elbe führte. Dort stand ein prächtiges Gebäude, das ihn beim ersten Anblick an ein Schloss erinnerte, da es zwei hohe Türme besaß. Auf den zweiten Blick jedoch wirkte es sehr hamburgisch, denn ähnliche klassizistische Fassaden hatte Pistoux auf seinem Weg hierher des Öfteren bemerkt. Die beiden hohen Türme, auf denen Fahnen flatterten, machten allerdings unmissverständlich klar, dass die Bewohner von übertriebener Bescheidenheit und typisch hanseatischer Zurückhaltung nicht viel hielten.

Beim Näherkommen erkannte Pistoux, dass auf der einen Fahne eine mittelalterliche Kogge zu sehen war, auf der anderen ein goldenes «G», beides auf rotem Untergrund. Das Gebäude bestand, abgesehen von den beiden Türmen, aus drei Teilen, einem zentralen, hohen und schmalen Block, einem quaderartigen rechten Teil und einem niedrigeren zur Linken. Als gehörte es zur Inszenierung, riss jetzt mit einem Mal der Himmel auf, die Sonne sandte ihre hellen Strahlen auf den Sitz der Godefries und ließ die prächtige Fassade in blendendem Weiß leuchten.

Pistoux hielt den Einspänner direkt vor der breiten Treppe an, die zu einem Portal führte, dessen Ausmaße offenbar dazu gedacht waren, Ankommende einzuschüchtern. Ein livrierter Diener eilte die Treppe hinunter, um den Neuankömmling zu begrüßen. Pistoux schwang sich vom Kutschbock und blieb neben dem Wagen stehen.

Der Diener schien es eilig zu haben. Schon stand er atemlos vor ihm und fragte: «Sind Sie der Koch?»

«Jacques Pistoux, Bankettchef im Hotel de l'Europe. Und wer sind Sie?»

Der Diener sah ihn irritiert an. Ein graugesichtiger Mann undefinierbaren Alters, dem sein Beruf einen krummen Rücken beschert hatte. «Sie hätten Ihre Kutsche besser gleich um die Ecke gefahren, wo die Stallungen sind», sagte er in nörgelndem Ton.

«Bedaure, ich kenne die Örtlichkeiten nicht.»

«Wir werden den Seiteneingang benutzen. Wenn Sie mir bitte folgen möchten. Das Pferd mitnehmen.»

Pistoux zuckte mit den Schultern, nahm das Tier am Zügel

und führte es um das Gebäude herum. Hinter dem Turm war es schattig. Der Diener winkte einen Burschen herbei, der einige Schritte entfernt auf einem Gatter gesessen hatte, hinter dem sich die Stallungen befanden. Der Junge kam angerannt, blickte dem Franzosen mit unverhohlener Neugier ins Gesicht und übernahm das Pferd.

Pistoux setzte den Hut ab und folgte dem Diener durch eine niedrige Tür. Durch einen schmalen Korridor erreichten sie eine Küche, die in ihren Ausmaßen einer Hotelküche alle Ehre gemacht hätte.

Ein dicker Mann in karierten Hosen, Unterhemd und fleckiger Schürze trat ihnen entgegen. «Was ist los?»

«Der Koch ist gekommen.»

«Hotel de l'Europe?»

Pistoux nickte.

Der Dicke verzog das Gesicht und sah den Diener missbilligend an: «Der ist hier ganz falsch. Was soll ich mit ihm? Ich habe zu tun.» Er wandte sich ab, griff nach einem Messer, packte sich einen mächtigen Schinkenknochen und begann das Fleisch abzusäbeln. Auf dem Herd stand bereits ein großer Suppentopf bereit, auf dem Küchentisch bemerkte Pistoux einen Berg frisch geernteter Küchenkräuter.

«Aber er ist doch Koch ...» Der Diener blickte noch störrischer drein.

«Mein Name ist Jacques Pistoux. Ich bin Bankettchef des Hotels de l'Europe. Man hat mir gesagt, ich solle mich mit Herrn Godefries besprechen.»

Der Diener regte sich nicht.

«Es geht um ein Bankett im Hotel.»

Mit einer geübten Handbewegung warf der dicke Koch den Schinkenknochen in den bereitstehenden Topf und griff nach einem zweiten, dem er die gleiche Behandlung angedeihen ließ. «Auch wenn es dir zuwider ist», sagte er beiläufig, ohne den

Blick zu heben, «du wirst den Herrn nach oben bringen müssen, Caspari.»

Der Angesprochene zuckte verächtlich mit den Mundwinkeln. «Bedienstete haben dort oben eigentlich nichts zu suchen. Aber kommen Sie mit.» Damit drehte er sich um und verließ die Küche.

Der Koch grinste Pistoux an: «Der schämt sich für uns und für sich selbst. Armer Kerl.»

Pistoux folgte dem Diener über eine Treppe nach oben in die Eingangshalle – und fand sich in einer seltsamen Welt wieder: Neben teuersten englischen Möbeln standen in dieser Halle zwei ausgestopfte Löwen und in den Ecken vier hölzerne Figuren von afrikanischen Kriegern mit Speeren. An den Wänden hingen Jagdtrophäen, darunter der Zähne bleckende Kopf eines Leoparden, fremdartige Masken und urtümliche Waffen. Auf Sockeln standen Figuren aus Ton, Stein oder Holz. Über dem Kamin hing ein mächtiges Gemälde, das ein Südsee-Motiv zeigte: Mehrere drei- und viermastige Segelschiffe, an deren Topmasten die Godefries-Flagge flatterte, ankerten in einer malerischen Bucht. Daneben eine Fotografie, die einen stattlichen Mann, eine junge Frau und ein hübsches Mädchen in Tropenuniformen zeigte – Familie Godefries in den Tropen?

Der Diener ließ Pistoux keine Gelegenheit, sich genauer umzusehen, sondern führte ihn eine Treppe höher auf die Galerie und dann schnurstracks in ein Vorzimmer, in dem modische Bambusmöbel, chinesische Lampions und ein japanischer Paravent orientalische Atmosphäre verbreiteten.

«Warten Sie hier», sagte er, drehte sich auf dem Absatz um und verschwand. Die Tür zur Eingangshalle machte er hinter sich zu.

Pistoux zog seinen Mantel aus, legte den Bowler-Hat auf den Tisch, setzte sich auf das Bambussofa und lehnte sich seufzend gegen die weichen Kissen. Kurz darauf öffnete sich eine zweite

Tür und Pistoux hörte Männerstimmen. Ein pausbäckiges Dienstmädchen in einem weiten Kleid mit langer Schürze und Haube auf dem Kopf erschien. Sie schob einen Teewagen vor sich her. Als sie Pistoux bemerkte, lächelte sie ihn unverhohlen an und nickte ihm zu. Bevor sie durch die Tür zur Halle verschwand, richtete sie es so ein, dass sie den Teewagen rückwärts hinausziehen musste. So konnte sie dem Fremden noch einen schmachtenden Blick zuwerfen.

Wieder hörte er die Stimmen im Nebenzimmer. Das Dienstmädchen hatte die Tür eine Handbreit offen gelassen. Wenn er sich konzentrierte, konnte Pistoux den größten Teil des Gesprächs verstehen. Da er nichts anderes zu tun hatte, hörte er zu.

«... Deshalb schlägt der Senat vor, das Schiff einfach zu versenken.»

«Einfach versenken, mit Mann und Maus? Aber Herr Bürgermeister, das ist ein zutiefst unchristlicher Gedanke.»

«Wenn die ‹Anastasia› auf hoher See untergegangen wäre ... kein Hahn hätte danach gekräht.»

«Sie ist es aber nicht. Sie ist zurück in ihren Heimathafen gekommen.»

«Ja, natürlich. Und damit liegt die Verantwortung für diese armen Seelen bei uns. Wir können von Glück sagen, dass die Altonaer uns den Segler überlassen haben.»

«Die sind doch froh, dass sie nichts damit zu tun haben. Und mir wäre es lieb, wir könnten die Angelegenheit ohne weiteres Aufsehen abschließen.»

«Es ist nicht ganz so einfach, Herr Godefries. Es waren Ihr Schiff, Ihre Mannschaft und Ihre Passagiere.»

«Ist es denn meine Schuld, wenn sich der Pesthauch von diesen Menschen auf meinem Segler verbreitet?»

«Es war nicht die Pest, das hat ein Amtsarzt zweifelsfrei festgestellt.»

«Umso besser.»

«Ich möchte auch nicht, dass dieses schlimme Wort in diesem Zusammenhang benutzt wird. Die Pest in Hamburg, um Himmels willen!»

«Na, was war es denn sonst?»

«Die Criminal-Polizei hat nach der Ladung gefragt.»

«Die Ladung? Was hat die denn damit zu tun?»

«Der zuständige Hauptmann äußerte die Vermutung, dass sie an dem Unglück schuld sein könnte.»

«Wie kommt er auf diesen Gedanken?»

«Der Gestank, der aus dem Laderaum steigt, meinte er, sei Grauen erregend. Es stinke buchstäblich zum Himmel. Das waren seine Worte.»

«Eine unglaubliche Frechheit, wir werden den Mann doch hoffentlich zur Verantwortung ziehen!»

«Er hat einen ordentlichen Bericht abgeliefert. Es gibt keinen Grund, ihn zu tadeln.»

«Was weiß denn ein Polizist schon von Handelsgütern?»

«Was hatte die ‹Anastasia› denn geladen?»

«Oh, nichts Außergewöhnliches. Hauptsächlich Tierhäute, Guano …»

«Da wundert es mich nicht, wenn jemand behauptet, es würde zum Himmel stinken.»

«Ich muss doch sehr bitten, Herr Bürgermeister. Sie befinden sich hier in meinem Haus.»

«Aus gutem Grund, mein lieber Godefries. Mir ist sehr daran gelegen, eine einvernehmliche Lösung dieses Problems …»

«Aber dem steht doch nichts im Weg! Wir lassen die Leichen vom Schiff holen und beisetzen … Warum nicht mit christlichem Segen? Auch wenn wir gar nicht wissen, ob es sich durchweg um Christenmenschen gehandelt hat.»

«Es ist unmöglich, die Leichen zu bergen. Über zweihundert Tote im fortgeschrittenen Zustand der Verwesung …»

«Aber es ist doch erst zwei Wochen her ...»

«Nein, Herr Godefries. Die Menschen auf Ihrem Schiff starben ja nicht erst im Hafen. Die liegen dort schon länger. Wie mir der Amtsarzt mitteilte, hat die Mannschaft am längsten ausgehalten. Es grenzt an ein Wunder, dass die ‹Anastasia› es bis nach Altona schaffte.»

«Mir scheint es eher ein Werk des Teufels zu sein ...»

«Wir wären alle froh, wenn dies nicht geschehen wäre. Aber es ist passiert, und die einzige Möglichkeit, die Gefahr zu bannen, ist, das Schiff auf See zu versenken.»

«Sie werden wohl kaum Seeleute finden, die es aufs Meer hinausbringen.»

«Es muss geschleppt werden.»

«Wer ersetzt mir mein Schiff? Wer bezahlt mir die Ladung?»

«Beides ist unwiderruflich verloren, Herr Godefries.»

«Das kann ich niemals akzeptieren!»

«Sie müssen.»

«Niemals! Das Schiff muss entladen werden.»

«Unmöglich!»

«Sie wollen mir meinen Segler und die Ladung nehmen? Wissen Sie, was das für ein Verlust ist?»

«Sie haben immerhin an Passagieren verdient, die Sie nicht an ihren Zielort gebracht haben.»

«An wen sollte ich das Geld denn zurückgeben? Was für ein Gedanke! Dennoch! Ich weigere mich, die ‹Anastasia› zu opfern.»

«Sie werden einsehen müssen, dass sie verloren ist, Herr Godefries.»

«Nein!»

«Zwei Beamte der Criminal-Polizei sind an Bord gewesen und haben das Schiff ausgemessen.»

«Was soll das jetzt? Und?»

«Das Zwischendeck ist knapp ein Meter siebzig hoch.»

«Na und?»

«Vorgeschrieben ist bei Auswandererschiffen eine Höhe von einem Meter dreiundachtzig.»

«Na, wer hält sich denn an diese Vorschrift …»

«Jeder Passagier im Zwischendeck hat Anspruch auf eine Fläche von der Größe eines Bettes. Auf der ‹Anastasia› hatte jeder nur die Hälfte des vorgeschriebenen Raums für sich. Und eine einzige Toilette für zweihundert Passagiere ist ebenfalls vorschriftswidrig.»

«Was wollen Sie mir damit …»

«Ich will Ihnen nur deutlich machen, dass ein Versenken des Schiffes samt Ladung und Leichen nicht nur im Interesse des Senats liegt, sondern auch in Ihrem eigenen.»

«Sie wollen mich also erpressen?»

«Ich gebe Ihnen einen freundschaftlichen Rat.»

«Ich pfeife auf Ihre Freundschaft, Herr Bürgermeister. Verlassen Sie mein Haus!»

«Wir werden das Schiff von einem Dampfboot abschleppen lassen. Natürlich im Schutz der Dunkelheit. Die Kosten gehen zu Ihren Lasten. Guten Tag, Herr Godefries!»

«Verlassen Sie sofort …»

Aber der Erste Bürgermeister hatte den Raum schon verlassen und stürmte mit hochrotem Kopf durch das Bambuszimmer, ohne den dort Sitzenden eines Blickes zu würdigen. Er riss die Tür zur Eingangshalle auf und eilte polternd die Treppe hinunter.

Kurz darauf trat Jakob Godefries ins Zimmer. Auch er hatte einen hochroten Kopf, was im Kontrast zu seinen weißen Haupthaaren und dem langen weißen Backenbart deutlich zutage trat. «Was tun Sie denn hier? Wer sind Sie?»

Pistoux sprang hastig auf und stellte sich vor.

«Ach so, haben Sie etwa mitgehört?»

«Ich bin gerade erst hereingekommen.»

Godefries, der genauso groß war wie Pistoux, aber deutlich breiter und schwerer, nickte zerstreut und sagte: «Gut, gut. Treten Sie ein.»

Pistoux kam in ein Arbeitszimmer mit großer Fensterfront, durch die eine hohe Tür auf einen breiten Balkon führte. An allen Wänden des Raums standen Bücherschränke, dazwischen hingen Gemälde von stolzen Segelschiffen in schwerer See. Vor dem breiten Schreibtisch in der Mitte des Raums stand ein riesiger Globus. Darüber hing das Modell eines Dreidecklinienschiffes aus dem 18. Jahrhundert mit geöffneten Geschützpforten, durch die zahlreiche Kanonenrohre lugten.

Godefries nestelte an seinem Hemdkragen herum. «Kommen Sie mit nach draußen, Pistoux, ich brauche dringend frische Luft.»

Sie traten auf den Balkon, von dem aus man über einen Hügel, der im Stil eines englischen Parks angelegt war und von hohen Laubbäumen begrenzt wurde, hinunter auf die Elbe blicken konnte. Noch immer trieb der Wind schwere Wolken über den breiten Fluss hinweg, noch immer schossen die Segelschiffe stromaufwärts ihren Häfen zu.

Der leichte Sprühregen schien Godefries nicht zu stören. Er steckte die Hände in die Hosentaschen und blickte in den Park, ohne wirklich etwas zu fixieren, dann hob er den Kopf und starrte in die Ferne. Dabei wirkte er, als hätte ihn ein tiefer Schmerz erfasst. Pistoux schätzte den Mann mit dem zerfurchten Gesicht und den wehenden weißen Haaren auf knapp sechzig Jahre. Er wirkte äußerst seriös, beinahe ehrwürdig und gar nicht wie ein skrupelloser Geschäftsmann, dem eine Schiffsladung Dünger wichtiger war als zweihundert Menschenleben.

Godefries wandte sich jäh seinem Gast zu und murmelte kaum verstehbar: «Es ist schwer, trotz allem ist es schwer. Ich bin der größte Reeder, der mächtigste Handelsherr der Stadt, und doch glaubt man mit mir umspringen zu können wie mit einem ...» Er stockte und blickte Pistoux ins Gesicht. «Aber Sie sind ja wegen des Banketts gekommen.»

«Ganz recht.» Pistoux nickte aufmunternd.

«Meine Tochter ...» Er hielt inne. «Meine einzige Tochter ... Henriette. Sie wird nun also schon fünfundzwanzig Jahre. Was geschieht mit jungen Frauen in Ihrer Heimat, wenn sie dieses Alter erreichen?»

Pistoux spürte den forschenden Blick des alten Reeders. Er zuckte mit den Schultern: «Ich weiß nicht. Sie sind verheiratet, haben eine Familie ...»

«Ja, sehen Sie! Nicht so meine Tochter. Wir bemühen uns nun seit sieben Jahren, einen passenden Ehemann für sie zu finden. Alle infrage kommenden Personen aus Hamburg und Altona sind bereits in diesem Haus vorstellig geworden. Vergebens. Keiner war ihr gut genug, dabei waren Abkömmlinge der reichsten und einflussreichsten Familien darunter.»

Godefries verstummte. Pistoux sah ihn aufmerksam an.

Der Reeder fuhr nachdenklich fort: «Wir werden nun ein großes Fest geben. Es ist lange geplant worden, wir haben den zweiten Stock des Hotels de l'Europe dafür angemietet. Es werden zweihundert Gäste kommen. Nicht nur aus Hamburg, Lübeck, Bremen, auch aus London, Berlin, Kopenhagen, Bordeaux und Genf. Die allerbeste Gesellschaft. Junge Männer bester Herkunft. Auch irgendwelcher Adel. Sie wird sich einen aussuchen müssen. Sie ist genauso wenig sentimental wie ihr Vater, sie wird sich entscheiden. Wo kämen wir denn hin, wenn wir den geschäftlichen Aspekt vergessen würden!» Godefries schüttelte den Kopf. «Aber das muss Sie ja nicht interessieren. Ich habe Wunderdinge von Ihnen gehört. Sie haben Karriere in Paris und London gemacht. Nizza? War nicht auch Nizza im Spiel?»

Pistoux nickte: «Meine Heimatstadt.»

«Na bravo! Sie wissen also, wie ein Bankett auf internationalem Niveau aussehen muss. Ich will alles! Ich will ein Bankett, von dem die Gäste noch Jahre später sprechen werden. Scheuen Sie keine Kosten! Sie haben Carte blanche! Lassen Sie meinetwegen irgendwelche Spezialitäten direkt aus Paris kommen! Denken Sie daran, dass wir Godefries die halbe Welt erobert haben – für Hamburg, für das Deutsche Reich. Wir haben Kolonien in Brasilien, auf Samoa und Sansibar gegründet. Bedenken Sie das. Wir sind die Welt! Wir haben alles und wir können alles. Enttäuschen Sie mich nicht, Monsieur Pistoux.»

Der Franzose nickte nur. Er wusste darauf nichts zu entgegnen.

«Eigentlich sollten Sie die Details mit meiner Tochter besprechen. Sie hat immer besondere Ideen und Vorlieben. Leider ist sie noch nicht zurück.» Godefries räusperte sich mürrisch und drehte sich um. «Nun gut. Gehen wir wieder hinein.»

Sie betraten das Zimmer. Der Reeder setzte sich hinter seinen Schreibtisch und griff nach dem ‹Hamburger Correspondenten›. Er schlug die Zeitung auf und lehnte sich zurück. Godefries musste das Blatt mit ausgestreckten Armen weit von sich halten, da er offenbar weitsichtig war. Pistoux stand da und fragte sich, ob das Gespräch nun beendet war.

Ohne aufzublicken, sagte der Reeder: «Gehen Sie. Sie wissen ja, was von Ihnen erwartet wird.»

Der Franzose zuckte mit den Schultern, verabschiedete sich knapp und verließ den Raum.

Im Bambuszimmer begegnete er wieder dem pausbäckigen Dienstmädchen, das gerade dabei war, einen Blumenstrauß zu arrangieren. Sie zwinkerte ihm über die Blüten hinweg fröhlich zu. Dann lief sie geschwind zum Bambustisch und griff nach dem Bowler-Hat. Sie hielt ihn mit beiden Händen fest, ging lächelnd auf ihn zu und übergab ihm den Hut mit der Andeutung eines Knickses. Dabei sah sie ihn so intensiv an, dass Pistoux, obwohl Mann von Welt und Franzose, leicht errötete.

✧ 8 ∾ TEUFELSBRÜCKE

Pistoux verließ das Bambuszimmer, stieg die Treppe hinab, durchquerte die große Eingangshalle, die ihm jetzt als das erschien, was sie tatsächlich war, nämlich ein Museum des weltumspannenden Godefries'schen Handelsimperiums, und fand den Weg zum Haupteingang.

Als er die steinerne Treppe zum Vorplatz hinunterstieg, kam ihm der livrierte Diener entgegen. Offenbar hatte er erwartet, dass Pistoux wieder den Dienstboteneingang nahm, denn er starrte ihn finster und missbilligend an.

«Was machen Sie da?»

«Ich steige die Treppe hinab.»

«Dieser Aufgang ist nicht für Leute wie Sie bestimmt!»

«Ich gehe nicht auf, sondern ab», erklärte Pistoux kühl.

«Sie anmaßender Kerl, Sie!»

«Ich bin kein Kerl, sondern ein Mensch. Und als solchem steht es mir zu, ein Haus durch den Haupteingang zu verlassen.»

«Ein Koch gehört in die Küche», murmelte der andere verächtlich.

«Köche sind Menschen und keine Lakaien.»

Der Diener sah zornig zu dem stolzen Mann auf, der nun in tadelloser Haltung neben ihm stand und zweifellos einen würdevollen Eindruck machte. «Ein Franzose», sagte er angewidert.

Pistoux wandte sich kommentarlos ab, um selber nach seinem Wagen bei den Stallungen zu sehen, als sie laute Rufe hörten.

In klagendem Ton schrie jemand sehr laut: «Godefries! Godefries!»

Die beiden Männer fuhren herum und blickten die Auffahrt hinab. Dort sahen sie einen Mann näher kommen. Er rannte, stolperte, fiel hin, rappelte sich wieder auf und lief atemlos über die Rasenfläche, um die herum die Auffahrt einen Bogen beschrieb. ·

«Godefries! Godefries!»

Er trug eine altmodische Kniebundhose, hohe Stiefel und eine verwaschene Jacke. Seine wirren blonden Haare klebten nass am Kopf. Er stolperte wieder, fing sich und erreichte den Kiesweg.

Wenige Handbewegungen waren nötig, und der Hausdiener hatte zwei Stallknechte herbeigewunken, die nun dem Störenfried entgegeneilten. «Wieder dieser Kerl», stieß er abfällig zwischen den Zähnen hervor. Für ihn schienen alle Menschen bloß Kerle zu sein.

Erstaunt und mit Schrecken bemerkte Pistoux, dass die Knechte Knüppel in den Händen hielten, die in einer Ecke bereitgelegen hatten. Sie stürzten sich auf den jungen Mann, der ihnen mit ausgebreiteten Armen entgegeneilte, und schlugen auf ihn ein. Mit einem Aufschrei des Entsetzens ging der Eindringling zu Boden und versuchte verzweifelt, die Stockschläge mit den Armen abzuwehren. Die Stallknechte prügelten auf ihn ein und wollten nicht aufhören.

«Es ist gut», sagte Pistoux empört.

Der Diener schwieg.

«Es reicht», sagte Pistoux etwas lauter.

Als der andere noch immer nicht einschreiten wollte, lief der Franzose zu den Prügelnden hin und schrie: «Aufhören!»

Die Knechte hielten inne und glotzten ihn fragend an. Dann wanderte ihr Blick zu ihrem Vorgesetzten, der nun ebenfalls näher kam.

«Was bilden Sie sich ein?»

«Wollen Sie ihn totschlagen lassen?», entgegnete Pistoux erbost.

«Was geht Sie das an?» Der Diener trat mit dem Fuß gegen den am Boden Liegenden, der vor sich hin jammerte.

«Lassen Sie das!»

«Was geht Sie das an?», wiederholte der Diener und verpasste seinem Opfer einen weiteren Tritt.

Die Knechte hielten die Knüppel drohend bereit und starrten Pistoux finster an.

Der Hausdiener beugte sich plötzlich hinunter, packte den
Mann am Kragen und zog ihn hoch. «Was willst du schon wieder hier?», zischte er.

Stöhnend wischte sich der Mann etwas Blut aus dem Gesicht. Pistoux bemerkte, dass er sehr große, schwielige Hände
hatte, die dunkel verfärbt waren.

«Weg mit dir!», rief der Diener. Dann zog er ihn noch einmal näher zu sich heran: «Wehe dir, wenn du noch einmal unseren Grund betrittst!» Er stieß ihn von sich.

Der junge Mann stolperte und fiel ins Gras. Dann erhob er
sich, rannte über die Rasenfläche und verschwand zwischen den
Laubbäumen, die den großen Platz vor der Villa Godefries be-
grenzten.

«Sie sollten sich jetzt auch davonmachen», zischte der Diener und wandte sich ab.

Pistoux ging erhobenen Hauptes zu den Stallungen und fand
seinen Einspänner davor. Er band das Pferd los und stieg ein. In
gemessenem Tempo trabten sie die großzügig angelegte Auffahrt entlang in Richtung Elbchaussee. Die beiden Knechte
verfolgten seine Abfahrt misstrauisch. Der eine winkte ihm
drohend mit dem Knüppel nach.

Die Wolken hingen nun tiefer, und es war merklich dunkler
geworden. Der Regen fiel in dichten, dicken Tropfen. Bald traten die Bäume zurück, die die Chaussee rechts und links säumten, und gaben den Blick auf die Elbe frei. Sie floss grau und
träge unter einem ebenso grauen Himmel dahin, nur noch wenige Schiffe waren zu sehen.

Pistoux rätselte über die vagen Instruktionen, die ihm gegeben worden waren. Im Grunde genommen war die weite Fahrt
bis nach Blankenese sinnlos gewesen. «Carte blanche», hatte
der Reeder gesagt. Also konnte er tun, was er für richtig hielt.

Immerhin hatte man ihm deutlich zu verstehen gegeben, dass es absolut falsch wäre, an irgendeiner Stelle zu sparen. Pistoux lächelte vor sich hin. Was für eine Herausforderung! Auguste würde ihn beneiden.

Die Elbchaussee führte nun leicht abwärts auf die Teufelsbrücke zu. Hier mündete die Flottbek in die Elbe. Links der Mündung erstreckte sich ein weitläufiger Park. Die kleine Siedlung Teufelsbrück bestand aus wenigen Häusern sowie einer Mühle, einer Brauerei und einem Café. Jenseits der steinernen Brücke, neben der sich ein Bootsanleger befand, stieg die Elbchaussee an und führte über einen Hügel hinunter nach Altona.

Als Pistoux die Brücke erreichte, bemerkte er einen Landauer, der ihm in schnellem Tempo entgegenkam. Der Zweispänner schlingerte über die Straße und schwankte bedenklich. Waren dem Kutscher die Pferde durchgegangen? Pistoux kniff die Augen zusammen. Durch den Regen hindurch war es schwer, etwas Genaues zu erkennen, aber er sah, dass der Kutscher quer über dem Kutschbock lag und bei jeder größeren Erschütterung des Wagens hinunterzufallen drohte. Unter dem aufgeklappten Verdeck war eine stehende Person mit wehenden Gewändern und einem breiten Hut zu erkennen. Eine Frau. Offenbar versuchte sie, nach vorn zum Kutschbock zu gelangen. Als die Kutsche über einen Stein rollte, ruckte es so heftig, dass die Frau wieder auf ihren Sitz geschleudert wurde. Die Kutsche schoss an dem Ausflugspavillon vorbei, der sich auf der linken Seite der Chaussee befand. Die Frau richtete sich wieder auf. Pistoux hörte, wie sie laut schrie. Die Pferde wieherten. Die Frau versuchte, sich an der Rückbank des Kutschbocks festzuhalten. Der leblose Körper des Kutschers rutschte immer weiter zur Seite und drohte hinabzufallen.

Pistoux lenkte seinen Einspänner an den Straßenrand jenseits der Brücke, um eine Kollision mit dem außer Kontrolle geratenen Gefährt zu vermeiden. Der Landauer schlingerte auf ihn zu, wurde kurz vor der Brücke zur Seite gerissen und kam vom Weg ab. Die Pferde brachen aus, und die Unglückskutsche raste über die morastige Wiese direkt in das kleine Flüsschen, das sich hier mit der Elbe verband. Eine Achse brach und bremste damit die durchgegangenen Pferde. Sie stürzten in den Bach und kamen dort endlich zitternd zum Stillstand. Der Kutscher wurde durch den Unfall von seinem Sitz hinab in den Morast geschleudert. Die Frau hatte sich an den Kutschbock geklammert und konnte so verhindern, dass sie herausfiel.

Pistoux sprang von seinem Sitz und rannte auf den verunglückten Landauer zu. Als er dort ankam, hatte sich die Frau bereits wieder aufgerichtet und starrte auf den Mann, der einige Meter entfernt leblos im feuchten Gras lag.

Pistoux blieb neben der Kutsche stehen: «Sind Sie verletzt?»

Die Dame wandte sich zu ihm um und verlor beinahe das Gleichgewicht. Pistoux sprang zu ihr, um sie zu stützen.

«Vielen Dank, nein, nein, es ist nichts passiert.»

Er blickte ihr ins Gesicht und war wie vom Donner gerührt. Er stand einer ungewöhnlichen Schönheit gegenüber, einer jungen Frau mit fein geschnittenen Gesichtszügen, hohen Wangenknochen und leuchtend grünen Augen. Sie zog den Hut ab. Ihr volles schwarzes Haar hatte sich gelöst, fiel in üppigen Wellen auf die Schultern und umschmeichelte ihren Schwanenhals.

«Madame?», sagte Pistoux verwirrt.

«Mademoiselle. Aber lassen Sie uns um Himmels willen nicht Französisch sprechen.» Ihre Wangen waren von der Anstrengung leicht gerötet, aber sie wirkte ruhig und beherrscht. In der Hand hielt sie die Peitsche, mit der sie versucht hatte, die Pferde zu dirigieren, und schlug sich damit auf die Handfläche. «Eine schöne Bescherung», sagte sie trocken und etwas hochnäsiger, als es Pistoux lieb war. «Hören Sie, Kavalier, wären Sie so nett, mal nach diesem Kerl dort zu sehen?» Sie deutete mit der Peitsche auf den im Gras Liegenden, der sich noch immer nicht regte.

Schon wieder ein Kerl? dachte Pistoux. Er ging um die Kutsche herum, kniete sich neben den Unglücklichen und drehte ihn auf den Rücken. Der Kutscher gab einen gurgelnden Laut von sich. Pistoux beugte sich zu ihm hinunter, um den Herzschlag zu hören. Der Mann schnaufte. Er roch nach Alkohol.

Plötzlich stand sie neben ihm. «Er hat getrunken. Ich werde wohl in Zukunft auf seine Dienste verzichten müssen.»

Pistoux blickte zu ihr hoch, überrascht von der Kälte in ihrer Stimme. «Ist das Ihr Kutscher?»

«Ja, sicher», entgegnete sie kühl. «Oder dachten Sie, es verhält sich umgekehrt?»

«Er ist bewusstlos.»

«Sehen Sie mich nicht so vorwurfsvoll an, Herr Kavalier! Er hätte selber wissen müssen, wie viel er verträgt ...»

Pistoux untersuchte ihn und fühlte seinen Puls. Offenbar war er glücklich gefallen und schien sich nicht nennenswert verletzt zu haben.

«Wären Sie so freundlich, ihn für mich dort drüben ins Gasthaus zu tragen, damit er sich erholen kann?» Sie deutete mit der Peitsche über die Brücke hinweg zu dem Gebäude.

«Selbstverständlich.» Pistoux stand auf. Als er neben ihr stand, bemerkte er, dass sie fast so groß war wie er. Und er registrierte ihr charmantes Lächeln.

Er beugte sich wieder hinunter und warf sich den Kutscher über die Schultern. Pistoux stöhnte, denn der stämmige Mann war schwerer als erwartet.

«Sie sind wirklich ein Gentleman», sagte die junge Frau im Plauderton. «Ich bin Ihnen sehr zu Dank verpflichtet.»

Pistoux schleppte den Bewusstlosen über die Brücke. Die

Dame lief neben ihm her und bemühte sich dabei, ihre Stiefelchen nicht zu beschmutzen.

«Ich hätte wohl doch besser auf ihn aufpassen sollen.»

«Ja», ächzte Pistoux, der merkte, dass ihm die Last auf seinen Schultern viel zu schwer war.

«Es ist immer dasselbe mit dem Personal. Diese Leute sind einfach rücksichtslos.»

Pistoux konnte nichts mehr entgegnen, er schnaufte angestrengt.

«He!» Die Dame winkte über den Zaun des Gasthauses hinweg jemandem zu. «Kommen Sie!»

Sie traten durch eine Tür in den Biergarten. Zwei Männer kamen herbei, um ihnen den Bewusstlosen abzunehmen.

«Wir haben gesehen, was passiert ist», brummte der eine, der der Wirt sein musste. «Er ist viel zu schnell gefahren.»

Pistoux ließ sich auf der Terrasse auf einen Stuhl fallen und atmete tief durch. Die schöne Unbekannte begleitete den Wirt und seinen Gehilfen in den Gastraum.

Kurz darauf kam sie wieder heraus und blickte zufrieden drein. Hinter ihr murmelte der Wirt mehrmals: «Danke schön, wir werden uns um ihn kümmern.»

«Und sagen Sie ihm, dass er entlassen ist!»

«Sehr wohl, gnädiges Fräulein.»

«So, das hätten wir erledigt», sagte die Dame. «Bringen Sie mich jetzt nach Hause?»

Pistoux blickte sie irritiert an. Was glaubte sie eigentlich, wer sie war, dass sie über alle Menschen beliebig verfügen konnte?

«Sind Sie nun mein Kavalier oder nicht?» Sie lächelte ihn an, und Pistoux musste innerlich zugeben, dass es ein bezauberndes Lächeln war. Aber sein Stolz verlangte, dass er kühl blieb.

Er zuckte mit den Schultern: «Kommen Sie.»

«Ich warte hier.»

Natürlich, dachte er, die Dame wartet, denn sie möchte sich

ihre Schuhe nicht nochmal beschmutzen. Pistoux fragte sich, worüber er sich mehr ärgerte: dass sie so arrogant war oder dass er sie so faszinierend fand?

Er holte die Kutsche, half ihr beim Einsteigen, und dann fuhren sie schweigend die ganze Strecke wieder zurück, bis zu der Stelle, wo der Weg zur Villa Godefries abzweigte.

«Lassen Sie mich hier bitte absteigen. Das letzte Stück gehe ich zu Fuß.» Sie lachte schelmisch: «Ich möchte Sie nicht kompromittieren.»

Er half ihr beim Absteigen und öffnete den Regenschirm, den sie ihm gegeben hatte.

Sie reichte ihm die Hand: «Auf Wiedersehen. Ich hoffe, Sie sind auch das nächste Mal zur Stelle, wenn mir Gefahr droht.»

«Wir werden sehen.»

Sie zuckte leichthin mit den Schultern und wandte sich zum Gehen. Nach wenigen Schritten drehte sie sich nochmal um und sagte: «Ich heiße übrigens Henriette Godefries.» Sie sah ihm direkt ins Gesicht, mit einem Anflug von Ironie, dann lächelte sie, als sei ihr an ihm etwas Interessantes aufgefallen.

«Ich weiß.»

Der ironische Ausdruck in ihrem Gesicht verwandelte sich in leichte Verwirrung. Sie errötete ein wenig. «Tatsächlich? Und Ihr Name?»

«Jacques Pistoux.»

«Franzose, nicht wahr?»

«Ganz recht.»

«Au revoir, Monsieur Pistoux.»

Damit wandte sie sich ab und schritt über den Kiesweg davon. Pistoux sah ihr nach, bis sie zwischen den Parkbäumen verschwunden war.

꒦꒷ **9** ꒷꒦ 𝒟IE 𝒱ERLORENE Das Erste, was sie sah, als sie die Augen aufschlug, war ein Besen, der neben dem Kanonenofen stand. Ihr Mund war trocken, ihre Augen waren verklebt, die Kehle fühlte sich wund an und schmerzte beim Schlucken. Ihr war warm, obwohl das Zimmer im Moment ungeheizt war. Links vom Ofen bemerkte sie einen Tisch mit einem Stuhl, dahinter einen schiefen alten Küchenschrank, dem zwei Türen fehlten und dessen Vitrinenglas Risse hatte. Ein paar Tassen standen darin, ein zerbeulter Topf, eine rostige Pfanne, Teller.

Sie drehte den Kopf. Von der Decke hing eine Ölfunzel. Sie brannte nicht. Spärliches Tageslicht drang durch zwei schmale, teilweise mit vergilbtem Zeitungspapier verklebte Fenster, die recht hoch im Zimmer angebracht waren. Sie befand sich in einem Keller. Unter einem Fenster bemerkte sie einen Strohsack, auf dem der Mann geschlafen hatte, der sie hierher gebracht hatte. Er war nicht da. Neben diesem armseligen Bett lagen, achtlos hingeworfen, verschiedene Kleidungsstücke: Hemden, Pullover, eine Hose, Unterwäsche, Strümpfe, womöglich alles, was dieser Mensch zum Anziehen hatte. Nein, da war noch etwas: eine Art Uniform, bestehend aus einer weißen Hose, roten Weste und blauen Jacke. Sie war über einen Bügel gelegt, der an einem Nagel von der Wand hing. Daneben lag auf dem Fenstersims eine dazugehörige blaue Schirmmütze.

Mühsam richtete sie sich auf und bemerkte dabei, dass sie unter der Decke und dem Mantel, den er über sie gelegt hatte, nackt war. Sie stand vorsichtig auf und fühlte ein leichtes Schwindelgefühl, als sie stand. Sie sah an sich herab und entdeckte eine ganze Reihe erschreckend großer blauer Flecken an Armen, Beinen und Hüfte. Dann nahm sie den Mantel und zog ihn sich über. Kaum hatte sie den letzten Knopf zugemacht, spürte sie das unangenehme Kratzen des filzigen Stoffes auf ihrer Haut und merkte, wie ihr mit einem Mal der Schweiß aus allen Poren trat. Für einen kurzen Moment verschwammen die Konturen des Zimmers vor ihren Augen.

Sie stolperte auf den Stuhl zu und setzte sich hin. Die Ellbogen auf die Oberschenkel gestützt, das Gesicht in den Händen vergraben, versuchte sie sich zu erinnern, wie sie hierher gekommen war.

Es fiel ihr schwer, sich darüber klar zu werden, wer sie überhaupt war. Vater und Mutter waren blasse Erinnerungsbilder in ihrem Kopf, verwaschene Gesichter wie auf diesen Fotografien, die der Dorffotograf mit seinem großen Apparat ein- oder zweimal im Leben von jemandem machte, zur Hochzeit oder zu einem anderen bedeutenden Ereignis. Das Dorf? Ja, sie kam aus einem kleinen Dorf, das aus einigen niedrigen Holzhäusern mit umzäunten Gärten bestanden hatte. Die anderen Passagiere hatten immer wieder gesagt: «Ja, ja, wir kommen alle aus dem Osten.» Vorher war ihr gar nicht bewusst gewesen, dass da, wo sie herkam, der Osten war und was das bedeutete. Osten, das hieß Armut und Abhängigkeit von Großgrundbesitzern, das hieß, dass man sich abmühte, im eigenen Garten genug zu erwirtschaften, um über den Winter zu kommen. Osten, das hieß Ochsenkarren und Eselsfuhrwerke und Plackerei von Sonnenaufgang bis Sonnenuntergang. Aus dem Osten wollten alle weg, nachdem sie einen Brief von einem ehemaligen Dorfbewohner gelesen hatten, in dem er berichtete, wie einfach es war, in Amerika zu Wohlstand oder gar Reichtum zu kommen. Amerika war Westen. Um dorthin zu gelangen, musste man eine weite Reise über Land machen und von Hamburg aus ein Schiff über den Ozean nehmen. Eine monatelange Reise ins Ungewisse, aber: «Alles ist besser als dieses armselige Dasein als Sklaven der verdammten Junker!», hatte ihr Bruder immer wieder gesagt.

Ihr Bruder? Ein schreckliches Bild blitzte in ihrem Kopf auf: ihr Bruder, wie er sich auf dem modrigen Strohlager wälzte und immer schwächer wurde, ausgetrocknet von dieser grausamen

Krankheit, die ihm rasend schnell die Lebensenergie raubte. Genauso war es vielen anderen an Bord ergangen. Eine furchtbare Epidemie, der sie alle hilflos ausgeliefert waren, denn einen Arzt gab es nicht auf dem Schiff. Der Kapitän der «Anastasia» hatte sofort reagiert und seine Matrosen angewiesen, sämtliche Luken zum Zwischendeck zu schließen. Er wollte verhindern, dass die Seuche auf seine Besatzung übergriff. Das Schicksal der Passagiere war ihm egal. Fortan wurde ihnen ihre Nahrung wie bei Gefängnisinsassen durch eine Klappe geschoben. Dünne Suppe mit versalzenem Speck und fauligem Gemüse, hartes Brot und modriges Wasser. Durch die gleiche Luke mussten die Eimer mit den Exkrementen hinausgeschafft werden, denn der Weg zur Toilette war nun versperrt. Hinzu kam der Gestank, der von unten aus dem Frachtraum drang. Kaum vorstellbar, welche Substanz einen solch Ekel erregenden Geruch verströmte. Vor der Abschottung hatten die Auswanderer an Deck frische Luft schnappen dürfen, hatten dort gesessen, wenn es das Wetter erlaubte. Ein Lehrer hatte den Kindern Unterricht erteilt, manchmal wurde sogar mit einem Ball gespielt. Unten hatte es ja keiner lange auf den übereinander gestellten Betten in dem niedrigen, feuchten Raum ausgehalten, in dem es entweder zu kalt war oder, wenn alle zur Nachtruhe unter Deck geschickt worden waren, zu stickig. Aber als sie hier eingeschlossen waren, wurde es unerträglich. Selbst gesunde Personen bekamen Ohnmachtsanfälle, weil durch die wenigen Luken kaum Frischluft hereindrang. Immer mehr Passagiere wurden infiziert. Dann gab es die ersten Toten. Nachdem sie den verzweifelten Angehörigen weggenommen worden waren, wurden sie wie Unrat abtransportiert.

Sie fing an zu schluchzen, erst leise, dann immer heftiger. Ihr ganzer Körper zuckte, Tränen liefen über ihr Gesicht. «Kümmere dich nicht um mich», hatte ihr Bruder gesagt. «Geh nach Amerika. Werde glücklich.» Es waren seine letzten Worte. Er hatte versucht zu lächeln, aber nur ein Furcht erregendes Grinsen zustande gebracht, dann waren seine Augen glasig geworden, schließlich stumpf, und ein Mann hatte sie ihm geschlossen und ihn mit einem anderen zur Luke getragen.

Eine würgender Klagelaut brach aus ihr hervor. War das hier etwa Amerika? Das konnte doch nicht Amerika sein! Und wenn doch, welcher Dämon hatte ihr dann einen so grausamen Streich gespielt?

Sie richtete sich auf, wischte die Tränen ab und sah sich um. An der Wand über dem Küchentisch entdeckte sie einen Zettel, der mit einem Reißnagel dort befestigt worden war. Darauf waren Zeichnungen von Tieren zu sehen, die sie aus Bilderbüchern kannte: in der Mitte ein Seehund, daneben ein Affe, ein Krokodil, eine Giraffe, ein Löwe und eine Schildkröte. Die Worte, die darüber und darunter standen, konnte sie nicht lesen, denn das hatte sie nie gelernt. Lebten diese Tiere in Amerika? Ihr Bruder hätte es sicherlich gewusst. Er hatte lesen lernen dürfen. Wieder stieg das Gefühl vollkommenen Elends in ihr hoch. Sie holte tief Luft und stand auf. Zögernd ging sie zur Zimmertür und drückte die Klinke hinunter. Verschlossen. Sie drückte gegen die Tür, zog fester an der Klinke, rüttelte. Schon wieder gefangen! Sie blieb still stehen und horchte. Nichts. Sie klopfte gegen die Tür und rief zaghaft. Dann trommelte sie mit den Fäusten dagegen, bis sie schmerzten. Nichts.

Neben der Tür hing über einem Gestell mit einer Waschschüssel und einem Wasserkrug ein fleckiger Spiegel. Unwillkürlich sah sie hinein. Das Gesicht, das sie erblickte, kannte sie nicht. Es war ausgemergelt und bleich, sah fast wie ein Totenkopf aus und war von verfilzten und schmutzigen schwarzen Haaren umgeben. Eine Hexe, dachte sie. So sieht eine Hexe aus. Aber sie wusste, dass sie das selbst war. Sie knöpfte den Mantel auf, um ihren Körper zu begutachten, und prallte vom Spiegel zurück: Ein von Haut überzogenes Gerippe war da zu sehen, übersät mit blauen, grünen und schwarzen Flecken. Das bin doch nicht ich, dachte sie und knöpfte hastig den Mantel wieder zu.

Sie kehrte zum Tisch zurück, nahm den Stuhl und schob ihn zwischen die Fenster. Sie stieg hinauf und blickte hinaus. Beide Fenster waren mit Schmutz bespritzt und von außen vergittert. Sie waren so schmal, dass ein Erwachsener nicht hindurchklettern konnte. Draußen entdeckte sie Steine, Erde, Mörtel und Dreck.

Ihr schwindelte. Sie kletterte vom Stuhl und setzte sich hin. Dies war also ihr Gefängnis. Würde der Unbekannte, von dem sie nicht wusste, ob er ihre Rettung oder ihr Verderben war, überhaupt wiederkommen? Sie merkte, wie sie zu zittern begann. Es war wie ein Schock, als ihr bewusst wurde, dass sie im Nichts gefangen saß, ohne zu wissen, was draußen vor ihrer Zelle vor sich ging. Sie wusste ja nicht mal, auf welchem Kontinent sie sich befand. Eine große Angst stieg in ihr auf. Minutenlang strich sie mechanisch mit den Händen über den Mantel, den einzigen Schutz, den sie hatte. Immer wieder, bis die Hände erlahmten und wie leblos herabhingen.

Plötzlich erfasste sie eine quälende Unruhe. Ihr Blick fiel auf den Besen neben dem Ofen. Sie stand auf, nahm ihn und begann das Zimmer zu fegen. Zuerst ganz hastig, dann noch einmal gewissenhaft von vorn. Jeden Winkel, jeden Zentimeter.

Als sie in die Nähe des Fensters kam, stieß sie mit dem Ellbogen gegen die dort hängende Uniform, die zu Boden fiel. Sie stellte den Besen beiseite und versuchte ungeschickt, die Uniform wieder auf den Bügel zu hängen. Es gelang ihr nicht, denn als sie die Jacke darüber legen wollte, rutschte die Hose wieder herunter.

In diesem Moment wurde die Tür aufgeschlossen. Er kam zurück. Unter dem Arm trug er eine Kiste. Er schloss die Tür und drehte sich um. Als er sah, dass sie sich an der Uniform zu schaffen machte, schrie er laut auf, ließ die Kiste fallen und sprang auf sie zu. Er riss ihr den Bügel aus der Hand und schlug ihr mit der flachen Hand ins Gesicht.

«Lass das los, das ist nicht deins! Lass das los, das ist nicht deins!», schrie er und stieß sie heftig beiseite. Dabei trat er versehentlich auf die am Boden liegende Hose und verfing sich mit dem Fuß darin. Er starrte erst auf das zerknüllte Kleidungsstück, dann auf sie, die ihn regungslos mit weit aufgerissenen Augen ansah, in Erwartung des Schlimmsten.

Er hielt inne und ließ den Kopf hängen, als würde er sich schuldig fühlen. Dann wandte er sich um und ging zur Tür zurück. Er schob den Schlüssel ins Schloss, drehte ihn um, steckte ihn wieder in seine Jackentasche. Er kniete sich hin und sammelte die heruntergefallenen Sachen auf, die er in der Kiste mitgebracht hatte. Ein paar Kartoffeln und Zwiebeln, eine Kohlrübe und ein Stück Speck. Er tat alles zurück in die Kiste und stellte sie auf den Tisch.

«Du musst essen», sagte er. «Viel essen. Kannst du kochen?»
Sie nickte eifrig, obwohl sie wirklich keinen Hunger hatte.

꒐ **IO** ꒱ CULINARIA *Hanseatica* I

M. Auguste Escoffier, Directeur
Chevet & Cie
Palais Royal
Paris – Frankreich

Hamburg, den 26. 4. 1882

Mein lieber Auguste,
du wunderst dich, dass der Abstand meiner Briefe länger wird? Kein Zweifel, ich stecke bis über beide Ohren in Arbeit! Monsieur Dyckhoff, der Chef de Cuisine, hat mir

einige Tage zur Eingewöhnung gelassen, dann begannen die ersten Bewährungsproben. Diners für kleinere Gesellschaften, Bankette für zwölf bis vierundzwanzig Gäste, gelegentlich habe ich auch Spezialaufgaben zu bewältigen, wenn ein gekröntes Haupt, von denen es in Hamburg selbst ja keine gibt, sich als zugereister Gast die Ehre gibt. Ein solch hoher Besuch delektiert sich natürlich an der allerfeinsten Haute Cuisine, und nicht selten wurde mir ein Lob übermittelt, wenn ich mich an den Menü-Zusammenstellungen und Gerichten orientierte, die du kreiert hast. Etwas schwieriger wird es mitunter, wenn es gilt, die Bedürfnisse der hiesigen Kaufleute zu befriedigen. Dazu musst du wissen, dass der hamburgische oder hanseatische Übersee-Händler zwar ein Mann von Welt ist, der Brasilien kennt wie seine Westentasche, in London Verwandte hat und womöglich Vorfahren aus La Rochelle vorweisen kann, aber nur selten in Kontakt mit höfischen Sitten gekommen ist. Hamburg, seit eh und je eine Bürgerstadt, lehnt den Pomp des Adels rundheraus ab. Vorherrschende Lebenshaltung ist das, was die Engländer Understatement nennen. Diese Bescheidenheit im Auftreten, gepaart mit einem stark ausgeprägten Sinn fürs Haushalten, der durchaus in Geiz ausarten kann, schlägt sich naturgemäß auch in den kulinarischen Bedürfnissen nieder. Man liebt es einfach und volkstümlich. Dabei allerdings scheut man keine großen Mengen, weder in der Speisenabfolge noch bei den Einzelportionen. Es ist erstaunlich, welches Quantum die Menschen hier zu vertilgen imstande sind. Und die Frauen stehen den Männern in dieser Hinsicht kaum nach.

Von der Vorliebe der Hamburger fürs Ochsenfleisch habe ich schon berichtet. Roastbeef und Beefsteak genießen hier eine ähnliche Verehrung wie unter den Bankiers in London. Dazu isst man Bratkartoffeln *in großen Mengen. Das* Ochsenfleisch *wird hier ansonsten vorwiegend in gekochtem Zustand verzehrt. Dazu reicht man* Rosinen- oder Zwiebelsauce.

Und Fisch, wirst du nun fragen, wird denn in dieser Hafenstadt kein Fisch bereitet? Aber natürlich! Man liebt den Aal, *vor allem* in grüner Sauce *und auch in einer eigentümlichen sauren Suppe mit Trockenobst und Kräutern, die aus Schinkenknochen gekocht wird. Heringe, Schollen und Stinte werden vom einfachen Volk verzehrt, wohingegen der Bürger die Seezunge liebt und den* Steinbutt *wie einen Gott verehrt, weshalb er ihn* mit zwei Saucen *servieren lässt. Stör und Lachs kommen in großer Menge in der Elbe vor, werden von den Vermögenden aber rundheraus abgelehnt, und ich habe auch Zimmermädchen die Nase rümpfen sehen, wenn die Sprache auf diese beiden Fische kam. Es wird sogar erzählt, dass sich Dienstboten in Hamburg in ihren Arbeitsvertrag hineinschreiben lassen, dass sie nicht öfter als zweimal pro Woche Lachs oder Stör als Verpflegung vorgesetzt bekommen, und so wird es auch bei uns im Hotel gehalten.*

Im Allgemeinen kochen wir hier im Hotel de l'Europe genauso wie in den gleichwertigen Häusern von Paris oder London und müssen, was die Zutaten betrifft, nichts entbehren, denn alles, was man in Paris kaufen kann, gibt es auch in der großen Handelsstadt Hamburg. Feinste Produkte wie Hummer oder Austern werden täglich frisch angeliefert. Ersterer kommt von der Insel Helgoland, wo er prächtig gedeiht, Letztere werden von den nordfriesischen Inseln geliefert und sind kleiner, jedoch ebenso schmackhaft wie unsere Fines de Claires.

Da der Hanseat dem Müßiggang (und als solchen betrachtet er das Speisen) eher abgeneigt ist, richten sich die Essenszeiten nach den Geschäftszeiten. (In unserer gemeinsa-

men provenzalischen Heimat ist dies ganz anders, lieber Auguste, weißt du noch?) Das wichtigste Gebäude der Stadt ist die Börse, in der die Kaufleute, Händler und Reeder ihre Geschäfte abwickeln. Es ist der zentrale Treffpunkt der Bürger und, wie es heißt, der eigentliche Regierungsort. Tatsächlich haben die Hamburger bei einem großen Brand, der vor vierzig Jahren die Stadt verwüstete, lieber die Börse gerettet und ihr Rathaus gesprengt als umgekehrt. Noch immer gibt es kein neues Rathaus, was niemanden sonderlich zu stören scheint. Die Regierung der Stadt zieht es vor, unsichtbar zu bleiben.

Die Börse ist der wichtigste Orientierungspunkt im Leben hiesiger Kaufleute. Erst wenn sie geschlossen hat, also nach 14 Uhr, belieben die Herren zu speisen. Das Abendessen findet erst statt, wenn im Kontor alles erledigt ist. Der Postausgang schließt hier den Tag ab, und dann setzt man sich kaum je früher als gegen 21 Uhr zu Tisch. Gelegentlich wird zu einem Diner geladen, was die Hamburger Bürgerfamilie gern in einem Hotel wie dem unsrigen ausrichten lässt, so sie nicht über einen besonders großen Hausstand verfügt (oh, es gibt hier in der näheren Umgebung Bürgerhäuser, die prächtigen Adelspalästen in nichts nachstehen, ich habe es mit eigenen Augen gesehen!). Dann lädt man auf 21 Uhr ein und lässt ab 23 Uhr servieren. Die zwei Stunden dazwischen dienen dem Repräsentieren und der Konversation, die sich bei den Herren – trotz Börsenschluss – zumeist um Geschäftliches dreht, also das, was man hier «internationale Angelegenheiten» nennt, womit alles gemeint ist, was auf fernen Kontinenten passiert und einen Einfluss auf den Wohlstand der Anwesenden haben könnte. Die Damen ergötzen sich derweil an künstlerischen Darbietungen – Deklamationen von Schauspielern, gespielten Szenen, musikalischen Vorführungen. Das Diner findet dann gegen ein

Uhr sein Ende. Danach wird im Nebenraum der Mokka gereicht, und die Herren nutzen die Gelegenheit, den Damen Komplimente zu machen. Anschließend teilt sich die Gesellschaft wieder nach Geschlechtern auf. Die Damen setzen sich mit kleinen Gläschen Portwein oder Likör an niedrige Tische und tauschen gesellschaftliche Informationen aus, während sich die Herren in den Billardsaal begeben, wo sie recht schweigsam spielen und sich dem Genuss importierter Zigarren und Branntweine aus Übersee widmen. Später findet man wieder zusammen, trinkt Tee, isst etwas Kuchen und bricht dann auf, weil am nächsten Tag die Börse ruft, wo sich die Herren wieder sehen werden. Die Damen verabreden sich zum Schluss auf eine Wohltätigkeitsveranstaltung oder eine Dichterlesung, dann fahren die Kutschen vor.

Nirgendwo wird so gern in so großer Menge gespeist wie in Hamburg, will es mir erscheinen, lieber Auguste. Nur die Bewohner von Wien können in dieser Hinsicht noch mehr auftrumpfen, ich habe es erlebt! Du siehst also, für Männer unserer Profession ist diese Stadt eine großartige Herausforderung, nicht zuletzt deshalb, weil wir Franzosen den Hanseaten durchaus noch die eine oder andere kulinarische Verfeinerung nahe bringen könnten. Falls es dich also einmal in die Ferne ziehen sollte, bedenke, dass Hamburg ungleich schöner ist als London, auch ohne die ehrwürdige Queen Victoria!

Es gäbe noch viel mehr zu berichten, etwa über seltsame Begegnungen mit bemerkenswerten Menschen. Doch davon später. Mir fallen die Augen zu, und Tag für Tag kommt mehr Arbeit auf mich zu.

Es grüßt dich aus der Ferne mit ganzem Herzen und voller Stolz auf unsere wunderbare Freundschaft,

Dein treuer Jacques

An den
Ersten Polizeiherrn
der Freien und Hansestadt Hamburg
im Stadthaus am Neuen Wall
zu Hamburg

Hochverehrter Herr Rat,
nach Abschluss der Untersuchungen bezüglich des Falls des
Seglers «Anastasia» möchte ich die folgenden Ergebnisse zu
Protokoll geben. Wie ich schon in meinem mündlichen
Bericht angab, handelt es sich bei der Tragödie, die den
Dreimaster der Reederei Godefries ereilte, um ein in mehr-
facher Hinsicht erschreckendes und schwer zu handhaben-
des Ereignis. Gänzlich unbegreiflich ist, wie es dem Schiff
gelingen konnte, aus eigener Kraft und ohne eine lebende
Seele an Bord durch die Elbmündung hindurch und den
Strom entlang bis nach Altona zu kommen. Da es mir selbst
an maritimer Erfahrung fehlt, bin ich gezwungen, mich auf
Einschätzungen anderer zu verlassen: Nach Angaben eines
Constablers der Hafenpolizei, der sich vor Ort befand und
inzwischen zum Schweigen verpflichtet wurde, ist es durch-
aus möglich, ein Segelschiff nur allein durch die Kraft der
Flut von der Flussmündung bis nach Hamburg zu fahren.
Allerdings erfordert dies die Arbeit eines fähigen Steuer-
manns, der sich nicht nur mit den Strömungsverhältnissen,
sondern auch mit den Elb-Untiefen auskennt. Dass ein füh-
rerloses Schiff ganz allein diesen Weg bewältigt hat, ist
offenbar noch niemals vorgekommen.

Möglich wär es, dass der Steuermann, den wir ans Ruder
gebunden und tot vorfanden, es mit letzter Kraft schaffte,
das Schiff auf den richtigen Kurs zu bringen. Laut amtsärzt-

lichem Bericht war er jedoch wahrscheinlich schon seit achtundvierzig Stunden tot. Dies ergibt sich aus dem Zustand der charakteristischen Totenflecken. Des Weiteren war die Leichenstarre in Auflösung begriffen, was unter Berücksichtigung des kalten Wetters ebenfalls darauf schließen lässt, dass die betreffende Person bereits seit zwei Tagen tot war. Lediglich spekulieren lässt sich darüber, ob es dem Steuermann gelungen ist, das Schiff auf Kurs zu bringen, bevor er starb. Sehr wahrscheinlich ist es nicht. Aber die andere Möglichkeit wäre, an bloßen Zufall zu glauben, was mir ebenso unbefriedigend erscheint.

Den Kapitän fanden wir an den Besanmast genagelt vor. Die anderen Besatzungsmitglieder wurden das Opfer von Gewalteinwirkung. Sie wurden erschlagen, erstochen, erdrosselt oder erschossen. Nach Durchsicht der Mannschaftsliste musste jedoch festgestellt werden, dass drei Matrosen fehlen. Offenbar sind sie über Bord gegangen oder geworfen worden. Von entsprechenden Leichenfunden im Bereich des Elbstroms wurde bisher allerdings nichts bekannt.

Die zweihundert Passagiere starben zum überwiegenden Teil an einer Infektion durch Cholera-Vibrionen, anscheinend ist es zu einer Seuche an Bord gekommen. Unverständlich ist, dass die Toten anscheinend nicht aus dem Zwischendeck entfernt wurden. Auf diese Weise musste es zwangsläufig zu unhaltbaren, ja unmenschlichen Bedingungen kommen. Laut amtsärztlichem Bericht ist die Infektion der Passagiere nicht durch die stinkende Ladung, bestehend aus Guano und Tierhäuten, verursacht worden, sondern wurde durch die Einwanderer selbst eingeschleppt. Die mangelhaften Toilettenanlagen an Bord (ein Abort für zweihundert Personen) haben der Verbreitung der Infektion mit Sicherheit Vorschub geleistet. Einundvierzig der Auswanderer sind jedoch eines gewaltsamen Todes gestor-

ben, durch Schuss- und Stichverletzungen. Ganz offensichtlich gelang es ihnen, aus dem Zwischendeck, in das sie von
der ängstlichen Mannschaft gesperrt worden waren, auszu-
brechen. Als die Besatzung sich ihnen entgegenstellte, kam
es zum Handgemenge, das in einer blutigen Tragödie endete.
Wie genau sich diese Auseinandersetzung abspielte, werden
wir wohl nie erfahren, da niemand überlebt hat. (Allerdings
gibt es die Aussage eines Fischers aus Finkenwerder, der in
der Nacht, als die «Anastasia» zurückkehrte, mit seinem
Boot in Altona festgemacht hatte. Er will schrille Schreie
einer Frau gehört und bemerkt haben, wie ein Mann an
Bord des Unglücksschiffes sprang. Kurz darauf sei der
Unbekannte mit einer über die Schulter geworfenen Last
wieder von Bord gegangen. Die Last, so behauptete der
Fischer, sei der Körper einer Frau gewesen. Sollte diese Aussage wahr sein, die protokollarisch nicht niedergelegt
wurde, da der Fischer sich dem ermittelnden Beamten durch
Flucht auf sein Boot und sofortiges Ablegen vom Ufer ent-
zog, dann gäbe es eine überlebende Zeugin der Tragödie, die
möglicherweise auch mit dem Cholera-Virus infiziert ist.)

Abschließende Anmerkung: Was die Streitigkeiten über die
Zuständigkeit zwischen der Altonaer Polizei und der hamburgischen Criminal-Abteilung betrifft, die dadurch ausge-
löst wurde, dass die «Anastasia» genau auf der Grenze
zwischen Hamburg und Altona zwischen den dort vertäuten
Fischerbooten zum Halten kam, so gibt es die erfreuliche
Nachricht, dass sie beigelegt sind. Die Altonaer Behörden
haben Anweisung gegeben, den Fall an die hamburgische
Seite zu übergeben und entsprechende Hinweise aus den
eigenen Akten zu streichen.

Zusätzliche Anmerkung: Die Zusammenarbeit mit den
Vertretern der Reederei Godefries, Eigner der «Anastasia»,
gestalten sich als schwierig. Seit der Versenkung des Schiffes

schweigt man sich aus. Vertreter der Criminal-Polizei werden weder im Kontor noch in der Villa Godefries in Blankenese vorgelassen. Unter diesen Umständen ist es nicht möglich, den vorliegenden Bericht als abgeschlossen zu betrachten. Was die baulichen Zustände an Bord betrifft (siehe diesbezüglichen Bericht) und die Missachtung zahlreicher Vorschriften zur Beförderung von Passagieren, die nicht eingehalten wurden, so empfehle ich eine Meldung an die zuständige Behörde.

28. April 1882

gez. J. C. Petersen, Hauptmann der Criminal-Polizei

Postskriptum: *Nach Abschluss meines Berichts wird mir von einem Offizianten, der sich auf Vigilanz in der St.-Pauli-Vorstadt befindet, mitgeteilt, dass auf dem Hamburger Berg Gerüchte zu vernehmen sind, wonach eine «Sklavin von einem Totenschiff verschleppt» worden sei. In den Matrosenkneipen erzählt man sich wüste Geschichten über ein «Geisterschiff», das in Altona gesehen worden sein soll. Genaueres ist noch nicht in Erfahrung gebracht worden. J. C. P.*

Amtlicher Vermerk: *Weitergeleitet an den Ersten und Zweiten Bürgermeister.*

Hinweis: *Den Spekulationen des Hauptmanns darf mit Skepsis begegnet werden. Die Angelegenheit wird mit der Versenkung der «Anastasia» von unserer Seite als beendet betrachtet. Meldungen von einem Übergreifen der Krankheit sind nicht bekannt. Was die Gerüchte unter den Matrosen auf dem Hamburger Berg betrifft, so sollten sie als das angesehen werden, was sie üblicherweise sind: Seemannsgarn.*

gez. Lilienthal, Polizeidirektor

Dringende Nachricht des Zweiten an den Ersten Bürgermeister: *Entgegen den Versicherungen des Polizeidirektors bin ich nicht der Ansicht, dass wir die Angelegenheit nun auf sich beruhen lassen können. Die Gerüchte über eine Passagierin der «Anastasia», die in der St.-Pauli-Vorstadt Zuflucht gefunden hat oder dorthin verschleppt wurde, sind nicht nur unter dem Gesichtspunkt eines möglichen Ausbruchs der Seuche ernst zu nehmen. Unsere Vereinbarung mit der Reederei Godefries bezüglich eines Stillschweigens über die Affäre berührt nicht nur die geschäftlichen Interessen des Unternehmens, sondern auch die Wohlfahrt der Stadt. Vorkommnisse und Zustände wie die auf der «Anastasia» dürfen nicht öffentlich bekannt werden, sie schaden unserem Ansehen und beeinträchtigen die wirtschaftlichen Möglichkeiten zahlreicher Handelsunternehmen. Bezüglich der Gerüchte und ihrer möglichen Auswirkungen sollten wir uns unverzüglich mit Jakob Godefries beraten, ebenso über die Schritte, die eingeleitet werden müssen. Er ist uns verpflichtet, denn die Verbrechen sind auf seinem Schiff geschehen!*

Notiz des Ersten Bürgermeisters: *Die Criminal-Polizei-Abteilung wurde angewiesen, die Vigilanz zu verstärken. Godefries ist empört über den «neuerlichen Erpressungsversuch», trotz Versicherung, es handle sich um gemeinsame Interessen. Problem: Wolf vom* Beobachter *klagt über Knappheit bei der Papierlieferung, fühlt sich benachteiligt, droht mit Enthüllungen, aber doch ängstlich. Keine weiteren Ermittlungen gegen Godefries, aber ernstliche Ermahnung, sich seriöser zu gebaren. Scheint unverbesserlich. Aber das nächste Mal kommt er uns nicht so glimpflich davon!*

↷ **12** ↶ *Menü Pistoux* Zufrieden mit sich selbst und der Arbeit des Druckers, überreichte Pistoux seinem Chef die Menükarte für das große Bankett zu Ehren von Henriette Godefries.

Küchendirektor Dyckhoff las die mit maritimen Motiven verzierte Karte mit dem offiziellen Schriftzug des Hotels und nickte: «Mit dieser Speisenfolge müsste sogar der alte Godefries zufrieden sein.»

Hôtel de l'Europe, Hamburg

↷ *Menu* ↶

du 2ème Mai, 1882

CANTALOUP

↷ ↶

CONSOMMÉ HENRIETTE

VELOUTÉ AUX HUITRES

↷ ↶

TRUITE SAUMONÉE EN EUROPE

ASPIC DE FILETS DE SOLE

↷ ↶

SELLE DE PRÉ-SALÉ AUX LAITUES

PETITS POIS BONNE-FEMME

↷ ↶

SUPRÊME DE VOLAILLE MONTPENSIER

PATÉ DE POULET À L'ANGLAISE

↷ ↶

SORBET AU CLIQUOT ROSÉ

↷ ↶

83

PIGEONNEAUX CRAPAUDINE

ORTOLANS EN CAISSES

SALADE MUGUETTE

❧ ❧

SOUFFLÉ D'ÉCREVISSES

❧ ❧

FONDS D'ARTICHAUTS À LA MOELLE

❧ ❧

ORANGES À LA NORVEGIENNE

BANANES BOURDALOUE

MIGNARDISES

❧ ❧

ANANAS FRAISES

«Aber», fügte Dyckhoff hinzu und zog die Augenbrauen zusammen, «eine Meerjungfrau?» Er deutete auf die Zeichnung,
die den linken Rand der Karte zierte. «Ich gebe zu, sie sieht
ebenso verführerisch aus, wie das Menü klingt, aber sie scheint
mir nicht so recht zum Stil unseres Hauses zu passen.»

«Sie trägt die Gesichtszüge der Dame, der zu Ehren das Diner stattfindet.»

«Ebendies meine ich. Sie sollte etwas mehr bekleidet sein.»

Pistoux blickte seinen Chef ratlos an: «Eine bekleidete Meerjungfrau?»

«Diese Herausforderung zu bewältigen, überlasse ich Ihnen,
mein lieber Pistoux.»

❧ **13** ❧ FALKEN UND TAUBEN In der riesigen Küche des Hotels de l'Europe war die Hölle los. Alle Posten waren
doppelt besetzt. Das ganze verfügbare Küchenpersonal war im

Dienst, man hatte sogar Aushilfskräfte aus anderen Hotels rekrutiert, um den Arbeitsaufwand dieses Tages bewältigen zu können. Denn neben dem Bankett für die zweihundert Gäste des Reeders Godefries musste natürlich der Hotelbetrieb inklusive Bewirtung in Restaurant und Café aufrechterhalten werden. Die Folge war, dass die Köche dicht gedrängt nebeneinander an ihren Arbeitsplätzen standen und sich ab und zu anrempelten, auf die Füße traten oder mit den Ellbogen stießen, wenn sie sich mehr Platz verschaffen wollten. Die Küchenjungen rannten, gescheucht von den Köchen, hin und her. Die Chefs de Partie kommandierten brüllend ihre Untergebenen, während der Oberkellner mit seinen Chefs de Rang Strategien plante, wie das Geschirr einzusetzen sei. Trotz der enormen Hitze in der Küche, der schlechten Luft und der Enge herrschte angespannte Konzentration. Alle wussten, dass sie sich heute keinen Fauxpas erlauben durften.

Noch war der Höhepunkt des Dramas, der Coup de Feu, nicht erreicht, wenn die Bestellungen aus dem Restaurant in rascher Folge eingehen, das Feuer extra stark angefacht wird und die nervösen Aboyeurs, die Verbindungsmänner zwischen Küche und Restaurant, den Chefköchen die Menüwünsche der Gäste mitteilen. Doch schon jetzt stieg mit jedem Handgriff die Spannung, denn alles, was zubereitet wurde, musste auf die Sekunde genau vorgegart, auf den Millimeter genau zurechtgeschnitten und hundertprozentig frisch gehalten werden. Ein welkes Salatblatt, ein zu dunkel gebräuntes Fleischstück, ein faserig gegartes Fischfilet, zu weiches Gemüse oder eine Butter-Sauce, die auseinander zu fallen drohte – der kleinste Fehler konnte in dieser angespannten Atmosphäre die fristlose Kündigung des verantwortlichen Kochs nach sich ziehen.

Um seinem Souschef zur Hilfe zu eilen, einem altgedienten Belgier, mit dem Pistoux bisher kaum ein Wort gewechselt hatte, hatte sich sogar Küchendirektor Dyckhoff heute höchstpersönlich in die Küche begeben, erteilte Anweisungen und überwachte das Geschehen. Das Hauptproblem war, zu vermeiden, dass die beiden Brigaden sich in die Quere kamen. Pistoux hatte schon zwei Tage vorher seine Mannschaft zusammengerufen und war mit ihr alle Details durchgegangen. Er hatte einen genauen Zeitplan aufgestellt, wann die jeweiligen Produkte sich in welchem Stadium der Verarbeitung befinden sollten. «Eine Küchenbrigade zu befehligen», hatte sein Freund Escoffier einmal gesagt, «ist gleichsam ein militärischer Akt.» Es kam auf die richtige Strategie des Stabschefs an und darauf, dass alle Befehle reibungslos umgesetzt wurden. Gleichzeitig musste die Moral der Truppe erhalten werden. Deshalb hatte Pistoux darauf geachtet, dass, abgesehen von den Chefs der einzelnen Partien, kein Koch länger als zwölf Stunden am Stück im Einsatz war.

Er selbst war schon seit fünf Uhr morgens auf den Beinen, hatte den Einkauf auf dem Markt selbst getätigt und anschließend die Vorbereitungsarbeiten in der Gardemanger, der Speisekammer des Hotels, überwacht. Er hatte zusammen mit dem Chef Poissonnier die Frische der Fische geprüft und selbst einige Austern aufgebrochen, um sich von ihrer Qualität zu überzeugen. Er hatte die Konsistenz des Gelees geprüft, mit dem die Lachsforellen umgossen werden sollten, und sogar ein Probearrangement des Gerichts selbst entworfen. Dem Chef Saucier gab er die Anweisung, die Geflügelgerichte möglichst schlicht anzurichten, damit der erste Höhepunkt des Menüs nicht schon wie der Endpunkt wirkte. Den Chef Rôtisseur wies er an, ihm zur Probe ein Täubchen zu grillen, weil er sich überzeugen wollte, dass die kleinen Vögel nicht etwa zu trocken gerieten.

Streit gab es um die Qualität der Erdbeeren und der Melonen, die der Chef Gardemanger in Eigenverantwortung eingekauft hatte. Obwohl sie aus Frankreich kamen, entsprachen sie nicht den Geschmacksvorstellungen Pistoux', der sich aber notgedrungen damit abfinden musste, denn in ganz Hamburg waren keine anderen zu finden, und es kam nicht infrage, im Nachhinein nochmals die Karte zu ändern.

Doch nun war alles in vollem Gang: Die Entremetiers schmeckten ein letztes Mal die Suppen ab, die Rôtisseurs hatten die warmen Vorspeisen fertig und ließen ihre Lehrlinge nun das Feuer für die Grillgerichte anfachen.

Als Erstes fuhren die Poissonniers mit den kalten Vorspeisen los. Da die Küche sich im Erdgeschoss des Seitenflügels befand und die Speisen in den zweiten Stock des Haupttrakts transportiert werden mussten, war ein weiter Weg zurückzulegen. Zunächst ging es über Korridore und Flure in den Haupttrakt, dann mit einem Lastenaufzug in den zweiten Stock. Dort wurden die Speisen diskret in einen extra vorbereiteten Büffetraum geschoben, wo eine mobile Küche aufgebaut worden war, in der eine kleine Brigade die letzten Handgriffe machte und die Speisen portionsweise auf den Tellern arrangierte, bevor sie von den Kellnern abgeholt und im Bankettraum serviert wurden, in den eine beeindruckend hohe und breite Flügeltür führte.

Nachdem sich Pistoux überzeugt hatte, dass alle Arbeiten in der Küche korrekt verliefen, erteilte er den Chefs letzte Anweisungen und stieg dann in den zweiten Stock hinauf. Hier sprach er sich mit dem Maître ab, der für den reibungslosen Ablauf beim Servieren verantwortlich war, und überwachte die Arbeit der Köche.

Kurz darauf suchte er den Gastgeber auf, der in einem Separée vor einem kleinen mobilen Toilettentisch auf einem gepolsterten Schemel saß und sich eigenhändig und sehr akribisch rasierte. Pistoux blieb hinter dem Reeder stehen, der ihm den Rücken zuwandte, und musste warten. Er war unruhig, es gab schließlich noch viel zu tun, und das schabende Geräusch der scharfen Klinge stieß ihn ab. Pistoux empfand diese Situation als erniedrigend.

Endlich, nachdem er seine Kinnpartie im Spiegel eingehend studiert hatte, klappte Godefries das Rasiermesser zusammen und wischte den restlichen Schaum mit einem feuchten Tuch ab. Dann drehte er sich um. «Auf meinen Reisen habe ich mir angewöhnt, bestimmte alltägliche Verrichtungen selbst in die Hand zu nehmen», erklärte er und warf das Tuch nachlässig auf den Toilettentisch zurück. «Na, Monsieur, gibt es noch etwas?»

Verärgert über den herablassenden Tonfall, teilte Pistoux ihm knapp mit, dass alle Vorbereitungen getroffen seien, und fragte nach Änderungswünschen oder Neuerungen. Zu seiner großen Erleichterung gab es keine weiteren Sonder- oder Extrawünsche. Pistoux verabschiedete sich wieder. Er hatte seine Aufwartung gemacht, es konnte losgehen.

Die Einladung für das Diner zu Ehren von Henriette Godefries war auf 20 Uhr erfolgt. Die Gäste wurden im Foyer des zweiten Stocks vom Gastgeber und von seiner Tochter begrüßt und mit Champagner bewirtet.

Währenddessen hatten sie Gelegenheit, zu gratulieren und ihre Geschenke zu übergeben, die von bereitstehenden Hoteldienern in ein extra dafür hergerichtetes Zimmer gebracht wurden. Zum Aperitif spielte ein Streichquartett. Nach einer kurzen Begrüßungsrede lud Jakob Godefries seine Gäste ein, den zweiten Stock des Hotels de l'Europe in Besitz zu nehmen. Tatsächlich stand ihm und seinen Gästen nur die Hälfte des zweiten Stockwerks zur Verfügung, im anderen Teil hatte ein Prinz, der gern inkognito bleiben wollte, eine Zimmerflucht gemietet. Dieser Bereich wurde dezent von mehreren Paravents abgeschirmt, hinter denen ein Hausdiener wachte, um eventuelle Eindringlinge abzufangen.

Die zweihundert ausgesuchten Gäste von Henriette Godefries hatten dennoch genug Platz: In einem kleinen Konzertsaal spielte ein Kammerorchester auf, sobald die letzten Töne des Streichquartetts verstummt waren. In einem zweiten Raum befand sich eine Bühne, auf der Schauspieler des Thalia Theaters eine komödiantische Version von Ibsens «Nora» aufführten. Komödiantisch deshalb, weil ihr Theater auf Lustspiele verpflichtet war, um dem ehrwürdigen Stadttheater keine Konkurrenz zu machen. In einem dritten Zimmer trat eine Sopranistin auf, die im Haus an der Dammtorstraße große Erfolge gefeiert hatte. Sie wurde von einem Pianisten und nicht gerade aufmunterndem Getuschel der Gäste begleitet.

Natürlich gab es neben diesen Räumlichkeiten und dem großen Bankettsaal auch einen Rauchsalon, ein Teezimmer für die Damen und diverse Separées. Außerdem standen den Gästen das Billardzimmer und ein Salon zum Kartenspielen zur Verfügung. Nach dem Bankett würde das Kammerorchester bis in den frühen Morgen Walzer und Polkas von allen Strauß-Brüdern und -Söhnen spielen. Das hatte sich das Geburtstagskind gewünscht, denn nichts liebte Henriette seit ihrem Wien-Aufenthalt vor einigen Jahren so sehr wie diese mal schmissige, mal melancholische Musik aus der Hauptstadt der Donaumonarchie.

Bevor die Gäste in den Bankettsaal gebeten wurden, fand Pistoux noch Zeit, die endlos langen, mit feinstem Porzellan, schwersten Kristallgläsern und üppigstem Besteck in Gold und Silber gedeckten Tische zu begutachten. Es war eine ungeheuer lange Tafel, die drei Seiten des Saals einnahm. In der Mitte stand eine Blumenskulptur, die eine auf einem Delphin reitende Meerjungfrau zeigte. Sie würde später durch eine Eisskulptur ersetzt werden, die zwei mit exotischen Früchten verzierte Alsterschwäne darstellte. Zahlreiche Lüster, die mit maigrünen Blättern und Blumen dekoriert waren und zwischen denen sich bunte Girlanden rankten, erleuchteten den Saal, und große Spiegel warfen einander die bunten Reflexe der üppigen Szenerie zu und vervielfachten den Glanz.

Der Maître, der gerade seinen letzten Kontrollgang absolvierte, bemerkte, dass Pistoux eingetreten war, und eilte auf ihn zu. Er war nervös, rang aufgeregt die Hände, blieb vor dem Bankettchef stehen und blickte ihn auffordernd an. Pistoux nickte nur, denn alles schien ihm in bester Ordnung zu sein.

Dem Maître genügte dies offenbar nicht. Er fragte: «Nun?»

«Ja», sagte Pistoux, dem gerade auffiel, dass das Service-Personal zwischen Stuhlreihe und Saalwand nur wenig Platz haben würde. Da könnte es zu unvorteilhaftem Gedränge kommen. Aber dies zu korrigieren war nicht seine Aufgabe und ohnehin nicht mehr möglich. Also nickte er dem Maître noch einmal zu und wiederholte sein «Ja». Dann wandte er sich um und verließ den Raum.

Als er die Tür hinter sich geschlossen hatte und den Flur überqueren wollte, bemerkte er, dass er gemustert wurde. Er blickte nach rechts und sah direkt in die Augen des Geburtstagskinds. Henriette wurde von zahlreichen jungen und nicht mehr ganz so jungen Männern umringt. Sie trug ein leuchtend grünes Seidenkleid mit einem Blumenmuster, dessen zahlreiche Wellen, Falten und Rüschen so raffiniert geschnitten waren, dass sie trotz der großen Stoffmenge ihre Figur wirkungsvoll zur Geltung brachten. Ihre Haare waren kunstvoll hochgesteckt, und auf dem Kopf prangte ein Diadem, mit dem sie wie eine Prinzessin wirkte. Die goldene Halskette und das blumenbestickte Dekolleté vervollkommneten diesen Eindruck. Nur der kecke Gesichtsausdruck, mit dem sie ihn zwischen den Köpfen ihrer Verehrer hindurch musterte, wollte nicht zu ihrer Ausstattung passen, die ganz von Noblesse und gar nicht von bürgerlicher Bescheidenheit geprägt war. Plötzlich schnappte ein Fächer vor ihrem Gesicht auf und verdeckte die untere Hälfte. Ihre Augen, so strahlend grün wie der Stoff ihres Kleids, blickten ihn intensiv an. Warum sah sie ihn so an? Auf dem Fächer bemerkte er das Bild eines Falken in rötlichem Federkleid.

Der Fächer klappte zu, die Dame wandte sich ab und lachte über einen Scherz. Er war einer Illusion verfallen, sie hatte ihn gar nicht bemerkt. Pistoux schüttelte energisch den Kopf und öffnete die Tür zur Bankettküche.

Punkt 22.30 Uhr verstummten die diversen künstlerischen Darbietungen. Den anwesenden Hanseaten musste man keinen weiteren Wink geben. Die Herren suchten sich ihre Tischdamen und eilten in den Bankettsaal. Ein Hamburger ließ sich nicht zweimal zu Tisch bitten. Die anderen Gäste folgten langsamer und fröhlich plaudernd. Man widmete sich zerstreut den schon aufgetragenen Melonen und begann mit der notwendigen Konversation, die den auswärtigen Gästen offenbar leichter fiel als den Ortsansässigen. Um 22.50 Uhr wurden die Suppen serviert. Dann ging es Schlag auf Schlag. Die Brigade fand ihren Rhythmus, die Kellnertruppe nahm ihn auf, und die Gäste bemerkten kaum, wie ihnen die Teller hingestellt oder fortgezogen wurden. Manche registrierten nicht einmal, was für wundervolle Werke der kulinarischen Künste ihnen aufgetragen wurden.

Henriette Godefries und ihr Vater saßen am Kopfende der U-förmigen Bankketttafel. Links neben der Tochter saß der Erste Bürgermeister, daneben dessen Frau und sein ältester Sohn. Rechts neben Jakob Godefries hatten der Zweite Bürgermeister und seine Gattin Platz genommen. Auch andere Mitglieder von Senat und Bürgerschaft waren anwesend, ebenso bedeutende Vertreter der hamburgischen Wirtschaft, vor allem solche, die noch ledige Söhne zu vergeben hatten. Während Henriette mit ihren Tischnachbarn Scherze, Bonmots und Anekdoten austauschte, kam der alte Godefries immer wieder auf geschäftliche und politische Angelegenheiten zu sprechen.

Am linken unteren Ende der Tafel saßen sich der schmächtige Johannes Wolf als Abgesandter der lokalen Presse und der untersetzte Hauptmann Petersen als Vertreter der Polizeibehörde gegenüber. Beide wunderten sich, warum der jeweils andere überhaupt eingeladen war. Seit der leidigen Affäre um die *Anastasia* schätzten sie sich nicht besonders, obwohl sie beide am gleichen Strang der Aufklärung zogen. Wolf hatte Petersen um Informationen bedrängt, dieser hatte sie verweigert, man hatte sich gestritten, der Redakteur hatte mit der Macht der Presse gedroht, der Hauptmann der Criminal-Polizei hatte obskure «Maßnahmen» gegen den ‹Beobachter› angekündigt – und seitdem waren sie sich spinnefeind. Deshalb hätten sie heute auch kein Wort miteinander gewechselt, hätte nicht neben Petersen ein gesprächiger Mann von etwa vierzig Jahren gesessen, der einen Henri-Quatre-Bart trug und damit leicht verwegen aussah. Seine Begleiterin, eine üppige Dame mit beängstigend fülligem Dekolleté, dem Rosenduft entströmte, schaffte es mit säuselnder Konversation, die Aufmerksamkeit des Redakteurs auf sich zu ziehen, nachdem der Henri-Quatre-Träger, der sich als Alwin Trader vorgestellt hatte, aus dem Vierergespräch eine Unterredung zwischen ihm und dem Polizeihauptmann gemacht hatte.

Trader zeigte ein leicht gelangweiltes Interesse für Petersens Ausführungen bezüglich der Sicherheitsprobleme auf dem Hamburger Berg, kannte aber erstaunlicherweise alle Beamten der Davidwache mit Namen. Er hatte sich als «zugereister Handelsmann» vorgestellt, seine genaue Herkunft aber verschwiegen. Während er die Hühnerbrüstchen aß, stellte er naive Fragen über die verrufene St.-Pauli-Vorstadt, als er sich den gebratenen Tauben widmete, hörte er interessiert zu, wie Petersen sich ein «sauberes Vergnügungsviertel» vorstellte. Als das Krebssoufflé gereicht wurde, fragte er nach den verschiedenen illegalen Tätigkeiten, denen der Hauptmann, wie er behauptete, bereits «Herr geworden» sei. Während er sich zerstreut den Artischockenböden widmete, ließ sich Trader naiv staunend über Organisation und Tätigkeitsfeld der geheimen Polizeispitzel auf dem Hamburger Berg aufklären. Petersen war besonders stolz auf seine Offizianten der Dauervigilanz, er las ihre Berichte mit großer Begeisterung, denn er war fasziniert von Hamburgs Sündenbabel in der Vorstadt und tat nichts lieber, als ab und zu selbst als Geheimagent auf Spionagetour zu gehen.

Zur Entlastung des geschwätzigen Hauptmanns muss erwähnt werden, dass zur Melone ein zweites Mal Champagner ausgeschenkt worden war, dass es zu den Suppen Sherry gegeben hatte und dass Fisch und Huhn von bestem Rheinwein begleitet worden waren. Natürlich handelte es sich auch bei dem als Erfrischungsgang servierten Sorbet um eine Champagner-Kaltschale, und selbstverständlich wurden zum Wildgeflügel rote Burgunder und zum Ausklang feinste Bordeaux-Weine gereicht. Erst beim überbackenen Orangeneis verzichtete der vom Reden erschöpfte Polizist auf den erneut angebotenen Champagner, weil ihm die Zunge schwer wurde.

Nicht nur Petersen, auch anderen Gästen ging es so. Das Fest hatte sich verselbständigt, der Anlass war so gut wie vergessen, und nur die Ehrengäste am Kopf der Tafel unterhielten sich mit Jakob Godefries und seiner Tochter. Mancher der jungen männlichen Bewunderer von Henriette Godefries glaubte zu registrieren, dass das Geburtstagskind sich bald an der Konversation mit den Mächtigen der Stadt langweilte. Sehr früh schon legte sie ihr Besteck beiseite und begann, sich mit dem Fächer frische Luft zuzuwedeln. Irgendwann verschwand sie für einige Zeit, kehrte zurück und flüsterte ihrem Vater etwas ins Ohr. Die beiden Bürgermeister, die mit roten Köpfen lokale und handelspolitische Ereignisse und Entwicklungen debattierten, ließen sich in ihrem Redefluss auch dann nicht stören, als sich der Reeder ebenfalls für einige Minuten entschuldigte. Ihre Gattinnen, die bis dahin hoch fliegende Gedanken zu Theater, Dichtung und Kunst ausgetauscht hatten, ließen nun ihrer Empörung über den Abriss von Sillems Bazar freien Lauf, der dem Hotel Hamburger Hof hatte weichen müssen.

Am unteren Ende der Tafel hatte sich Redakteur Wolf zielstrebig immer näher zum Dekolleté seiner Nachbarin hinbewegt. Gelegentlicher Handkontakt hatte ihn ermutigt und vergessen lassen, dass die Dame ja mit einem Kavalier gekommen war. Als die knusprige Bananenspeise aufgetragen wurde, hätte er beinahe ihren Löffel genommen, so nahe war er ihr auf die Pelle gerückt. Die Dame tat empört und behauptete scherzhaft, er wolle ihr das Dessert wegessen. Schnell versöhnte man sich wieder und lachte sich über die klingenden Champagnergläser hinweg zu. Danach verließen den Redakteur die Kräfte, und sein Kopf sank auf die Tischplatte.

Ohne dass Hauptmann Petersen es so recht bemerkte, wechselten Trader und die schöne Helene die Plätze. Kaum wurde der Kaffee gebracht, flüsterte die üppige Dame dem Polizisten zu, sie hätte da ein hübsches kleines Zimmerchen entdeckt, in dem man sich gemeinsam von den Strapazen des Diners erholen könnte. Petersen war wie vom Donner gerührt, sein Gesicht rötete sich, er stammelte etwas Unverständliches und ließ sich dann widerstandslos abführen. Wenig später, nachdem klar war, dass Wolf sich nicht so schnell erholen würde, stand auch Trader gelangweilt auf und ging fort.

Inzwischen war der Geräuschpegel im Saal immens angestiegen. Dank der auswärtigen Gäste hatte sich eine heitere bis fröhliche Stimmung ausgebreitet. Kaum einer langweilte sich, wie es sonst bei hanseatischen Diners nach der Hauptspeise meist der Fall war. Henriette Godefries prostete tapfer den etwa fünfzehn verschiedenen Verehrern zu, die im Saal verteilt saßen und die ihr Vater nach aufwändigem Studium von Familienstammbäumen und Vermögensberichten auserwählt hatte. Sie interessierte sich für keinen von ihnen, würde aber mit jedem noch tanzen müssen. Sie hatte es aufgegeben, zu protestieren, wenn ihr Vater sie wieder einmal zurechtwies und ihr zum tausendsten Mal zu erklären versuchte, «dass eine Heirat eine geschäftliche Transaktion ist, weiter nichts, aber von enormer Bedeutung für die Zukunft». Die Zukunft der Familie Godefries und des väterlichen Imperiums war Henriette momentan ziemlich gleichgültig, sie fragte sich, ob sie jemals einem Mann begegnen würde, den sie lieben könnte.

Es war jetzt bereits ein Uhr nachts. Nach und nach erhoben sich die Gäste, um sich die Füße zu vertreten. Manche strebten dem Rauchsalon zu, andere verlangte es nach Cognac, verschiedene Grüppchen fanden sich zusammen, um sich gemeinsam an einen Spieltisch zu setzen oder in den Spielsalon zu wechseln. Die meisten jungen Leute machten sich auf den Weg in den Ballsaal, wo das Orchester versuchte, mit verschiedenen Polkas die Stimmung anzuheizen. Jakob Godefries verschwand mit einigen Herren, und Henriette versuchte sich diverser anstürmender Verehrer zu erwehren, was ihr nur gelang, indem sie zur Toilette eilte.

Pistoux, Rother und Reinwill waren zufrieden. Alles hatte reibungslos geklappt. Nun konnte nichts mehr schief gehen. Höchstens, dass zu späterer Stunde der eine oder andere Betrunkene diskret in eine Kutsche gesetzt werden musste.

Pistoux lobte seine Köche, die sämtliche Utensilien der mobilen Küche bereits wieder zusammengepackt hatten. Als er dann auf den Flur trat, stand er ihr plötzlich gegenüber. Ihre grünen Augen leuchteten wie Smaragde, ihre Wangen waren leicht erhitzt, ihre Lippen von strahlendem Rot. Man merkte Henriette Godefries nicht im Geringsten an, dass sie bereits seit Stunden feierte und dabei sicherlich nicht wenig getrunken hatte. Sie lächelte ihn an. Pistoux wusste nicht, wie er reagieren sollte. Er hatte sie nur einmal getroffen, ihr in einer schwierigen Situation geholfen. Aber genoss er deshalb schon das Privileg, auf sie zugehen zu dürfen? In seiner Position als Hotelbediensteter war er zu höflicher Zurückhaltung verpflichtet und trotz seiner leitenden Funktion ihr gegenüber ein Dienender. Er deutete eine Verbeugung an. Gleichzeitig bemerkte er, wie sich schon wieder ein Grüppchen von Verehrern zusammenfand, die jeden Augenblick Anspruch auf Henriettes Gesellschaft erheben würden.

Henriette klappte den Fächer auf, der das Bild von zwei einander zugewandten bunten Papageien zeigte. «Sie haben sich sicherlich nicht so gelangweilt wie ich heute Abend», sagte sie.

«Hat Ihnen das Menü nicht gefallen?»

Sie lachte ungezwungen. «Oh, ich bitte vielmals um Entschuldigung. Meine Bemerkung war nicht auf Ihr wundervolles Diner gemünzt.»

«Es hat Ihnen also zugesagt?»

«Sie sind ein Künstler, Monsieur. Ich hätte gern mehr Zeit gehabt, mich Ihrem Menü zu widmen. Doch leider musste ich pausenlos Konversation üben.»

«Das ist das Los derer, die im Mittelpunkt stehen, Mademoiselle.»

«Sie sollten das ganze Menü noch einmal kochen, Monsieur. Für mich allein.»

Pistoux deutete eine weitere Verbeugung an. «Stets zu Diensten.»

Sie lachte fröhlich und richtete es dabei so ein, dass er nichts weiter sah als ihre grünen Augen über dem Rand des Fächers. «Ich werde meinen Vater bitten, dass er mir das Hotel-Restaurant für einen Tag mietet. Und dann werde ich mich ganz allein von Ihnen bewirten lassen. Was halten Sie davon?»

Pistoux war um eine Antwort verlegen. In solchen Dimensionen zu denken war er nicht gewohnt.

Sie klappte den Fächer zusammen. «Entschuldigen Sie, bitte. Ich habe wohl doch etwas zu viel Champagner getrunken.»

Die Verehrer drängten sich nun heran, manche taumelten leicht, andere wirkten melancholisch, nur einer machte einen entschlossenen Eindruck und trat forsch zwischen Pistoux und Henriette, um sie zu trennen.

«Erlauben Sie! Ich unterhalte mich …», protestierte sie.

Aber Pistoux hatte sich schon abgewandt. Nach einigen Schritten hörte er plötzlich einen gellenden Schrei. Dann einen Hilferuf. Die Stimme kam aus dem Bankettsaal. Pistoux eilte zur halb geschlossenen Flügeltür, zog sie auf und trat ein. Die Tische waren noch nicht abgeräumt und boten ein Bild des totalen Durcheinanders. Die besten Tischsitten und die nobelste Gesellschaft konnten eben doch nicht verhindern, dass sich am Ende eines kulinarischen Ereignisses ein Bild trauriger Verwüstung auftat.

Die Hilferufe kamen von Redakteur Wolf. Er kroch auf allen vieren über den Bankettisch. In der einen Hand hielt er eine dicke Zigarre. Offenbar hatte er versucht, sie anzuzünden. Vor ihm war ein Ständer mit brennenden Kerzen umgestürzt, und das Tischtuch hatte, unterstützt vom Inhalt einer ausgelaufenen Cognac-Karaffe, Feuer gefangen. Gleiches war mit Wolfs Frack passiert. Er brannte an mehreren Stellen.

Der Redakteur versuchte schreiend die Flammen an seinen Manschetten mit bloßer Hand zu ersticken und merkte nicht, dass auch seine Hosenbeine bereits angesengt waren. Voller Panik und natürlich noch immer sturzbetrunken fiel er schließlich vom Tisch und brannte auf dem Boden weiter.

Pistoux griff nach zwei Eiskübeln und sprang dem Unglücklichen zu Hilfe. Er schüttete das kalte Wasser auf den schreienden Redakteur, und das Feuer war in wenigen Sekunden gelöscht. Wolf blieb wimmernd liegen, während Pistoux mit dem Inhalt eines dritten Kübels den Brandherd auf dem Tisch löschte. Dann kniete er sich neben den Redakteur, der dalag wie ein verletztes Kind und jammerte. Seine linke Hand schien verbrannt zu sein. In der rechten hielt er noch immer die Zigarre.

Pistoux, der im Augenwinkel bemerkte, dass einige Neugierige sich an der Tür versammelt hatten, zog den Betrunkenen auf die Beine und warf ihn sich über die Schulter. Dann bahnte er sich eilig einen Weg durch die Schaulustigen, lief den Korridor entlang, bemerkte Henriettes irritierten Blick, die am Eingang zum Ballsaal stand, und öffnete die Tür zu einem Chambre particulière.

Das Separée lag im Halbdunkel, nur zwei elektrische Wandleuchter verbreiteten dezentes Licht. Es war das Zimmer, in dem er kurz vor Beginn des Banketts Jakob Godefries aufgesucht hatte. Der mobile Toilettentisch stand noch da, des Weiteren ein Tisch mit bequemen gepolsterten Lehnstühlen, ein Sofa, ein Rauchtisch und zwei niedrige Sessel. Ein kleiner Kamin ohne Feuer vervollständigte die Einrichtung. Ein großformatiges Gemälde zeigte eine ländliche Szene mit Nymphen.

Pistoux hätte den Redakteur gern auf das Sofa gelegt, aber das war nicht möglich: Dort lag bereits ein Mann. Wer es war, konnte man nicht erkennen, denn er wandte ihnen den Rücken zu und trug einen Hut auf dem Kopf. Pistoux murmelte ächzend eine Entschuldigung für sein Eindringen. Der Redakteur war ihm zu schwer geworden. Er setzte ihn vorsichtig auf einen Sessel und richtete sich auf. Dann entschuldigte er sich nochmals und erklärte, dass er fortgehen und einen Arzt holen wollte. Der Angesprochene reagierte noch immer nicht. Pistoux trat ans Sofa. Er bemerkte einige rote Spritzer an der Wand, noch mehr davon auf dem Sofa. Das Kissen war blutgetränkt. Pistoux fasste den Mann an der Schulter und drehte ihn um. Tote Augen starrten ihn an. Eine obszöne Wunde klaffte im Hals. Der Hut rutschte zur Seite.

Pistoux prallte entsetzt zurück. Zu dem Gefühl des Ekels angesichts dieses schauderhaften Anblicks gesellte sich Verwirrung. Wie kam dieser Mensch hierher? Es handelte sich um den jungen Mann mit den schwieligen Händen, der vor einigen Tagen so brutal aus dem Park der Villa Godefries gejagt worden war. Jetzt war er wesentlich besser gekleidet, trug ein weißes Hemd, eine Fliege und einen Gehrock sowie blank polierte Schnürstiefel. Alles offenbar von bester Qualität.

Pistoux entdeckte einen Gegenstand, der unter dem Revers des Gehrocks des Toten hervorragte. Er beugte sich vor und zog ihn heraus. Es war ein Fächer. Er klappte ihn auf und starrte auf das Bild eines Falken im rötlichen Federkleid.

◦⋅ **14** ⋅◦ *DIE LEICHE IM SEPARÉE* «Entschuldigen Sie bitte», hörte Pistoux hinter sich die brüchige Stimme des betrunkenen Redakteurs. «Was machen Sie mit mir?»

Zwei Sekunden lang verharrte der Angesprochene regungslos und überlegte. Dann klappte er den Fächer zusammen und steckte ihn in die Innentasche seines Jacketts. Er schob die Leiche wieder in ihre ursprüngliche Position, richtete sich auf und drehte sich um.

Wolf bot einen recht erbärmlichen Eindruck. Er hatte sich aufgerappelt und begutachtete seinen verbrannten Ärmel.

«Herrje», murmelte er, «mein Frack. Er ist doch nur geliehen.» Dann verzog er das Gesicht. «Meinen Arm hat es übel erwischt, wie mir scheint.» Er sah sorgenvoll an sich hinunter. Die hellgrauen Hosenbeine waren teilweise schwarz versengt.

«O je.» Dann blickte er Pistoux an. «Sie haben nicht vielleicht ein Glas Wasser für mich? In meinem Kopf dreht sich alles, und auch mein Magen scheint in Unordnung geraten.»

Pistoux nickte. Auf dem Rauchtisch stand ein Tablett mit Karaffen und Gläsern. Er griff nach einer Karaffe mit klarer Flüssigkeit, roch daran, um sich zu überzeugen, dass es sich um Wasser handelte, und goss etwas davon in ein Glas, das er dem Redakteur reichte.

99

Wolf setzte sich aufrecht hin und nahm das Glas entgegen. Dabei fiel sein Blick auf den Mann auf dem Sofa. «Oh, wir sind nicht allein», sagte er mit verlegenem Lächeln.

«Doch», sagte Pistoux.

Wolf nahm einen gierigen Schluck von dem Wasser. «Schläft er?»

«Er ist tot.»

Wolf riss die Augen auf: «Wie?»

«Wir haben soeben eine Leiche gefunden», erklärte Pistoux.

«Wir?» Mit einem Mal schien der Redakteur hellwach zu sein.

«Erst ich, jetzt Sie.»

«Haben Sie ihn ...?» Wolf sah sich um. Sein Blick blieb an der Tür hängen. Saß er etwa einem Mörder gegenüber? Gab es eine Möglichkeit zur Flucht?

«Er war schon hier, als wir zusammen hereinkamen», sagte Pistoux.

«Was wollten wir denn hier?», fragte Wolf verständnislos.

«Sie waren etwas ... derangiert.»

«Ich muss wohl in Ohnmacht gefallen sein», murmelte der Redakteur matt. «Hoffentlich habe ich niemanden ...»

«Sie waren allein im Saal. Ich habe Sie schnell davongetragen.»

«Danke.» Wolf schien erleichtert, dann wieder besorgt, als er seine Kleidung erneut untersuchte. Er seufzte und sah auf: «Woran ist er denn gestorben?»

«Man hat ihm die Kehle durchgeschnitten», sagte Pistoux.

«Oh, aber das ist ja ... grausig.»

«Ja.»

«Ein Fall für Hauptmann Petersen. Das wird ihm gar nicht gefallen. Sicherlich schwingt er gerade das Tanzbein.»

«Ein Polizist ist anwesend?»

Wolf nickte.

«Ich werde ihn suchen lassen.» Pistoux stand auf. Neben der Tür hing ein seidenes Band, an dem man ziehen musste, wenn man im Séparée bedient werden wollte.

«Es wäre nett», bat Wolf, «wenn Sie mir neue Kleider beschaffen könnten.»

Pistoux betätigte die Klingel.

Plötzlich schien Wolf etwas einzufallen, er stand von seinem Sessel auf und stellte sich vor: «Gestatten Sie: Johannes Wolf, leitender Redakteur des ‹Hamburger Beobachters›.»

«Jacques Pistoux, Bankettchef des Hotels.»

Man gab sich die Hand, dann klopfte es. Pistoux rief «Herein!», und ein Etagenkellner erschien in der Tür.

«Sagen Sie Reinwill Bescheid, dass in diesem Zimmer etwas Unangenehmes vorgefallen ist. Und lassen Sie bitte unverzüglich nach …» Pistoux blickte fragend zu Wolf.

«Petersen, Hauptmann Petersen von der Criminal-Polizei.»

«… nach Hauptmann Petersen suchen. Er müsste sich ebenfalls auf dieser Etage aufhalten. Und schicken Sie bitte so schnell wie möglich ein Mädchen mit einer neuen Abendgarderobe für den Herrn hier zu uns.»

Der Kellner warf Wolf einen prüfenden Blick zu, offenbar um seine Größe abzumessen, nickte pflichteifrig und verschwand. Kurz darauf kam ein Dienstmädchen und brachte ein neues Hemd, eine Hose und einen Frack für den Redakteur, der sich in Windeseile umzog.

Dann klopfte es und der Maître d'hôtel erschien. Hinter ihm trat der Etagenkellner ins Zimmer. Er beugte sich vertrauensvoll zu Pistoux und flüsterte: «Hauptmann Petersen wird gleich bei Ihnen sein. Er muss sich nur noch ankleiden.»

«Danke.»

«Ankleiden?», fragte Reinwill.

«Er hatte es sich in einem Zimmer bequem gemacht.»

«Und der da?» Reinwill deutete auf den Mann auf dem Sofa.

«Ist tot», sagte Wolf, der sich gerade seine Schleife band.

«Tot?» Reinwill wandte sich empört an den Bankettchef. «Erklären Sie mir das!»

«Jemand hat ihm die Kehle durchgeschnitten», sagte Pistoux.

«Unmöglich ...» Er trat zum Sofa hin, warf einen Blick auf die Leiche und prallte erschrocken zurück. «Hat jemand, ich meine, die Gäste ... weiß jemand davon?»

«Bis jetzt noch nicht.»

«Wir müssen den Direktor informieren, einen Boten schicken, die Polizei ... Und wer sind Sie eigentlich?»

Wolf hatte die Schleife fertig gebunden und machte wieder einen zivilisierten Eindruck. «Darf ich mich vorstellen: Johannes Wolf, leitender Redakteur des ‹Hamburger Beobachters›.»

«Die Presse? Um Himmels willen, Pistoux! Warum ...?»

«Wir haben ihn zusammen gefunden.»

«Ich rechne auf Ihre Diskretion, Herr Wolf!»

Der Redakteur breitete die Arme aus, als wollte er damit Schicksalsergebenheit demonstrieren.

«Und was die Polizei betrifft ...», sagte Pistoux.

«Herrgott, die Polizei! Was für eine Geschichte!», rief Reinwill aus.

Es klopfte, die Tür wurde aufgerissen, und Hauptmann Petersen trat ein. Er verströmte einen leichten Rosenduft.

«Wolf?», sagte er überrascht. Er schien peinlich berührt, so plötzlich dem Redakteur gegenüberzustehen. «Was ...?»

«Es geht um den Herrn auf dem Sofa», sagte Reinwill.

«Was ist mit ihm?», fragte der Hauptmann begriffsstutzig.

«Er ist ermordet worden», erklärte Pistoux kurz und bündig.

«Schließen Sie die Tür, zum Donnerwetter!», schrie Reinwill den Etagenkellner an, der neugierig zum Sofa geblickt hatte. Von draußen drangen Walzerklänge herein. Der Kellner zuckte zusammen und zog die Tür zu.

«Von außen, Sie Tölpel!»

«Verzeihung ...»

«Haben Sie einen Boten zum Direktor geschickt?»

«Einen Boten?»

«Aber schnell! Eine Angelegenheit von größter Dringlichkeit.»

«Sehr wohl.» Der Etagenkellner stürzte verwirrt hinaus.

Hauptmann Petersen war zum Sofa getreten und betrachtete den Toten.

«Wir haben ihn so vorgefunden», sagte Pistoux. «Jemand hat ihm die Kehle durchgeschnitten.»

«In der Tat, dem ist nichts hinzuzufügen. Scheußliche Sache.» Petersen ging wieder auf Distanz zur Leiche. «Wo ist die Tatwaffe?»

Pistoux zuckte mit den Schultern: «Ich habe keine Waffe gesehen.»

«Ein Messer. Möglicherweise ist es zu Boden gefallen.» Der Hauptmann schob den Tisch vom Sofa weg und bückte sich.

Auch Reinwill kniete sich hin und begann ziellos zu suchen.

Pistoux und Wolf sahen einander an.

«Der Mörder wird die Tatwaffe wieder mitgenommen haben», sagte der Redakteur.

Pistoux zuckte mit den Schultern.

Petersen stand schnaufend auf. «Ein Messer ist nirgends zu sehen. Aber was ist das hier?» Er hielt Wolfs angebrannten Frack in die Höhe.

«Das ... gehört mir», stammelte der Redakteur. «Mir ist ein Malheur passiert.»

Der Hauptmann ließ die Jacke wieder fallen.

Reinwill erhob sich. «Ein Mord in unserem Hotel ...», murmelte er.

«Ich möchte Sie bitten, Platz zu nehmen», sagte Petersen.

Wolf ließ sich wieder auf den Sessel fallen, Reinwill und Pistoux nahmen sich jeweils einen Lehnstuhl, Petersen blieb stehen.

«Wenn ich es richtig verstehe, sind Sie, Herr …?»

«Pistoux. Ich bin der Bankettchef.»

«… sind Sie, Herr Pistoux, hereingekommen und haben den Toten auf dem Sofa liegend vorgefunden. Sie waren allein?»

«Herr Wolf war bei mir. Er wollte sich hinlegen», erklärte Pistoux diskret. Wolf warf ihm einen dankbaren Blick zu.

«Aha. War sonst noch jemand im Zimmer?»

«Nein.»

«Und Sie haben nichts verändert?»

Pistoux zögerte, schüttelte den Kopf: «Nur der Hut ist zur Seite gerutscht.»

Hauptmann Petersen wandte sich an Reinwill: «Wer hat dieses Zimmer benutzt?»

«Herr Godefries. Die anderen Particulières waren ja sozusagen öffentlich, ich meine, frei zugänglich, falls jemand sich zurückziehen wollte, um sich … äh, auszuruhen …»

«Aber dies hier war ausschließlich für Herrn Godefries reserviert?»

«Ja.»

«Er hatte einen Schlüssel?»

«Ja. Und seine Tochter ebenfalls.»

Petersen wandte sich an Pistoux. «Aber die Tür war nicht abgeschlossen?»

«Nein.»

Der Hauptmann sah Wolf scharf an: «Können Sie das bestätigen?»

Der Redakteur wurde rot und stotterte: «Ich, äh, denke schon.»

«Wer alles hat dieses Zimmer noch benutzt?»

«Man müsste die Etagenkellner befragen», schlug Reinwill vor.

104

«Nun gut, wir werden die Identitäten in Erfahrung bringen, schließlich waren nur geladene Gäste da.»

«Wollen Sie etwa jetzt alle verhören?», fragte der Maître d'Hôtel. «Könnten wir nicht diskret …? Es wäre doch fatal, wenn wir das Fest so rüde abbrechen müssten.»

«Jemand muss den Toten identifizieren», sagte Petersen. «Er gehörte sicherlich zu den Gästen. Er wird womöglich schon vermisst.»

«Das glaube ich nicht», schaltete Pistoux sich ein.

«Nein?» Der Hauptmann sah ihn forschend an.

«Nein. Sehen Sie sich doch mal seine Hände an.»

«Was ist damit?»

«Das sind Arbeiterhände.»

«In der Tat. Aber die Kleidung scheint von guter Qualität zu sein.»

«Betrachten Sie mal das Gesicht. Bartstoppeln. So schlecht rasiert geht niemand auf einen Ball. Auch der Haarschnitt ist sehr nachlässig.»

«Sie haben Recht, Pistoux», stimmte Petersen zu.

«Ein Hochstapler?», fragte Reinwill.

«Wohl eher ein Eindringling», meinte Pistoux.

«Was wollte er hier?» Der Hauptmann runzelte die Stirn.

«Das sollten Sie die fragen, denen dieses Zimmer hier als Aufenthaltsort diente», antwortete Pistoux.

«Den alten Godefries und seine bezaubernde Tochter», warf Wolf mit spöttischem Unterton ein.

«Heute Nacht noch?», murmelte Petersen. «Niemals.»

«Das zöge einen Skandal nach sich.» Reinwill hob beschwörend die Hände.

«Schließen Sie das Zimmer ab», sagte der Polizeihauptmann. «Stellen Sie einen Posten vor die Tür. Wir werden in ein paar Stunden, wenn sich die Lage beruhigt hat, für den Abtransport sorgen. Bitte hinauszutreten.»

Die vier Männer verließen den Raum. Das Licht auf der Etage war inzwischen herabgedreht worden. Aus dem Ballsaal schmetterte eine Polka. Vereinzelte Grüppchen unterhielten sich, manche stehend, andere in Sitzecken.

Pistoux verabschiedete sich von den anderen und blickte sich um. Henriette Godefries war nirgendwo zu sehen.

◦ **15** ◦ *FRÄULEIN GODEFRIES' FÄCHER* Pistoux schickte ihr gleich am nächsten Abend einen Brief. Nach zwei Tagen kam die Antwort – per Telefon. Da es nicht möglich war, ihn aus der Küche, wo er gerade mit der Beaufsichtigung der Arbeiten für ein kleineres Bankett beschäftigt war, in die Halle zu rufen, schrieb der Empfangschef eine Notiz und ließ sie ihm von einem Boten überbringen. Es war eine kurze Mitteilung: «Rufen Sie mich morgen um 15 Uhr an, per Telefonapparat 207. H. G.»

Pistoux wurde nervös. Inzwischen konnte er nicht mehr anders, als sich einzugestehen, dass er von der jungen Frau mit den grünen Augen fasziniert war. Er war ihr bisher nur zweimal begegnet, und dennoch dachte er oft an sie. Es fiel ihm schwer, ihr Verhalten einzuordnen. Nach ihrem Unfall in Teufelsbrück war sie ihm kühl und arrogant vorgekommen. Während des Banketts hatte sie dagegen vor Begeisterung geglüht. Sie hatte sich intensiv um ihre zahlreichen Verehrer gekümmert, was keinesfalls verwerflich war, denn zu diesem Zweck war das Fest ja veranstaltet worden. Ob sie einen geeigneten Kandidaten gefunden hatte?

Pistoux spürte so etwas wie Eifersucht, und das war wirklich lächerlich. Sie war wahrscheinlich die reichste junge Frau der Stadt, er hingegen nur ein Koch, zwar in leitender Funktion in einem angesehenen Haus, aber dennoch nur ein Bediensteter.

In seinem Beruf würde er immer wieder mit hohen Herrschaften zusammenkommen, mit ihnen sprechen, sie beraten müssen. Aber er würde stets durch eine unsichtbare Barriere von ihnen getrennt sein, das würde sich niemals ändern. Im Allgemeinen litt er nicht darunter, im Gegenteil: Er fühlte sich unter den einfachen Menschen, die mit ihrer Hände Arbeit ihr Brot verdienten, am wohlsten. Doch im Fall von Henriette Godefries war es anders: Sie hatte die Barriere überschritten, das war ihm klar. Vorläufig nur mit Blicken und wenigen Worten, aber nun hatte er Kontakt aufgenommen.

Doch da war noch etwas: Am Tag nach der Mordnacht war Hauptmann Petersen mit einer Gruppe von Beamten der Criminal-Polizei ins Hotel gekommen und hatte verlangt, mit allen Bediensteten zu sprechen, die am Bankettservice beteiligt waren. Schließlich waren die Verhöre auf sämtliche Hotelangestellten ausgeweitet worden, die sich am besagten Abend im Haus aufgehalten hatten. Es waren viele, und so dauerten die Verhöre zwei Tage an. Manche wurden mitten in der Nacht in die Kantine bestellt, nachdem sie sich schon ins Bett gelegt hatten. Die Leute murrten, ließen es aber über sich ergehen. Pistoux' eigene Vernehmung war kurz gewesen, er hatte ja bereits alles gesagt. Schockiert war er jedoch, als sich die Nachricht, eine Verdächtige sei festgenommen worden, wie ein Lauffeuer im Hotel verbreitete.

Es handelte sich um ein Zimmermädchen. Pistoux kannte sie, denn sie hatte beim Eindecken der Banketttische geholfen. Sie hieß Anna und war so schüchtern, dass ihre Kolleginnen sich manchmal über sie lustig machten: Wenn ein Mann nur in ihrer Nähe auftauche, so wurde gewitzelt, würde sie schon rot anlaufen. Das pummelige, nicht besonders hübsche, aber freundliche Zimmermädchen sprach nur selten mit jemandem, arbeitete gewissenhaft und war, abgesehen von ihrer Schüchternheit, eine verlässliche und strebsame Person. Jedenfalls war dies Pistoux' Einschätzung gewesen, der sich überlegt hatte, ob er sie nicht Reinwill als ständige Servicekraft für den Bankettdienst empfehlen sollte.

Anna war die Tochter eines Reepschlägers aus der St.-Pauli-Vorstadt. Ihre Eltern waren nach Amerika ausgewandert, und es hieß, sie wolle ihnen mit ihrem jüngeren Bruder nachfolgen, sobald sie das nötige Geld beisammen hatte. In letzter Zeit, so hörte man, sei sie wegen ihres Bruders in Sorge gewesen. Petersen und seine Criminal-Polizisten fanden heraus, dass jemand sie mit dem Ermordeten am Dienstboteneingang hatte stehen sehen. Ein anderer war ihr begegnet, als sie mit ihm durch einen Korridor im Seitentrakt gegangen war, und hatte ausgesagt, sie hätten sich heftig gestritten. Ein Kellner des Bankettservice hatte beobachtet, wie sie das Chambre particulière betreten hatte, in dem später der Ermordete gefunden wurde. Diese Hinweise genügten Hauptmann Petersen, um das Mädchen einem Verhör zu unterziehen. Kaum hatte er sie in die Kantine zitiert, begann sie zu weinen, warf sich auf den Boden und brachte außer Schluchzen nichts heraus. Petersen ließ ihre Dachkammer durchsuchen. Die Beamten fanden ein nagelneues Rasiermesser und eine Fotografie des Toten in ihrem Nachtschränkchen. Daraufhin wurde sie verhaftet. Der Ermordete war ihr Bruder, Jan Kamlade. Sie behauptete, das Rasiermesser hätte sie für ihn als Geschenk gekauft.

Fast alle Bediensteten des Hotels de l'Europe gaben dem Polizeihauptmann Recht, der zum Abschluss seiner Ermittlungen erklärt hatte: «Die meisten Mordtaten geschehen aus familiären Gründen.» Niemand kannte Annas Bruder, aber die Tatsache, dass er sich in teuren Kleidern auf einen Ball begeben hatte, zu dem er nicht eingeladen war, gab Anlass zu den wüstesten Spekulationen. Bestimmt war er ein nichtsnutziger Kerl gewesen, wenn nicht gar Schlimmeres, und hatte die arme Anna ausgenutzt und gequält, weshalb sie immer so traurig war.

Dann hatte sie keinen anderen Ausweg mehr gewusst, als sich seiner gewaltsam zu entledigen. Alle hatten Mitleid, alle stimmten Petersens Theorie zu.

Nur Pistoux nicht. Ein so sanftes Mädchen wie Anna sollte sich mir nichts, dir nichts in eine Mörderin verwandeln, die ihrem eigenen Bruder die Kehle aufschlitzte? War Jan Kamlade denn wirklich ein Krimineller gewesen? Niemand konnte konkrete Beweise für diese Behauptung anbringen. Und dann war da noch der Fächer von Henriette Godefries. Was hatte die Tochter des Reeders mit dem Reepschläger aus der Vorstadt zu tun?

Warum hatte der Ermordete kürzlich versucht, in Godefries' Villa einzudringen? Woher kamen seine neuen, teuren Kleider?

All diese Gedanken schwirrten in Pistoux' Kopf herum, als er an der Garderobe vorbei in die prächtige Hotelhalle kam, zwischen den hohen, schlanken Säulen hindurchging und gegenüber dem lang gestreckten Empfangstresen auf ein Pult zutrat, hinter dem eine junge Dame mit Hornbrille saß. Sie war recht hübsch, aber die Augen hinter den dicken Brillengläsern wirkten verschwommen und schienen weit weg zu sein.

«Ja bitte, mein Herr?»

«Ich möchte den Apparat für Stadtgespräche benutzen.»

Sie lächelte: «Ein Stadt-Ferngespräch, meinen Sie sicher?»

«Ganz recht.»

«Haben Sie schon einmal einen Telefonapparat benutzt?»

«Einen Telefonapparat? Nein.»

«Oh, es ist ganz leicht. Gehen Sie einfach da hinein und setzen Sie sich hin. Wenn ich Ihnen ein Zeichen gebe, nehmen Sie den Fernhörer in die eine Hand und die Sprechmuschel in die andere. Sprechen Sie, wenn Sie hören, dass gesprochen wird. Sehen Sie, so geht das. Mit welchem Apparat möchten Sie sprechen?»

«Nummer 207.»

«Sehr wohl.» Sie zog eine Holzkiste zu sich heran und betätigte eine Kurbel, dann nahm sie die beiden Fernsprecherteile in die Hand, hielt die eine Muschel ans Ohr, führte die andere zum Mund und horchte. «Gehen Sie schon rein, es geht gleich los.»

Pistoux betrat die Kabine und setzte sich auf die gepolsterte Bank. Als er sah, dass ihm die Telefonistin ein Zeichen machte, nahm er die beiden Fernsprechmuscheln und hielt sie genauso an Ohr und Mund, wie er es bei ihr beobachtet hatte.

Es knisterte und rauschte. Dann hörte er von weitem eine verzerrte Stimme: «Hallo, ja bitte?»

«Hallo? Ja? Ich möchte mit Fräulein Godefries sprechen.»

«Warten Sie bitte, warten Sie.»

Er hörte undeutliches Gemurmel. Dann, als das Knistern und Rauschen nachließ, etwas klarer die Stimme von Henriette Godefries: «Hallo? Herr Pistoux, sind Sie das?»

«Ja.»

«Einen Moment bitte.» Erneut Stimmen im Hintergrund. Dann wurde das Rauschen wieder stärker.

«Hallo!», rief er. «Hallo!» Er war irritiert, dass er mit jemandem sprechen konnte, den er gar nicht sah und von dem er nicht wusste, wo er sich befand.

«Hören Sie, Herr Pistoux.»

«Bitte?»

«Hören Sie!»

«Ja, ich höre Sie.»

«Verstehen Sie mich?»

«Ja, jetzt geht es.»

«Sie möchten mir etwas zurückgeben, Monsieur Pistoux?»

«Ganz recht, einen Fächer.»

«Das ist sehr nett von Ihnen.»

«Wie möchten Sie … ich …» Das Rauschen ebbte ab und schwoll wieder an. «Hallo!»

«Kommen Sie heute Abend ins Ballhaus von Gustav Ludwig.»

«Heute Abend muss ich ein Bankett ...»

«Dann morgen. Können Sie morgen kommen?»

«Ja. Aber wo ist ...»

«Spielbudenplatz, nicht weit vom Millerntor, auf dem Hamburger Berg ... Haben Sie verstanden?»

«Ja, ich verstehe Sie gut.»

«Dann bis morgen Abend. Auf Wiedersehen!»

«Ja, auf Wiedersehen ...»

«Ich freue mich sehr ...», glaubte er zu hören, dann noch lauteres Rauschen und Knistern, ein Knacken, und die Leitung war tot.

Er legte die Sprech- und die Hörmuschel auf das Pult und trat aus der Kabine.

Die Telefonistin sah ihn neugierig an. «Hat es Ihnen gefallen?»

«Es hat sehr laut gerauscht.»

«Das ist der elektrische Strom. Aber es ist ganz harmlos.»

«Ja, sicher ...» Er zahlte zerstreut eine horrende Gebühr und verabschiedete sich. «Auf Wiedersehen.»

Sie nickte ihm zu.

Als er die Halle durchquerte, dachte er bei sich, dass es doch viel leichter war, einen Brief zu schreiben und abzuschicken, als extra zu einem Apparat zu gehen, der rauschte und knisterte und knackte und eine eigenartige Verwirrung in einem erzeugte, weil man nicht wusste, ob das Gespräch, das man eben geführt hatte, wirklich stattgefunden hatte oder nur eine technische Gaukelei gewesen war.

Am nächsten Abend zog sich Pistoux fein an, soweit es seine neu erworbenen Kleider zuließen. Er musterte sich in dem Spiegel, der in seinem Zimmer über dem Waschbecken hing.

Im nagelneuen Gehrock und mit dem von Reinwill geliehenen Zylinder, dem weißen Hemd und der sorgfältig gebundenen Fliege machte er einen durchaus ehrenwerten Eindruck. Er zog einen Regenmantel darüber und steckte Henriette Godefries' Fächer ein, den er in der Schreibtischschublade versteckt hatte.

Pistoux verließ das Hotel durch den Dienstboteneingang, bog von der Hermannstraße in die Bergstraße und schlenderte zum Jungfernstieg, zwischen den zahlreichen Passanten hindurch und vorbei an den «Blomendeerns» in ihren bunten Trachten. Zögernd verlangsamte er seine Schritte. Sollte er Fräulein Godefries einen Blumenstrauß mitbringen? Kaum war ihm der Gedanke gekommen, stand auch schon ein dralles Mädchen in rotem Rock mit blauer Schürze, einer knappen fliederfarbenen Weste und blumig verzierter Bluse vor ihm. Ein gesundes Gesicht mit geröteten Wangen blickte unter einem breiten Hut hervor, der ihn an eine umgedrehte Obstschale erinnerte. Sie hielt ihm ein Körbchen hin.

«Maiglöckchen, gnädiger Herr?»

Pistoux blieb stehen, schüttelte aber den Kopf. Er hatte ja schon ein Geschenk, auch wenn es nur etwas war, das er zurückgeben würde.

«Sie gehen zu einer Verabredung ohne Blumenstrauß?» Die Blomendeern sah ihn mit gespielter Empörung an.

«Es ist kein Rendezvous», entgegnete der Franzose verlegen.

«Ein Treffen mit einer Dame und doch kein Rendezvous? Na, na, na ...»

«Entschuldigen Sie ...» Pistoux wandte sich ab und wollte weitergehen.

«Wenn es sich um Ihre Frau Mutter handelt ... Die freut sich auch über einen kleinen Strauß.» Das Mädchen nahm einen Strauß Maiglöckchen aus dem Korb und hielt ihn ihm hin.

«Letztlich», murmelte Pistoux, «ist es eine geschäftliche Verabredung.»

«Eine geschäftliche Verabredung mit einer Dame? Mein lieber Herr, wenn unsereins sich über Blumen freut, warum sollte es einer Dame, mit der Sie geschäftlich verkehren, anders gehen?» Jetzt hielt sie ihm zwei Sträuße hin: «Für ein wenig Gefühl ist doch in jedem Herzen Platz.»

Pistoux seufzte: «Geben Sie mir einen.» Er nahm die Maiglöckchen und zählte der Blomendeern die Münzen in die aufgehaltene Hand.

«Na, die paar Pfennige», sagte sie und sah ihn schmollend an.

Er gab ihr noch etwas mehr.

Sie zog die Hand mit dem Geld weg, deutete einen Knicks an: «Beehren Sie uns bald wieder!», und wandte sich ab.

Pistoux nahm den Pferdeomnibus und ließ sich durch die Stadt schaukeln, vorbei an neuen Straßenzügen mit herrschaftlichen Fassaden, aber auch durch enger bebaute Gegenden, wo sein Blick gelegentlich in schmale Gassen fiel, in denen sich niedrige, windschiefe Häuser aus Fachwerk und Backstein duckten. Der Omnibus passierte den Großneumarkt, der als Tummelplatz der einfachen Leute aus dem umliegenden Gängeviertel diente, und bog dann, vorbei am Zeughausmarkt, Richtung Millerntor ab, nachdem Pistoux sich kurz über den Verwendungszweck des mit vier ionischen Säulen verzierten klassizistischen Gebäudes der Kirche St. Thomas gewundert hatte.

Das Millerntor war kein Tor, sondern ein Durchgang, der von Hamburg in die St.-Pauli-Vorstadt führte. Es bestand aus zwei größeren Gebäuden und zwei Wachhäuschen sowie fünf etwa vier Meter hohen Steinpfosten mit großen Gaslaternen. Seit der Aufhebung der Torsperre im Jahr 1860 hatte der Durchgang nur noch symbolische Funktion, aber die Hamburger empfanden es im Allgemeinen als wohl tuend, dass sie durch das Tor und die Wallanlagen von dem anrüchigen Treiben auf dem Hamburger Berg abgetrennt waren. Was aber nicht hieß, dass sie einem Wochenendausflug zum Spielbudenplatz grundsätzlich abgeneigt waren, im Gegenteil: Die Vergnügungsetablissements im oberen Bereich der Reeperbahn und auf dem Spielbudenplatz selbst erfreuten sich bei allen Gesellschaftsschichten großer Beliebtheit.

Nachdem Pistoux aus dem Omnibus gestiegen war, blieb ihm noch genug Zeit, die Gegend zu erkunden. Er ließ das Millerntor hinter sich und spazierte zu dem von kleinen Bäumen bewachsenen Spielbudenplatz, auf dem vereinzelte Holzverschläge standen, die am Wochenende Puppenspielern als Vorführorte dienten. Dort befand sich auch «Mutzenbachers Bierhalle», ein Vergnügungskomplex mit Lauben und Veranden, in dessen Mittelpunkt ein achteckiger Pavillon stand, nach dessen Dachform das Etablissement im Volksmund den Namen «Trichter» erhalten hatte. Den Platz säumten auf der südlichen Seite prächtige Gebäude. Pistoux las im Vorbeigehen die Namen der Institutionen, die hier Tag für Tag ein vergnügungssüchtiges Publikum anzogen: Das «Panoptikum» lockte mit Bildern von badenden Nymphen, mordenden Seeräubern und Hinweisen auf eine «Schreckenskammer» und ein «anatomisches Kabinett», die «Große Bierhalle» warb mit überlebensgroßen Getränkereklamen, in «Carl Schultze's Theater» wurde «Das Spitzentuch der Königin» in der «Original-Inszenierung» des Komponisten Johann Strauß gegeben, die «Centralhalle» pries ein vielseitiges Programm an, zu dem unter anderem dressierte Elefanten und Pudel sowie Liliputaner, Fischmenschen und fliegende Frauen gehörten, und das «Theater Varieté» neben der säulenbewehrten Davidwache bot ein Potpourri der besten Szenen aus den beliebtesten Operetten.

Pistoux schlenderte über den Platz zurück und blieb kurz vor einem Kasperltheater stehen, das einem kleinen Publikum, bestehend aus drei müden Matrosen und einigen armselig gekleideten Kindern, ein albernes Stück mit quengelnden Figuren vorführte. Da ihn die Fülle der Vergnügungsstätten verwirrte und er sich fragte, ob sich überhaupt der Besuch eines dieser Lokale lohnte, verzichtete er auf eine nähere Besichtigung und steuerte den Ort seiner Verabredung an, auch wenn er zu früh dran war.

Allmählich brach die Dämmerung herein, dunkle Wolken schoben sich aus dem Westen heran, und ein kühler Wind kam auf. Als Pistoux wieder den Anfang des Spielbudenplatzes erreicht hatte, fielen bereits die ersten Regentropfen vom Himmel. «Gustav Ludwig's Ballhaus» war aus einem optischen Kabinett namens «Camera Obscura» hervorgegangen, hatte mal ein Kaffeehaus, mal einen Biergarten, mal ein Theater beherbergt und florierte nun seit 14 Jahren als großes Ballhaus mit Restaurant. Pistoux durchquerte einen großen Restaurantsaal mit zahlreichen Tischen, die vor einem Podium standen, auf dem gerade die ersten Orchestermusiker erschienen. Zwischen Restaurantbereich und Empore gab es eine breite Tanzfläche. An den Tischen saßen die ersten Gäste des Abends unter üppigen Lüstern und studierten die Speisekarte oder den Programmzettel. Im ersten Stock führte eine Galerie um den Saal herum. Falls er Henriette Godefries nicht finden würde, entschied Pistoux, würde er nachher nach oben steigen, um das Geschehen von dort zu überblicken.

Hinter dem Saal lag der Wintergarten, von dem aus man auf eine Terrasse und von dort in den Biergarten gelangen konnte. Heute waren die Türen jedoch geschlossen. Mittlerweile prasselten die ersten Regentropfen auf das Glasdach, und ein Kellner war gerade dabei, die Gasbeleuchtung hochzudrehen. Im Wintergarten saßen noch einige Paare oder Grüppchen bei Tee, Kakao oder Kaffee. Ein einsamer Herr las Zeitung und nippte hin und wieder an einem Cognac. Pistoux nahm den *Hamburger Beobachter* aus einem Zeitungshalter und setzte sich unter eine Palme.

Als der Kellner kam, bestellte er einen Tee, weil der billiger war als der Kaffee, und eine kleine Vase für seine Maiglöckchen, die schon etwas mitgenommen aussahen.

Er begann mit der Lektüre eines Berichts mit der Überschrift: «MORDFALL IM GRANDHOTEL». Der Autor, der sich selbst zum hochintelligenten Detektiv stilisierte, behauptete, die Leiche selbst gefunden zu haben, und behandelte die Polizeiarbeit nur am Rande. Er erwähnte weder den Namen des betroffenen Etablissements noch den Anlass des Balls, der dort stattgefunden hatte, auch nicht den Namen des Gastgebers – wohl aber den des unter Mordverdacht stehenden Zimmermädchens. Pistoux empfand dies als empörend. Der Name des Autors war natürlich Johannes Wolf.

Die beschwingten Klänge des Tanzorchesters, das mit einigen Operettenmelodien begann, tönten aus dem Saal herüber, draußen brach die Dunkelheit herein. Pistoux widmete sich noch der Lektüre des ‹Hamburgischen Correspondenten›, studierte das Feuilleton der ‹Hamburger Nachrichten›, langweilte sich mit dem ‹Fremdenblatt› und stellte mit Interesse fest, dass die ‹Bürger-Zeitung› ein kritisches sozialdemokratisches Organ war. Dann merkte er, wie jemand an seinen Tisch trat, und sah auf.

Er war beeindruckt. So schön hatte er Henriette Godefries gar nicht in Erinnerung gehabt. In diesem Moment kam sie ihm, dem kämpferischen Republikaner, wie eine verehrungswürdige Prinzessin vor. Hastig erhob er sich und deutete eine Verbeugung an.

Mit spöttischem Lächeln reichte sie ihm die Hand und sagte: «Bonsoir, Monsieur.»

Sie trug ein hochgeschlossenes bordeauxrotes Kleid mit feinen Spitzen an Kragen und Ärmeln, ein weißes Tuch um die Schulter und hielt in der linken Hand eine kleine Tasche, die aus dem gleichen Stoff wie das Kleid war. Ihre Haare waren hochgesteckt, dies aber, wie Pistoux feststellte, eine Spur zu nachlässig für eine strenge Bürgerstochter. Heute waren ihre Wangen nicht gerötet, sondern eher blass. Sie sah müde aus oder nachdenklich, aber vielleicht war sie jetzt einfach nur so, wie sie immer war, und nicht in Festtagsstimmung.

Noch immer lächelnd, blickte sie sich im Wintergarten um: «Sie sind hoffentlich allein gekommen.»

«Selbstverständlich. Wenngleich ich gestehen muss, dass mir vor einer Begegnung mit Ihnen ein wenig bange war.»

Sie verzog das Gesicht und wirkte fast ein wenig pikiert: «Für einen Mann in Ihrer Position sind Sie erstaunlich ...» Sie zögerte. «... ironisch.»

«In meiner Position?» Pistoux zuckte mit den Schultern. Was interessierte das in diesem Moment?

«Sie haben Recht. Ich sollte nicht darauf herumreiten. Es ist albern, und ich bin froh, dass Sie gekommen sind. Ich denke, wir können uns darauf einigen, dass es zwischen uns nur einen einzigen Standesunterschied gibt.»

«Und der wäre?»

Sie lachte auf. «Der zwischen Mann und Frau.»

Pistoux glaubte, einen Anflug von Rot auf ihren blassen Wangen zu entdecken, aber vielleicht war es nur Einbildung. «Wollen wir uns nicht setzen?», fragte er. «Oder sind Sie sehr in Eile?»

«Eile? Nein, abends habe ich keine Eile.»

Pistoux schob ihr einen Stuhl hin, und sie setzte sich.

«Oh, Maiglöckchen», sagte sie erstaunt, als sie die kleine Vase bemerkte.

Pistoux nahm Platz. «Die hab ich Ihnen mitgebracht.» Er war erstaunt, wie leicht es ihm fiel, ihr die Blumen hinzuschieben. Meinte er das ernst? War es nur eine spielerische Geste? Ein Scherz? Er wusste es selbst nicht.

«Die bringen Glück, nicht?» Mit ernstem Gesichtsausdruck

griff sie nach der kleinen Vase und roch daran: «Hm, wie sie duften!»

«Sie dürfen sie nicht ablehnen.»

Henriette Godefries sah ihn mit gespielter Entrüstung an: «Aber das würde mir im Traum nicht einfallen!» Noch einmal roch sie daran und warf ihm über die weißen Blütenglöckchen einen geheimnisvollen Blick zu: «Ein Blumenstrauß von Ihnen, Monsieur!»

«Ein Blumenmädchen am Jungfernstieg war der Meinung, ich könne mich unmöglich ohne einen solchen Strauß zu einem Treffen mit einer Dame aufmachen.»

«Ein Blumenmädchen? Ihre kleine Freundin womöglich?»

«Nein, ich kannte sie nicht.»

«Und dennoch haben Sie ihr den Gefallen getan und ihr die Maiglöckchen abgekauft.»

«Ich habe sie für Sie gekauft.»

Einen Moment lang starrte sie abwesend auf die Vase. «Das ist nett. Ich bekomme selten Blumen. Mein Vater ...» Sie blickte auf, und er glaubte einen traurigen Schatten über ihr Gesicht huschen zu sehen.

«Auf dem Fest wurden Sie doch reich beschenkt. Auch Blumen ...»

«Ein Meer von Blumen, eine ganze Armee von Heiratskandidaten, es war schrecklich.»

«Ich hatte den Eindruck, dass Sie sich gut amüsierten.»

Sie lächelte verschmitzt: «Ja, ich habe es bemerkt: Sie haben mich beobachtet.»

«O nein.»

«O ja, Monsieur Pistoux.»

«Ich bitte um Entschuldigung für meine Aufdringlichkeit.»

«Es war mir durchaus nicht unangenehm ...»

Sie schwiegen. Ein kurzer Blickkontakt. Pistoux hatte das Gefühl, dass ihm die Initiative entglitt. Wie immer wurde er unvorsichtig, wenn eine Frau ins Spiel kam. Immer wieder der gleiche Fehler. Er musste zurück zu seinem eigentlichen Anliegen finden.

«Ich habe noch etwas für Sie dabei», sagte er.

Ihr Blick verfinsterte sich.

Ein Kellner trat an den Tisch: «Die Herrschaften wünschen?»

«Kaffee und Cognac», sagte Henriette Godefries schnell. «Ich brauche etwas, das mich belebt.»

Pistoux zuckte innerlich zusammen. Wenn es so begann, konnte es ein teurer Abend werden.

«Nehmen Sie das Gleiche», sagte sie, als sie merkte, dass er zögerte. «Es macht munter.»

Pistoux nickte dem Kellner bestätigend zu.

«Es ist noch so früh am Abend, und ich fühle mich etwas ermattet», begründete sie ihre Wahl.

Es gelang ihm nicht, auf den Punkt zu kommen. Es war einfach zu verführerisch, mit ihr zu plaudern und sie dabei kennen zu lernen.

«Sie mussten in letzter Zeit wohl vielen gesellschaftlichen Verpflichtungen nachgehen?», fragte er.

«Ach! Sie sollten mich erst mal im Winter erleben! Man schleppt sich von einem Ereignis zum nächsten und weiß nicht, wozu das alles eigentlich dienen soll. Alle langweilen sich zu Tode und ruinieren sich dabei ihre Gesundheit. Und wozu das alles? Weil jeder dem anderen zeigen muss, wie großartig er Geld ausgeben kann. Dabei bereitet es diesen Hanseaten alles andere als Vergnügen, ihr Geld so zu verschleudern. Aber man achtet peinlich genau darauf, wie viele Gänge serviert, wie viele Diener ausgeliehen wurden und wie viele Lampen einer anzündet, weil dies womöglich etwas über die Wirtschaftskraft des Gastgebers aussagt. Ein banaler Wettstreit ist es, nichts weiter.»

«Aber ich hatte den Eindruck, dass Ihre Gäste während des Banketts durchaus mit Leidenschaft dabei waren.»

«Sie meinen, Sie haben alles fleißig in sich hineingeschaufelt.»

«Ich weiß nur, dass ein guter Appetit vorherrschte.»

Sie lachte laut auf: «Wie Sie sich ausdrücken! Natürlich wurde gegessen. Das ist doch die liebste Beschäftigung dieser Leute.»

Der Kellner servierte Kaffee und Cognac und verschwand wieder.

«Sie sind aber schlecht auf Ihre Freunde zu sprechen. Sie gehören doch auch dazu.»

Henriette Godefries kniff wütend die Augen zusammen: «In Wahrheit ging es doch nur darum, mich an den Mann zu bringen.» Mit einer unwirschen Bewegung legte sie ihre Tasche auf den Tisch und kramte darin herum. Dann zog sie ein kleines perlmuttverziertes Etui hervor, klappte es auf und nahm einen kleinen schwarzen Zigarillo heraus.

Pistoux war verblüfft.

Sie hielt ihm das Etui hin: «Möchten Sie auch einen?»

Er hatte lange nicht mehr geraucht. Seit er im Hotel arbeitete, verzichtete er auf seine geliebte Pfeife. Andere Arten, Tabak zu genießen, mochte er nicht.

«Nein danke, ich bin es nicht gewohnt. Ich rauche nur Pfeife.»

«Unsinn!» Sie deutete auf die Getränke. «Daran gewöhnen Sie sich genauso schnell wie an Alkohol. Oder möchten Sie nicht mit einer rauchenden Dame am Tisch gesehen werden? Keine Angst, man kennt das von mir.»

Er nahm den Zigarillo. Ihre selbstbewusste Art gefiel ihm. Und Henriette Godefries merkte das.

Sie zog einen kleinen, silbrig glänzenden Gegenstand aus der Handtasche: «Das hat mir mein Vater aus Nordamerika mitgebracht.» Sie schnippte mit dem Daumen und hielt ihm eine Flamme hin. «Hübsch, nicht?»

«Es gibt viel schönere Dinge im Leben.» Pistoux sah sie unverhohlen an.

Henriette Godefries wurde rot. Verwirrt gab sie ihm Feuer und zündete sich selbst einen Zigarillo an. Sie blies ihm den Rauch entgegen und nutzte ihn wie einen Gazeschleier, um ihm einen verführerischen Blick zuzuwerfen.

Pistoux war hin- und hergerissen. Er merkte, wie ihm sein ernsthaftes Anliegen immer unwichtiger wurde.

Sie rauchten, nippten an Kaffee und Cognac, schwiegen eine Weile und ließen ihre Blicke durch den Wintergarten schweifen, der sich immer mehr füllte. Aus dem Saal tönten die lebhaften Rhythmen ungarischer Tänze herüber.

Dann wandte sich Henriette Godefries ihm wieder zu und zog nachdenklich die Augenbrauen zusammen, was ihr einen Anflug von Mädchenhaftigkeit verlieh. «Sie haben mir den Fächer mitgebracht?»

Pistoux nickte.

«Geben Sie ihn mir später wieder. Er passt nicht so recht zu dem Kleid, das ich heute trage.»

«Und nicht zu Ihrem Zigarillo.»

Sie lachte. «Nein, wirklich nicht, Sie haben Recht.»

Er zögerte, nahm einen Schluck Kaffee und sagte: «Ich fordere eine Gegenleistung.»

Einen Moment lang starrte sie ihn verblüfft an. Lag da eine Spur Enttäuschung in ihrem Blick, oder bildete er sich das nur ein? Sie trank den Cognac in einem großen Zug aus.

Er hatte bei der Gegenleistung an so etwas wie eine ehrliche Auskunft gedacht, aber sie nahm ihm den Wind aus den Segeln: «Sie müssen nicht fordern, Monsieur Pistoux. Das ist nicht nötig.»

«Nein?»

«Es ist viel einfacher.»

«Inwiefern?»

«Tanzen Sie mit mir!» Sie lächelte ihn an, ihre grünen Augen leuchteten. «Oder können Sie nicht tanzen?»

Pistoux stand auf: «Selbstverständlich! Wenn ich bitten darf?»

Sie durchquerten den Wintergarten und gingen in den großen Saal. Inzwischen waren alle Tische unter den kitschigen Lüstern besetzt, und auf der Tanzfläche drängten sich zahlreiche Paare. Oben auf der Galerie standen die Voyeure.

Die ungarischen Tänze waren vorbei, es wurde eine Mazurka gegeben. Henriette tanzte gut, fühlte sich angenehm an, scheute nicht seine Nähe. Der nachfolgende Walzer vervollkommnete den Gleichklang zwischen ihnen – bis zu dem Moment, als sie einen Blick nach oben auf die Galerie warf und für einen Sekundenbruchteil innehielt.

Sie drängte sich an ihn heran und sagte dicht an seinem Ohr: «Erinnern Sie sich noch an Petersen?»

«Den Polizisten?»

«Er steht da oben und beobachtet uns.»

«Ist das schlimm?»

«Lassen Sie sich gern observieren?»

«Nein.»

«Also verschwinden wir!»

Sie zog ihn mit sich fort, winkte am Eingang des Wintergartens einen Kellner heran, forderte Pistoux auf, die Garderobe zu holen, während sie zahlte, und wenig später standen sie unter dem Baldachin vor dem Eingang des Ballhauses.

«Sie müssen mich jetzt beschützen», sagte Henriette.

«Vor der Polizei?»

«Vor dem Regen. Hier, spannen Sie auf!» Sie drückte ihm ihren Regenschirm in die Hand und hakte sich bei ihm ein.

«Wohin gehen wir?»

«Ich weiß ein trockenes Plätzchen für uns», sagte sie.

Sie hasteten durch den Regen.

«Sie haben Ihre Maiglöckchen vergessen», stellte er fest.

«Ach ... Haben Sie den Fächer noch?»

«Natürlich.»

«Gut.»

Sie eilten den Spielbudenplatz entlang, bogen an der David-wache nach links, erreichten die kleine Heinrichstraße und liefen über das glatte Kopfsteinpflaster, beobachtet von einigen Mädchen, die aus rötlich erleuchteten Fenstern sahen und über den Regen nörgelten. Am Ende der Heinrichstraße bogen sie nach links in die Gerhardstraße und stiegen dann einige steile Stufen zum Eingang eines schmalen dreistöckigen Hauses hoch. Henriette schob die Tür auf, ohne zu klopfen. Von der Diele führte eine Holztreppe nach oben. Im dritten Stock kramte sie einen Schlüssel aus ihrer Handtasche und öffnete eine weitere Tür.

Das Zimmer war geräumiger, als er erwartet hatte, offenbar hatte man zwei Räume zusammengelegt. Pistoux bemerkte auf den ersten Blick, dass die Möbel aus Mahagoni und Walnussholz mit Geschmack ausgesucht worden waren: Es gab einen Spiegeltisch mit Stuhl, einen verspiegelten Kleiderschrank und einen breiten Waschtisch. Außerdem einen kleinen Sekretär, einen Paravent und ein gusseisernes breites Bett mit gestreiftem Baldachin. Neben dem Bett stand ein Damensessel im spanischen Stil ohne Armlehne.

«Zieh deinen Mantel aus und setz dich», sagte sie plötzlich im vertraulichen Du und verschwand hinter dem Paravent.

Pistoux hängte Mantel und Zylinder an die Garderobenhaken neben der Tür und setzte sich auf den Sessel. Seine Gefühle schwankten zwischen Verwirrung und Erregung.

«Gib mir den Fächer», hörte er sie sagen.

Er zog ihn aus seiner Jackentasche und reichte ihn ihr über den Paravent hinweg.

123

«Im Schrank findest du eine Flasche Champagner und zwei Gläser.»

Pistoux holte die Flasche, entkorkte sie, füllte die Gläser und stellte sie auf den Tisch. Seine Gedanken wirbelten wild im Kopf herum. Was hatte Henriette vor? Durfte er überhaupt hier sein? Was geschah, wenn man sie entdeckte? Nach kurzem Zögern setzte er sich wieder auf den Sessel. Hinter dem Paravent raschelten die Kleider. Pistoux merkte, dass er immer nervöser wurde.

Das Rascheln hörte auf. Er wartete darauf, dass sie wieder ins Zimmer trat, aber es geschah nichts. Dann nahm er ein leises Geräusch war, wie von einem Kind. Ein Schluchzen? Pistoux stand auf. Sollte er wirklich hinter den Paravent blicken?

Er tat es. Sie hockte halb ausgezogen auf dem Boden, zusammengekrümmt, und hielt den Fächer in der Hand. War dies ein Spiel? War das, was er für Schluchzen hielt, ein unterdrücktes Lachen?

Pistoux trat zu ihr und kniete sich neben sie. Sie flüsterte etwas vor sich hin. Er horchte.

«Los, komm!», flüsterte sie. «Es gefällt dir doch. Na los!»

Er legte seine Arme um sie.

«Nein!» Sie stieß ihn weg, sprang auf und wollte davonlaufen.

Er lachte und hielt sie fest. Sie schlug nach ihm und schrie laut auf. Pistoux prallte zurück. Sie lief weg, warf sich aufs Bett und begann zu schluchzen.

Pistoux ging zu ihr und blickte auf sie herab. Er war völlig verstört, seine Gefühle schwankten zwischen Enttäuschung und hilflosem Mitleid. «Henriette …», sagte er leise.

Sie zuckte zusammen. «Lass mich!»

Er setzte sich aufs Bett. «Keine Angst, ich tu dir doch nichts.» Er legte seine Hand auf ihren Arm.

Schluchzend drehte sie sich von ihm weg, stand auf und verschwand hinter dem Paravent. Nach einer Weile hörte er: «Geh weg!»

Was blieb ihm anderes übrig? Er ging.

∿ 16 ∿ *DAS ARME GRETCHEN* Sie hielt ihm einen Knochen hin. Ich soll gemästet werden, dachte sie, aber wo ist mein Hans?

«Ich will nichts», sagte ihr bärtiger Bewacher unwirsch. «Hab keinen Hunger. Iss du. Los!»

Den ganzen Vormittag hatte er sich mit seiner Uniform beschäftigt. Er hatte sie ausgebürstet, Flecken mit Wasser und Seife zu beseitigen versucht, einen Knopf angenäht. Mehrmals hatte er das Hemd an- und wieder ausgezogen und die bunte Fliege zu knoten versucht, was immer wieder misslang. Schließlich hatte er alles zusammen angezogen. Dann war er barfuß auf und ab gegangen, hatte immer wieder vor dem Spiegel Halt gemacht und sich gemustert. Dabei warf er sich in die Brust, als wollte er sich selbst beweisen, dass er eine beeindruckende Erscheinung war. Das war er aber nicht. Sein Haar war zu lang, sein Vollbart ebenso. Seine hageren Wangen und die gelben Zähne ließen ihn einfach nur armselig erscheinen. Schließlich begann er, seine ausgetretenen Stiefel mit den löchrigen Sohlen und dem rissigen Leder zu polieren, indem er darauf spuckte und den Speichel mit einem schmutzigen Tuch verrieb.

Währenddessen machte sie sich an dem kleinen Kohleherd zu schaffen. Am Vortag hatte er einen neuen Sack Kartoffeln sowie Speck und dicke Rippen mitgebracht. Sie hatte ein paar Trockenpflaumen entdeckt, und da war ihr der Gedanke gekommen, eine *Kartoffelsuppe* zu kochen, so wie es in ihrer alten Heimat Sitte war. Als sie dann begonnen hatte, das Gemüse zu schälen und zu schneiden, hatte sie weinen müssen. Er hatte sie deswegen unwirsch angefahren. Sie verstand das nicht. Warum wollte er nicht, dass sie weinte? Es konnte ihm doch egal sein, er war doch nur ihr Gefängniswärter.

Wie immer deckte sie den Tisch für zwei, stellte die schweren zerkratzten Porzellanteller hin und legte die verbogenen Blechlöffel daneben. Und wie immer weigerte er sich, das Fleisch zu essen. Es war für sie bestimmt.

«Los, iss!»

Es war ja nicht so, dass sie diesen Mann verabscheute. Er war ihr unheimlich. Aber er tat ihr auch Leid. Es kam ihr vor, als würde er vor ihren Augen einen hartnäckigen Kampf mit einem unsichtbaren Gegner führen. Mit einem bösen Geist vielleicht.

Als sie noch immer keine Anstalten machte, das Fleisch abzunagen, schlug er ihr den Knochen aus der Hand, und das fettige Stück fiel zu Boden. Sie brach in Tränen aus. Er stierte dumpf vor sich hin, dann schob er den erst halb geleerten Teller von sich und stand auf. Er bückte sich, hob den Knochen auf und warf ihn auf ihren Teller zurück. Dann begann er wieder, seine kaputten Stiefel zu putzen.

Sie hatte überhaupt keinen Appetit, sondern aß nur, weil er sie dazu zwang. «Wenn du genug gegessen hast, kannst du gehen», hatte er mehr als einmal gesagt. Sie hatte versucht, vernünftig mit ihm zu reden, aber es ist zwecklos gewesen. Sie könne doch gleich gehen, statt ihm auf der Tasche zu liegen. Er hätte doch nicht mal genug Geld für sich selbst. Sie käme schon zurecht, egal, welche Welt sie dort draußen erwartete. Aber er hatte nur den Kopf geschüttelt: «Erst wenn du genug gegessen hast.» Er wollte sie mästen, etwas anderes fiel ihr dazu nicht ein. Zwar glaubte sie nicht, dass diese seltsame Geschichte ein gutes Ende nehmen würde, aber sie aß tapfer weiter, auch wenn ihr manchmal schlecht wurde oder ihr die Tränen kamen, wenn sie daran dachte, wie es früher gewesen ist, als sie mit ihrem Bruder und ihren Eltern zusammen am Tisch gesessen hatte.

Natürlich hatte sie, nachdem sie wieder zu Kräften gelangt war, versucht zu flüchten. Einmal hatte sie den Schürhaken genommen und versucht, die Tür damit aufzubrechen. Er war rechtzeitig zurückgekommen, hatte ihr den Haken aus der Hand gerissen und ihr damit gegen die Waden geschlagen, als sei sie ein störrisches Tier. Ein anderes Mal hatte sie nachts versucht, in seiner Hose, die er achtlos in die Ecke geworfen hatte, nach dem Schlüssel zu suchen. Er hatte es bemerkt, ihr mehrmals wortlos ins Gesicht geschlagen und band ihr seitdem jede Nacht die Hände auf dem Rücken zusammen. Am nächsten Tag hatte sie ihr geschwollenes Gesicht im Spiegel betrachtet und darüber nachgedacht, wie sie ihn umbringen könnte. Aber das einzige Messer, das er besaß, war ein Klappmesser. Er trug es immer bei sich und gab es ihr nur, wenn sie etwas schneiden musste.

Geschlagen zu werden war jedoch immer noch erträglicher, als wenn er betrunken nach Hause kam, sich neben sie legte und sie streichelte. Dann stieg ein schreckliches Ekelgefühl in ihr hoch, und sie konnte nur mit Mühe verhindern, dass sie sich übergeben musste. Wenn er dann zu schnarchen begann, rückte sie so weit wie möglich von ihm weg. Erst dann konnte sie wieder normal atmen, und dieses Gefühl, keine Luft zu bekommen, und ihr hämmerndes Herzklopfen verschwanden wieder.

Sie führte ein gleichmäßiges Kerkerleben. Manche Tage waren erträglicher, weil er nicht da war oder weil er so sehr mit sich selbst beschäftigt war, dass er sie ignorierte. Gelegentlich überfiel sie eine brennende Neugier, und sie versuchte ganz behutsam, ihn auszufragen.

«Was ist denn das für eine schöne Uniform?», fragte sie jetzt.

Er brummte nur vor sich hin, schien irritiert, wollte nicht aufsehen von seiner Arbeit, polierte weiter seinen Stiefel.

«Ein Polizist bist du nicht», sagte sie. «Gibt es in Amerika Polizisten?»

Er ignorierte sie.

«Mein Bruder behauptete, es gäbe dort keine. Das Land sei so groß, dass jeder sich seine eigenen Gesetze machen könne.»

Er spuckte erneut auf das Leder.

«Machst du dir auch deine eigenen Gesetze? Gibt es da draußen niemanden sonst? Aber wer hat dann das Haus gebaut?»

Er stellte den Stiefel auf den Boden und fuhr mit dem nackten Fuß hinein. Er war eindeutig zu eng.

«Ich glaube nicht, dass wir hier in Amerika sind. Ich habe aus dem Fenster gesehen. Amerika ist nicht so schmutzig. Das hat mein Bruder mir versprochen. Amerika ist blitzesauber, hat er gesagt.»

Sie dachte einen Moment lang nach. «In England sind wir aber auch nicht, weil du kein Englisch sprichst. Wenn du es sprechen würdest, dann würde ich dich nicht verstehen. Holland auch nicht – ich glaube, ich verstehe auch kein Holländisch. Andere Länder kenne ich nicht. Doch, Russland, aber das ist ganz woanders.»

Er stand auf und stolzierte mit unsicheren Schritten hin und her. Man merkte ihm an, dass seine Füße schmerzten.

«Warum sagst du mir nicht, wo wir sind?»

«Schscht!», sagte er. Er stand wieder vor dem Spiegel.

«Ich will es ja nur für mich wissen, sonst nichts.»

Plötzlich zog er sein Klappmesser aus der Hosentasche. Er klappte es auf, schärfte es an einem Wetzstein und begann hastig, damit über seine Wangen zu schaben. Die Bartzotteln fielen zu Boden oder auf seine Uniformjacke. Zweimal schnitt er sich, und es blutete ein wenig. Er ließ sich davon jedoch nicht beirren, sondern schabte weiter, bis der ganze Vollbart verschwunden und nur noch ein Schnurrbart übrig war.

Sie betrachtete fasziniert das Messer in seiner Hand und die kleinen Blutstropfen, die ihm über Wange und Hals in den Kragen tropften. Die rostige Klinge sah gefährlich aus. Er klappte es wieder zusammen und steckte es in die Hosentasche. Dann versuchte er, seinen Schnurrbart zu zwirbeln.

Sie dachte nach. Er sprach ja Deutsch, wenn er mal etwas sagte. Sprachen die Leute in Amerika Deutsch? Sie wusste es nicht. «Vielleicht bin ich in Deutschland?», murmelte sie. «Aber wie sind wir dann vom offenen Meer wieder an die Küste zurückgekommen?» Vielleicht hatte der Kapitän ein Einsehen gehabt und war umgekehrt, wegen der Kranken und Toten. Aber nein. Sie schüttelte den Kopf. Der Kapitän war ja selber tot. Alle waren tot. «Ich war auch tot», sagte sie leise. Aber vielleicht war sie das ja immer noch, und dies hier war die Hölle und ihr Gefängniswärter ein Teufel der armseligen Sorte. Aber wo waren dann die anderen? War die Hölle ein Haus, wo jede arme Seele ein eigenes trauriges Gefängnis zugewiesen bekam? Für immer?

Nun marschierte er wieder auf und ab, als würde er paradieren, und zwirbelte ab und zu mit großspuriger Geste seinen Schnurrbart. Als er wieder in den Spiegel sah, bemerkte er, dass der Hemdkragen blutbesudelt war. Er fluchte und begann, Jacke, Weste und Hemd auszuziehen. Schließlich setzte er sich hin, zog auch die Stiefel wieder aus und warf sie wütend in die Ecke. Dann knetete er minutenlang mit finsterer Miene seine Füße.

«Ich könnte hinausgehen und für dich arbeiten, dann hast du bald genug Geld für neue Stiefel», sagte sie.

Er sah sie misstrauisch an. Dann schüttelte er grinsend den Kopf. «Wenn ich dich erst verkauft habe, hab ich genug Geld», zischte er. «Los jetzt! Du musst noch mehr essen! Oder soll ich dich stopfen wie eine Gans?» Er lachte vor sich hin. «Wie eine Gans!» Das Lachen verselbständigte sich und schüttelte ihn heftig, bis es in einem Hustenanfall erstarb.

Sie tat so, als würde sie weiteressen, und musste sich dabei beinahe wieder übergeben. Dann beobachtete sie, wie er sich weiter auszog und die Uniform wieder aufhängte. Das Klapp-messer nahm er nicht heraus.

Armes Gretchen, dachte sie, was hat man dir nur für einen dummen Teufel zugeteilt?

◅ 17 ▻ HALBWELTSCHATTEN   Polizeihauptmann Petersen sah sich genau um, bevor er die steilen Stufen zur Tür des schmalen dreistöckigen Hauses hinaufstieg. Es war bereits sehr spät und vollkommen dunkel. Der Regen hatte aufgehört, und das nasse Straßenpflaster reflektierte leicht den trüben Schein der Laternen. Petersen hatte sich einen weiten Mantel umgehängt und den breitkrempigen Hut, den er extra für solche Gelegenheiten angeschafft hatte, tief ins Gesicht gezogen. Er drehte sich nochmal um, sah weit und breit keine Menschenseele und zog an dem Klingelstrang, der neben der Tür hing. Im Hausinnern ertönte ein Glockenspiel.

Ausgerechnet die schöne Helene öffnete ihm. «Guten Abend, der Herr!»

Petersen drängte sich schnell hinein.

Erst als er im schummrigen Licht des Eingangsflurs stand und den nassen Hut abnahm, merkte Helene, mit wem sie es zu tun hatte.

«Ach, Sie sind's! Wie schön!» Sie strahlte ihn mit einer Herzlichkeit an, die ihm äußerst unangenehm war. «Das ist aber nett, dass Sie uns besuchen!»

Petersen merkte, dass er rot wurde. Was für eine schreckliche Situation. Am liebsten hätte er den Hut wieder aufgesetzt, sich umgedreht und wäre gegangen. Aber er hatte ja eine Mission.

«Entschuldigen Sie», sagte er. «Ich bin keineswegs ... Es geht vielmehr um ...»

«Na, nun geben Sie mir erst einmal Ihren Mantel, der ist ja

ganz nass. Und der Hut steht Ihnen wirklich nicht.» Die schöne
Helene schob eine Tür auf: «Kommen Sie hier herein, da ist es
schön warm.»

Sie schob ihn in ein plüschiges Vorzimmer mit samtrotem
Sofa, samtroten Sesseln und einem sanft vor sich hin brennenden Kamin, über dem ein Gemälde in barocker Üppigkeit die
die Ankunft einer Gruppe männlicher Ausflügler in den Vier-
landen darstellte. Üppige Deerns mit vollen Erdbeerkörben
und noch volleren Dekolletés eilten den Herren entgegen. Der
Titel des Bildes stand auf einer auf den Bilderrahmen genagel-
ten Messingplatte: «Die Erdbeerkur». An der gegenüberliegenden Wand konnte man die Fortsetzung der Szene bewundern:
Männer und Mädchen lagen sich in den Armen, die Körbe
waren abgestellt und teilweise umgestürzt, die Erdbeeren roll-
ten über den Boden und waren hier und da im Taumel der
Gefühle zerquetscht worden.

Helene schloss die Tür, nahm ihm Hut und Mantel ab und
strahlte ihn an. Wie konnte dieses lasterhafte Mädchen nur so
unschuldig dreinblicken, fragte sich Petersen. Als sie sein fins-
teres Gesicht bemerkte, zog sie einen Schmollmund.

«Ich ... bin nicht zum ... Vergnügen hier», stammelte der
Hauptmann halb verärgert, halb verlegen.

Helene hob theatralisch die Arme: «Hab ich es doch geahnt
... Es ist Ihnen wohl ganz egal, dass ich mich freue, Sie zu sehen?»

Sie wirkte ehrlich enttäuscht. Einen Moment lang tat sie ihm
Leid.

«Wo ist Trader?», fragte er unwirsch.

Sie seufzte: «Ihr Männer seid doch alle gleich. Ich geh ihn ja
schon holen.»

Sie verließ den Raum durch eine zweite Tür, die sie hinter
sich zuzog. Er setzte sich auf einen der spanischen Sessel und
bereute sofort, dass er so vertrauensselig gewesen war. Sie hatte

seinen Mantel und den Hut mitgenommen. Missmutig schüttelte er den Kopf. Er saß da, betrachtete abwechselnd die beiden Gemälde und blickte immer wieder nervös und allmählich ungehalten auf den Minutenzeiger der kleinen goldenen Uhr auf dem Kaminsims, der langsam vorrückte. Es war kurz vor halb zwölf Uhr nachts.

Als die Tür schwungvoll aufgestoßen wurde, schrak er zusammen.

Trader eilte auf ihn zu, ergriff seine Hand und verkündete jovial: «Sehr erfreut, Sie zu sehen, Herr Petersen!»

«Bitte keine Namen.»

Der Geschäftsmann nickte verständnisvoll: «Selbstverständlich, Inkognito wahren. Für uns kein Problem, aber das können Sie sich ja denken. Darf ich Sie in mein Büro bitten?»

Petersen folgte Trader wieder hinaus in den Flur und dann über die steile, enge Treppe in den ersten Stock. Dort gingen sie einen schmalen Korridor entlang, der nur von einer Ölfunzel spärlich erleuchtet wurde, und betraten ein Zimmer.

Erstaunlicherweise fehlte in diesem «Büro» jede Art von Schreibtisch. Es war klein und karg möbliert, dies allerdings mit teuren englischen Lehnstühlen im Kolonialstil und einer Vitrine mit maurischen Verzierungen, in der sich Gläser und Flaschen befanden. Ein paar orientalische Vasen und ein Bücherschrank mit alten ledergebundenen Werken, ein aus Bambusrohr gearbeiteter Zeitungsständer, der ein chinesisches Motiv zeigte, sowie eine bunt bemalte Maske aus der Südsee vervollkommneten die Einrichtung.

Petersen starrte die Maske an. Ihr höhnisches Grinsen, das weit aufgerissene Maul mit den langen, spitz zulaufenden Zähnen irritierten ihn.

«Interessant, nicht?», sagte Trader. «Eine Freundin hat sie mir geschenkt. Sie meinte, der Bursche hätte eine gewisse Ähnlichkeit mit mir.» Der Geschäftsmann lachte und strich zufrieden über seinen Henri-Quatre-Schnurrbart. «Darf ich Ihnen etwas zu trinken anbieten? Sherry, Port, Brandy? Cognac? Rum? Aus Jamaika oder einen Martiniquer? Wenn Sie mögen, habe ich auch einen Gin ...»

Wenn ich schon mitten in der Nacht arbeiten muss, dachte Petersen, dann möchte ich wenigstens eine kleine Entschädigung. Und da ihn gerade fröstelte, weil das Zimmer nicht geheizt war, entschied er sich für einen Cognac.

Trader schenkte ihnen beiden Cognac in große Schwenker ein und stellte sie auf den kleinen Rauchtisch. Er klappte die Zigarrenkiste auf und hielt sie seinem Gast hin. Petersen lehnte dankend ab. So korrupt war er nun auch wieder nicht.

Trader zündete sich eine Zigarre an und lehnte sich zurück. «Was verschafft mir die Ehre Ihres Besuchs?»

Und mir die Unehre, dachte der Hauptmann. Er bildete sich ein, einen bitteren Geschmack im Mund zu haben, und spülte ihn mit dem Cognac hinunter.

«Verstehen Sie mich bitte richtig: Ich bin eigentlich gar nicht hier.» Petersen kam sich albern vor.

Trader nickte ihm aufmunternd zu und blies ein paar Rauchkringel in die Luft.

«Ich habe auch eigentlich gar keinen Auftrag. Weder von ganz oben noch von ...»

«... ganz unten?», ergänzte Trader belustigt.

«... von anderer Seite.»

«Tun Sie sich keinen Zwang an. Ich höre Ihnen zu, wie Sie eigentlich gar nichts sagen, und passe auf, was eigentlich niemand damit meint.»

Petersen kippte seinen Cognac, und während Trader ihm nachschenkte, versuchte er stockend sein Anliegen zu erklären: «Es geht um eine Frau ...»

«Da sind Sie unter Umständen bei mir an der richtigen Adresse», ermunterte ihn der Geschäftsmann.

«Eine Überlebende, eine Verschwundene ... Es ist eigentlich nur ein Gerücht, aber es gibt Hinweise ...»

Trader sah ihn stirnrunzelnd an.

«Es gab einen Zwischenfall, und nun ist da ein Problem ... möglicherweise ... aufgetaucht ...»

«Drücken Sie sich klarer aus, Mann!»

Der Polizeihauptmann beugte sich vor und fuhr fort: «Ein Auswandererschiff, das Amerika nicht erreicht hat, kam zurück. Die Besatzung und die Passagiere sind einer Epidemie zum Opfer gefallen, schwere Versäumnisse der Reederei haben dazu geführt. Die Sache wurde ... geregelt, aber nun hat sich herausgestellt, dass eine Passagierin von dem Schiff flüchten konnte. Sie könnte schwerwiegende Anschuldigungen erheben ... Es gilt, sie zu finden.» Erschöpft sank er in seinen Stuhl zurück.

Trader paffte und sagte zufrieden: «Ich habe davon gehört: zweihundert Tote, der Kapitän an den Mast genagelt, eine Seuche, aber wohl auch ein Kampf an Bord. Es war ein Godefries-Schiff, nicht?»

Petersen starrte ihn entsetzt an: «Sie wissen davon?»

Der Geschäftsmann zuckte mit den Schultern und verzog das Gesicht zu einem Grinsen. «Deswegen sind Sie doch hier – weil Sie wissen, dass ich über viele Dinge gut unterrichtet bin.»

Petersen schwieg.

«Der Senat will nicht, dass die Sache zum Skandal wird? Es wäre den ehrwürdigen Hanseaten wohl lieber, alles könnte unter den Teppich gekehrt werden. Wäre ja nicht auszudenken, was passiert, wenn die Zeitungen davon erfahren.» Er grinste wissend: «Na, dem Wolf haben Sie ja Kreide zu fressen gegeben.»

Der Hauptmann erbleichte. Dieser Mann wusste alles! Waren seine Beamten so unzuverlässig?

«Ich könnte Ihnen eventuell helfen», fuhr Trader fort, nachdem er wieder einige Rauchringe in die Luft geblasen hatte.

«Aber Sie – beziehungsweise Ihre Auftraggeber – sollten sich in angemessener Weise erkenntlich zeigen.»

Kein Handel! Keine Versprechungen! Um Himmels willen keine Abhängigkeit von diesem zwielichtigen Charakter! Das hatte der Erste Bürgermeister gesagt, als der Zweite mit dem Vorschlag gekommen war, Trader in dieser Sache anzusprechen. «Wir tragen eine Bitte vor und zeigen uns später bei Gelegenheit erkenntlich», hatte der Zweite vorgeschlagen. Petersen hatte sich gefragt, ob der Einfluss von Godefries wirklich so groß war, zwei Bürgermeister vom Pfad der Tugend abzubringen. Er war es.

«Das Wohl des Gemeinwesens liegt doch auch Ihnen am Herzen», sagte der Hauptmann matt, während er in Traders Gesicht einen gierigen, raubtierhaften Zug auszumachen glaubte.

«Natürlich geht es nur um das Gemeinwohl, Herr Petersen. Sie werden es vielleicht nicht wissen, aber ich bemühe mich seit geraumer Zeit um das Gemeinwohl auf dem Hamburger Berg. Ich investiere in Gebäude, sorge dafür, dass ganze Straßenzüge aufgebaut, umgebaut und modernisiert werden. Die Vorstadt muss selbst zur Stadt werden. Es dauert nicht mehr lange, da werden Hamburg und Altona zu einer Einheit verwachsen, und St. Pauli wird das Bindeglied sein, ein aufstrebendes Viertel, von dessen Erfolgen alle Bewohner profitieren werden. Viel ist zu tun, aber wir schreiten voran!»

Petersen starrte sein Gegenüber ungläubig an. St. Pauli ein aufstrebendes Viertel? Dieser Hort der Armut und Verderbtheit, dieses Durcheinander von Vergnügungsstätten der niederen Art? Der Mann träumte wohl!

Trader hatte einen jovialen Gesichtsausdruck aufgesetzt, ganz der ehrenwerte Geschäftsmann: «Ich plane eine weitreichende Investition nördlich des Spielbudenplatzes. Neue Straßenzüge, großzügige Wohnhäuser. St. Pauli wird ein neues Gesicht bekommen.»

135

«Nördlich des Spielbudenplatzes? Aber da sind doch die Reepschläger!»

Trader nickte: «Sehen Sie nun, wie gut sich alles fügt? Eine Hand wäscht die andere. Im Grunde genommen ist das Brachland. Der Boden dort kann also nicht sehr teuer sein, nicht wahr? Und ich will doch nicht hoffen, dass meine Interessen mit denen eines anderen kollidieren!»

Petersen runzelte die Stirn: «Aber dann müssten ja die Reepschläger dort verjagt werden.»

Der Geschäftsmann klopfte die Asche seiner Zigarre vorsichtig in den Aschenbecher: «Der Fortschritt fordert seinen Tribut. Das war so, das ist so, und das wird immer so sein.»

«Ich kann mir nicht vorstellen, dass so etwas möglich ist...»

Trader beugte sich vor und sagte leise: «Ich habe schon einige Hinweise, wie sich Ihr Problem lösen lässt. Man will mir die Frau zuführen. Ich regle die Angelegenheit diskret, glauben Sie mir.»

Der Hauptmann merkte, dass ihm dies alles zu viel wurde. Die Intrige, der Cognac, die wirtschaftlichen Folgen, das Schicksal einer Unbekannten ... Das alles war ein entsetzliches Durcheinander und in jedem Fall unmoralisch.

Er stellte das noch nicht ausgetrunkene Glas auf den Tisch zurück und stand auf: «Ich werde Ihr Angebot weiterleiten.»

Sein Gegenüber drückte die Zigarre aus und erhob sich ebenfalls: «Tun Sie das.»

Petersen sah ihn unschlüssig an. Wo war sein Mantel?

«Haben Sie sonst noch einen Wunsch?», fragte Trader, auf einmal freundlich lächelnd. «Helene würde Ihnen sicherlich gern ...»

Petersen zögerte. «Nein, nein ... keine Zeit», sagte er dann hastig.

«Verstehe. Vielleicht ein andermal. Sie sind uns jederzeit willkommen ... auch ohne offizielle Mission.»

Trader öffnete die Tür. Sie gingen den Flur entlang, stiegen die Treppe hinunter, betraten wieder das rote Zimmer. Dort lagen Mantel und Hut des Hauptmanns schon bereit. Er zog beides an, verabschiedete sich knapp und verließ das Zimmer.

In diesem Moment kam ein Mann mit eiligen Schritten die Treppe herunter. Als er auf dem Absatz angelangt war, hielt er inne, um die Haustür aufzuziehen. Dabei sah er kurz zur Seite und blickte Petersen direkt ins Gesicht. Der Hauptmann stolperte gegen Trader, der hinter ihm im Türrahmen stand.

«Was ist?»

«Oh, nichts, entschuldigen Sie bitte.»

Der andere Mann verschwand durch die Tür.

Petersen hatte sein Gesicht deutlich gesehen. Es war Jacques Pistoux, der Bankettchef des Hotels de l'Europe! Petersen war sich sicher, dass der Franzose auch ihn erkannt hatte. Zweifellos eine für beide Seiten unerfreuliche Begegnung.

Grübelnd verließ der Hauptmann das Haus in der Gerhardstraße. An der Wilhelmstraße hielt er eine Droschke an und ließ sich nach Hause fahren.

ᵕ 18 ᵕ ᴸEIDENSCHAFTEN

M. Auguste Escoffier,
Directeur Chevet & Cie
Palais Royal
Paris – Frankreich

                                        Hamburg, den 11. Mai 1882
Mein lieber Auguste,
aber nein, natürlich nehme ich dir deine kritischen Worte
nicht übel. Wie könnte ich einem so rührend besorgten
Freund etwas nachtragen? Dennoch teile ich deine Auffas-

sung nicht ganz. Außerdem wäre eine derart akribische Aufzählung meiner – wie du es ausdrückst – «leidenschaftlichen Verwicklungen» wirklich nicht nötig gewesen. Und was meinst du damit, ich sei den Frauen mehr zugetan, als es meinem Handwerk gut tut? In keiner Minute habe ich meine Aufgaben im Hotel vernachlässigt, sei dir dessen gewiss! Tatsächlich ist man hier im Hause voll des Lobes über meine Arbeit. Meine Kollegen begutachten immer wieder mit Begeisterung meine Menüs, der Küchenchef verkündet ständig, dass er mir gern einen Orden umhängen möchte. Und auch unter den honorigen Bürgern der Stadt hat sich herumgesprochen, dass ein Bankett im Hotel de l'Europe ein Ereignis allerhöchster Klasse ist, weshalb alle Termine auf lange Zeit hin ausgebucht sind. Du siehst, meine Aufgabe hält mich auf Trab, und so viel Freizeit, wie du befürchtest, habe ich wirklich nicht. An Sonntagen und Montagen können wir kürzer treten, sonst wird bedingungsloser Einsatz verlangt, und du weißt selbst, wie wenig Schlaf man dann bekommt.

Es bleiben mir also nur wenige Tage, um mich meiner, wie du schreibst, «privaten Leidenschaft» zu widmen. Was ich dann aber auch tue, denn zum Handwerk des Lebens gehört nicht nur der Beruf.

Als freier Mann lehne ich es ab, mich zum Sklaven der Arbeit zu machen (verzeih mir, dass ich es so ausdrücke, es soll deine Prinzipien nicht herabwürdigen). Und als Republikaner in einer Stadt, deren republikanische Traditionen viele Jahrhunderte weit in die Vergangenheit reichen, glaube ich wohl in Anspruch nehmen zu dürfen, mich auf einer Stufe mit allen Einwohnern zu sehen. Als Mensch beanspruche ich dieses Recht sowieso. Deine Ansicht über «naturgegebene» Ungleichheiten teile ich in keiner Weise. Der Mensch begegnet mir zunächst als Mensch, dann erst

138

kommen die Unterschiede, und da scheint mir doch der grundsätzlichste der zwischen Mann und Frau zu sein – und ihn zu überwinden hat die Natur gewisse Maßregeln getroffen.

Wenn es dich beruhigt: Unsere Liebe ist bis jetzt platonischer Natur, und seit unserem Sonntagsausflug zu den ländlichen Gemeinden Bergedorf und Curslack habe ich die Dame meines Herzens nicht mehr gesehen. Es war eine fröhliche Landpartie (auf so etwas versteht man sich hier wirklich!). Wir fuhren in einem Corso von fünf Stuhlwagen durch die herrlichste Frühlingslandschaft mit saftigen Weiden, sprießenden Feldern und blumigen Wiesen. In den Dörfern wurden wir gegrüßt wie Reisende, die von weither kommen, und das bäuerliche Volk bewunderte die bunten Kleider der Damen und das prächtige Geschirr unserer Pferde. Abgesehen von der Gegenwart meiner Angebeteten, genoss ich vor allem, dass ich für das «Bankett» nicht zuständig war. Das Picnic im englischen Stil, welches auf einer Blumenwiese am Rand eines Wäldchens stattfand, besorgte die Dienerschaft (und ich enthielt mich jeder Kritik, denn diese stand mir nicht zu).

Behagt dir diese romantische Szene mehr als meine Treffen mit der Geliebten in einem, wie du es ausdrückst, «Haus von zweifelhaftem Ruf»? Ich hege keine Vorurteile gegen Frauen, die ihre eigenen Wege gehen, im Gegenteil, ich empfinde Sympathie für sie. Was spricht dagegen, dass eine 25-jährige Tochter aus guten Verhältnissen sich eine Wohnung in der Stadt nimmt? Nun gut, in der Vorstadt. Aber sie ist jung und liebt das Leben und bunte Treiben in diesem Viertel, das von der Lebenslust der Hamburger kündet.

Ja, Lebenslust! Die Menschen hier sind zurückhaltend, doch wenn es darum geht zu feiern, scheuen sie keinen Aufwand, vor allem nicht in kulinarischen Dingen. Philip

Rother, mein Chef Saucier, hat mich in die Geheimnisse der hanseatischen Küche eingeweiht, indem er mich in volkstümliche Gasthöfe mitnahm. Das eine Mal hat er mich in windschiefe Fachwerkhäuschen im Wandrahmviertel geführt, aus dem er selbst stammt. Hier wohnen die Proletarier der Stadt, in armseligen Verhältnissen lebende, dennoch stolze Menschen, die auf die wenige Straßen weiter wohnenden «Bürger in den großen Häusern» nicht gut zu sprechen sind und von der hanseatischen Republik nicht viel halten, da sie von jedweder Mitsprache ausgeschlossen sind. Bei anderer Gelegenheit nahm er mich in verschiedene Hafenspelunken mit, in denen die Matrosen verkehren.

Nun kenne ich auch die Lieblingsspeisen der einfachen Leute: Wer es sich leisten kann, isst einen Fleischbrei namens Lob's course oder Labskaus, der angeblich auf hoher See erfunden wurde. Sonntags wirft man ein Stück Speck in den Eintopf, der werktags mit Schweinerüsseln und -füßen gekocht wird. «Arfken, Snuten un Poten» nennt man das in der norddeutschen Sprache, die mir sehr fremd ist. Wohlhabende Kleinbürger essen ihren Kohl gern gerollt mit einer Fleischfüllung als Kohlrouladen oder kochen mit dem Sauerkraut gepökelte Schweinshaxen, die man hier «Eisbein» nennt, weil aus den Knochen Schlittschuhkufen geschnitzt werden, wie mir Rother erklärte.

Zurzeit sind alle, die es sich leisten können, ganz verrückt nach jungen Schollen. Man brät sie und gibt gebratenen Speck darüber. Wer in ärmlichen Verhältnissen lebt, isst tagein, tagaus Bratkartoffeln, sonntags ebenfalls mit Speck. Man ist zufrieden damit, es sei denn, man kann auf dem Markt billig einen Eimer Heringe erstehen, dann wird ein Festtagsessen daraus gemacht, natürlich gebraten. Zumeist halten sich die Leute jedoch an eingesalzene Heringe, weil diese billiger sind. Rother redet sich schon jetzt den Mund *wässrig, wenn er über den* holländischen Salzhering *spricht, der ab Juni verkauft werden soll und für den ganz junge Tiere verarbeitet werden, die in Fässern reifen und* mit Kartoffeln und Bohnen *gegessen werden.*

Die Hamburger bevorzugen eine eigenartige Geschmacksrichtung: die Kombination von Salzigem, Süßem und Saurem. Man kocht das Rindfleisch mit Pflaumen *oder füllt den* Schweinebraten mit Äpfeln, *reicht zum* Hecht eine Rosinensauce *oder legt* Gänsefleisch in eine gesüßte Essigtunke *ein. Absolute Lieblingsspeise durch alle Klassen scheint die Aalsuppe zu sein, die aus einer Schinkenbrühe mit Trockenobst, Erbsen und Kräutern bereitet wird. Man säuert sie mit Essig und wundert sich keineswegs, wenn gar kein Aal darin schwimmt, denn in diese Suppe gehört kein Fisch, sondern das Aalkruut – sieben verschiedene Kräuter, die im Frühjahr im Garten wachsen.*

Du siehst, ich bemühe mich, Anschluss an diese mir doch recht fremde Welt zu finden und alle ihre Facetten kennen zu lernen.

Bedauerlich ist, dass die Mordsache, von der ich dir berichtete, noch immer nicht aufgeklärt wurde. Das arme Mädchen, dem ich niemals eine derart blutige Tat zutrauen würde, wird auch weiterhin verdächtigt, ihren Bruder umgebracht zu haben. Wie man hört, streitet sie alles energisch ab, aber dennoch soll ihr schon in Kürze der Prozess gemacht werden.

Ich frage mich noch immer, was der Ermordete wohl Tage zuvor im Park von Godefries gesucht hat und wieso er ausgerechnet auf dem Bankett des Reeders zu Tode kommen musste. Henriette reagierte sehr unwirsch, als ich das Thema ihr gegenüber zur Sprache brachte, und verbot mir grundsätzlich, über ihren Vater zu sprechen. Sie ist momentan sehr gereizt, weil der alte Godefries sie ständig nötigt, gesellschaftlichen Ereignissen beizuwohnen und sich mit Heiratskandidaten zu befassen. Dabei ist letztendlich immer er es, der die Bewerber zum Schluss allesamt ablehnt, weil sie nicht gut genug für sie seien. Es ist ein schwerer Konflikt, in den ich mich besser nicht einmische.

Was jedoch die arme Anna betrifft, so finde ich keine Ruhe. Ich habe mich deshalb entschlossen, deinem Rat nicht zu folgen, sondern Erkundigungen einzuziehen. Bei heimlichen Gesprächen mit verschiedenen Zimmermäd-chen, die allesamt sehr unglücklich sind über das schlimme Schicksal ihrer Gefährtin, erfuhr ich, dass ihr Bruder als Seiler auf dem Hamburger Berg gearbeitet hat. Ich werde dort Nachforschungen anstellen. Vielleicht kann ich ver-hindern, dass das arme Mädchen zu Unrecht verurteilt wird. Es ist meine Pflicht als Mensch, es zumindest zu ver-suchen.

Lieber Auguste, die wirst mit mir hadern, weil ich deine wohlmeinenden Ratschläge in den Wind schlage. Wie schön wäre es, wenn ich dir in hoffentlich nicht allzu ferner Zukunft meine Beweggründe persönlich erläutern könnte.

In der Hoffnung auf ein Wiedersehen
grüßt dich aus der Ferne
dein treuer Freund
Jacques

⌁ **19** ⌁ AUF DEN REEPERBAHNEN Nördlich der Vergnügungs- und Flaniermeile des Spielbudenplatzes und der baumbestandenen breiten Allee, der die Stadtoberen den Na-men Reeperbahn gegeben hatten, befanden sich auf einem gro-ßen Gelände die etwa 250 Meter langen Arbeitsplätze der Seiler. Zwischen acht endlos erscheinenden Baumreihen verliefen ihre

Bahnen, wo sie aus Hanffäden lange Seile zogen und Taue drehten. Die dicken Schiffs- und geteerten Ankertaue wurden auf Plattdeutsch «Reep» genannt, weshalb die Produktionsstätten der seit dem Jahr 1626 hier ansässigen Seiler die Bezeichnung Reeperbahnen bekommen hatten.

An seinem freien Montag, bei strahlendem Sonnenschein und frischem Südwestwind, hatte Jacques Pistoux schon gegen Mittag die Pferdebahn zum Millerntor genommen. Von dort aus war er zu Fuß über den Millerntorplatz gelaufen, hatte eine kleine Parkanlage hinter sich gelassen, vier Baumreihen durchquert und war auf ein Stück Brachland gelangt, das sich in einer Länge von 400 Metern und einer Breite von 80 bis 120 Metern zwischen der Häuserreihe an der Reeperbahn und der Marienstraße im Norden erstreckte. In unmittelbarer Nachbarschaft zu den größtenteils weiß gestrichenen Häusern, auf deren Dächern bunte Fahnen wehten und auf deren Veranden und Balkonen gut gekleidete Bürger und Angehörige der Halbwelt sich schon um diese Tageszeit dem Müßiggang hingaben, wurde hier hart gearbeitet.

Die Reepschläger zogen, drehten und schlugen ihre langen Seile und Taue zwischen den Baumreihen, wo sie teilweise auch geteert wurden. Anschließend kamen sie zum Trocknen und zur Lagerung in die «Treugen» oder «Drögen» genannten Schuppen. Diese über zweihundert Meter langen, schmalen, parallel verlaufenden Trockenhäuser waren aus rohen Hölzern zusammengenagelt und standen teilweise auf Balken; sodass die Reepschläger im unteren Geschoss drehen und im oberen Bereich lagern konnten.

Am hellblauen Himmel zogen wattige Wolken zügig gen Osten. Pistoux ging auf einem ausgetretenen Pfad auf eine dieser Anlagen zu. Der Eingang zu jeder einzelnen Reeperbahn wurde durch ein Tor markiert, das zumeist nur aus zwei Holzpfosten mit einem quer darüber liegenden Balken bestand. Das Tor, auf das Pistoux nun zuschritt, während er seinen Bowler-Hat festhielt, weil ein frischer Windstoß ihn beinahe weggeweht hätte, bestand aus einem Spitzbogen und war nicht aus Holz gefertigt.

Als er bei diesem etwa drei Meter hohen Eingang angekommen war, blieb Pistoux stehen, um das Material in Augenschein zu nehmen. Es war glatt, hart und grau. Er strich mit der Hand darüber. Elfenbein? Er lächelte. Kaum anzunehmen, dass es Elefanten mit drei Meter langen Stoßzähnen gab, weder in Afrika noch in Indien oder Hamburg. Er blickte durch den Spitzbogen hindurch. Auf einer Bahn zwischen zwei Trockenhäusern war ein kräftiger, hünenhafter Mann gerade mit seinen Seilen beschäftigt. Er sah dem Fremden entgegen, der nun auf ihn zuging. Kurz bevor Pistoux bei ihm angelangt war, wandte er sich ab und griff nach einem Teereimer. Er trug eine formlose Mütze auf dem Kopf, ausgeblichene graublaue Arbeitskleider und eine teerbeschmutzte Schürze.

Pistoux grüßte höflich und wartete geduldig ab, bis der Mann sich wieder umdrehte. Dann wiederholte er: «Guten Tag, entschuldigen Sie bitte, dass ich Sie unterbreche. Ich habe mich gerade gefragt, aus welchem Material wohl dieses Tor gemacht ist.»

Das Gesicht des Reepschlägers wurde von einem gepflegten blonden Backenbart eingerahmt, er hatte strahlend blaue Augen. Er bückte sich und stellte den Teereimer wieder ab. «Na, sieh mal an», sagte er, während er sich aufrichtete und die breiten, vom Teer gebräunten und mit dunklen Flecken übersäten Hände in die Hüften stemmte, «ein Franzose. Bist aber spät dran, min Jung.»

Pistoux blickte ihn irritiert an.

«Hör ich doch gleich am Tonfall, wenn ich es mit einem Monsieur zu tun hab. Mein Großvater sagte immer: Junge, wenn du mal einen siehst, gib ihm was auf die Mütze. Er hatte wohl noch eine Rechnung mit euch offen. Habt ihm das Haus überm Kopf angesteckt. Kann ich dem Alten nicht verdenken, dass er da grantig wurde. Also, lass man bloß die Finger von meiner Dröge, sonst wird's hier ungemütlich.»

Pistoux wusste immer noch nicht, was er entgegnen sollte. Der Seiler sah ihn grinsend an. Wirklich böse schien seine Schimpfkanonade nicht gemeint zu sein.

«Dieser Torbogen ...», stotterte er, weil ihm nichts Besseres einfiel und der Mann ihn auffordernd ansah.

«Kommt direkt aus der Hamburger Bai. Das ist in Grönland. Walknochen, um es mal ganz genau zu sagen.»

«Aha ...» Ganz so falsch hatte Pistoux mit seiner Vermutung, es handle sich um Elfenbein, also nicht gelegen.

«Ein Familienerbstück. Hat schon gut hundert Jahre auf dem Buckel. Aber keinen Buckel mehr.» Er lachte.

Pistoux drehte sich nochmal um und betrachtete den Torbogen aus Walknochen.

«Und was verschafft mir die Ehre Ihres hohen Besuchs?», fragte der Reepschläger. «Wollen Sie sich ein wenig die Füße vertreten zwischen zwei Mahlzeiten? Aber Sie gehören nicht zu denen da drüben, oder?» Er nickte in Richtung der weißen Häuser, die das Areal säumten.

«Nein. Mein Name ist Jacques Pistoux. Ich arbeite im Hotel de l'Europe in der Stadt, an der Binnenalster.»

«Nie davon gehört», brummte der Seiler. «Ich komm so gut wie nie in die Stadt.»

«Im Hotel ist jemand zu Tode gekommen.»

«Menschen sterben überall ...»

«Ihm wurde die Kehle durchgeschnitten.»

«Es ist für uns hier draußen nicht so wichtig, wenn jemand in der Stadt stirbt. Wir kennen kaum noch Leute dort. Wir wohnen alle auf dem Berg – oder St. Pauli, wie es jetzt heißt.»

«Der Ermordete soll aus dieser Gegend hier kommen. Er soll als Seiler gearbeitet haben.»

«So?»

«Ein Zimmermädchen wurde verhaftet, weil die Polizei glaubt, dass sie die Täterin ist.»

«Was interessiert es Sie, was die Polizei tut, wenn Sie nicht selbst dazugehören?» Der Reepschläger kniff die Augen zusammen und sah Pistoux jetzt sehr aufmerksam und misstrauisch an.

«Wie gesagt, ich arbeite im Hotel. Außerdem lässt mich das Schicksal eines Menschen, dem womöglich ein Unrecht geschieht, nicht kalt.»

«Hm.»

«Das Mädchen ist die Schwester des Ermordeten. Bringt eine Schwester ihren Bruder um? Einfach so, ohne ersichtlichen Grund?»

«Was wissen wir davon, was die Menschen tun und welche Gründe sie haben ...» Der Reepschläger wandte sich ab, bückte sich und griff wieder nach dem Teereimer.

«Ja, eben, das meine ich ja», sagte Pistoux hartnäckig. «Er war ein Mann, der hart gearbeitet hat, das hat man ihm angesehen. Ich bin ihm vor seinem Tod einmal im Park einer Villa in Blankenese begegnet. Dort hat man ihn hinausgeworfen. Er war recht armselig gekleidet. Kurz darauf fand man ihn im Hotel in teuren neuen Kleidern, und er war tot.»

«Was für eine Villa soll denn das gewesen sein?»

«Die des Reeders Godefries.»

Der Reepschläger blickte in die Ferne und kniff die Augen zusammen, als müsse er irgendwo am Horizont etwas entziffern. «Godefries? Das sind doch ganz noble Herrschaften. Da hat einer von uns eigentlich nichts verloren.» Er schüttelte nachdenklich den Kopf. «Hm.»

«Der Name des Toten war Jan Kamlade.»

Der Seiler starrte den Franzosen an. «Jan Kamlade? Pass mal auf, min Jung.» Er stellte den Teereimer wieder hin. «Ich weiß nicht, warum du glaubst, dass es dich etwas angeht, denn Jan war einer von uns. Obwohl er uns verraten hat. Hat seine Bahn an einen Kollegen verkauft. Hat ihm einen anständigen Preis gemacht, aber der Kollege ist trotzdem nicht glücklich darüber. Jan wusste zu dem Zeitpunkt nämlich schon, dass wir hier in Schwierigkeiten kommen würden.» Er machte eine weit ausholende Handbewegung. «Das hier war fast dreihundert Jahre lang das Reich der Reepschläger. Damals hat man uns aus der Stadt rausgejagt, weil man Platz brauchte. Jetzt soll das hier auch zur Stadt werden. Deshalb sollen wir schon wieder verschwinden. Außerdem kaufen immer mehr Schiffer die Taue, die in den Fabriken hergestellt werden. Sind billiger.» Er blickte trotzig zu Boden. «Ich kann es Jan nicht verdenken, dass er wegwollte. Aber wenn er sich nochmal hier hätte blicken lassen, dann hätte er eine Tracht Prügel bekommen, das ist man sicher. Natürlich hielt ihn hier nichts mehr. Seine Eltern sind schon rüber nach Amerika, ist noch gar nicht so lange her. Er wollte Geld sparen und ihnen dann mit seiner Schwester nachreisen. Es wäre wohl das Beste, wir würden alle übern Großen Teich. Amerika … Jan hat oft davon gesprochen …»

«Wo finde ich den Mann, der Jan Kamlade die Bahn abgekauft hat?»

«Das ist der Tscheche. Seit er gemerkt hat, dass er seine ganzen Ersparnisse für nichts drangegeben hat, arbeitet er kaum noch. Sitzt meist unten in der Kneipe in der Heinestraße. Gasthaus zur Treuge.»

«Unten am Ende der Bahnen?»

«Über die Straße weg. Kann man nicht verfehlen.»

«Und was tun Sie, wenn hier alles zugemacht wird?»

«Wenn die kommen, um mich zu verjagen, kipp ich ihnen den Teer vor die Füße und mach mich davon.»

«Wohin?»

147

Der Reepschläger zuckte mit den Schultern. «Amerika? Da gibt's inzwischen wahrscheinlich auch Fabriken.»

«Vielen Dank für die Auskunft.»

«Da nich für.»

Pistoux wandte sich zum Gehen.

«Die Anna Kamlade ...», hörte er den Seiler plötzlich noch murmeln und hielt inne.

«Ja?»

«Anna ist ein nettes Mädchen. Die bringt niemanden um. Schon gar nicht ihren Bruder.»

«Das glaube ich auch.»

«Gut.»

Pistoux verabschiedete sich und lief unter dem frischen Grün der Baumreihen entlang bis zum Ende der Reeperbahnen. Hier und da sah er die Seiler an ihren Tauen arbeiten. Sie würden dem Fortschritt weichen und sich bald schon ihr tägliches Brot in Fabriken verdienen müssen anstatt unter freiem Himmel. Oder sie würden auswandern wie die Eltern von Jan und Anna Kamlade.

◦∾ 20 ∾ MENSCHENHÄNDLER Er liebte die Schildkröte und hasste die Seehunde. Die Riesenschildkröte mit ihrem mächtigen Panzer kam von den Galapagos-Inseln. Sie war uralt und würde alle Menschen überleben, die tagtäglich «Carl Hagenbecks Thierpark» am Neuen Pferdemarkt besuchten. Sie machte sich nichts aus den Besuchern, genau wie der hagere Mann mit dem nachlässig gezwirbelten Schnurrbart, der in seiner Uniform am Eingang stand und darauf achtete, dass alle ihr Eintrittsgeld bezahlten.

Die meisten Gäste liebten die Seehunde. Deshalb waren sie gleich hinter dem Eingang in einem großen Bassin untergebracht. Sie waren so übermütig, dass sie gelegentlich ihr Becken verließen und sich unter die Besucher mischten. Dann schreckten Kinder und Frauen kreischend zurück, und die Herren bemühten sich, weltmännische Haltung zu bewahren. Der Mann mit der Uniform musste die Seehunde dann wieder in ihr Bassin zurückscheuchen. Das war mühsam, und manchmal schnappten sie sogar nach ihm. Der größte von ihnen hatte ihn einmal schon am Ärmel erwischt und den Stoff eingerissen. Da war er sehr wütend geworden. Aber was sollte er machen? Er durfte die Tiere nicht schlagen.

Als er an jenem Abend nach Hause zurückgekommen war, hatte er das Mädchen geschlagen. Mit der flachen Hand ins Gesicht. Und dann hatte er sich ihr zu Füßen geworfen und sie um Vergebung gebeten. Er wollte ihr doch nichts Böses, er wollte, dass sie gesund wurde und ihm viel Geld einbrachte. Deshalb gab er fast seinen ganzen Verdienst für Nahrungsmittel aus, die er ihr brachte. Er selbst wurde immer dünner, aber er stellte zufrieden fest, dass sie inzwischen schon gar nicht mehr aussah wie ein Gerippe, sondern wieder wie eine Frau. Mit Menschen war es wie mit Tieren. Es war gar nicht so schlimm für sie, eingesperrt zu sein, wenn sie nur genug zu essen bekamen.

Voller Ungeduld wartete er heute darauf, dass endlich die letzten Besucher den Tierpark verließen. Dann würde er sich unter einem Vorwand vor den Putzarbeiten drücken, die er eigentlich zu verrichten hatte, und zu seiner Verabredung aufbrechen. Heute Abend würde er den Man treffen, der seine Grete kaufen wollte. Er würde also bald genug Geld beisammen haben, um die weite Reise zu den Galapagos-Inseln anzutreten. Dort würde er Schildkröten und Eidechsen fangen und sie nach Europa bringen. Damit würde er viel Geld verdienen, und vielleicht würde er eines Tages einfach dort bleiben, bei seinen geliebten Riesenechsen, zu denen er sich mehr hingezogen fühlte als zu den Menschen, die immer nur auf ihm herumhackten, weil er alles ein bisschen langsamer tat als die anderen.

Es hatte Tage gedauert, bis er den Mann gefunden hatte, der ihm das Mädchen abkaufen wollte. Er war durch die übelsten Spelunken gezogen und hatte mit allerlei Gesindel gesprochen. Es war ihm nicht leicht gefallen. Er mochte diese Menschen nicht, die schmutzigen Geschäften nachgingen. Diebe, Luden und Betrüger. Die meisten hatten ihn verächtlich grinsend angesehen: Er wolle wissen, wer Geschäfte mit Mädchen macht. Geschäfte? Wie meinte er das? Es war ihm jedes Mal wieder schwer gefallen, ein solches Gespräch zu führen. Die meisten hatten ihn nicht ernst genommen, ihn beleidigt, so getan, als sei er ein Spinner oder, schlimmer noch, ein Schwachsinniger. Aber dann war plötzlich einer auf ihn zugekommen, hatte ihn nach dem Mädchen gefragt, hatte irgendetwas gewusst. Der Mann hatte Andeutungen von einem Schiff gemacht, auf dem sie gewesen sei, hatte von sich aus Geld geboten und wollte gleich mitkommen. Aber er hatte bemerkt, dass dieser Kerl ihn betrügen wollte, dass er sich mit anderen abgesprochen hatte. Sie würden ihm seine Beute einfach wegnehmen und nichts dafür bezahlen. Also hatte er abgelehnt. Der Mann war ihm noch stundenlang gefolgt, und es ist sehr schwierig gewesen, ihn abzuschütteln. Seitdem hatte er Angst, dass jemand ihm seine Grete einfach so wegnehmen könnte.

Nun war die Sache anders. Jemand hatte ihm ausgerichtet, dass sich ein einflussreicher Geschäftsmann für das Mädchen interessiere, und ihn sogar zu einem Treffen bestellt. In den Tanzsaal «Vier Löwen» in der Davidstraße. Dort war er noch nie gewesen. Es war ein Vergnügungsort für Seeleute auf Land-urlaub, ein Tummelplatz großer und kleiner Ganoven, aber auch eine Adresse für Hamburger Bürger, die im Schutz der Nacht kamen und die es nach derben Vergnügungen und las-terhaften Mädchen verlangte. Für ihn war dieses Lokal zu kostspielig. Als Junge hatte er dort oft im schmutzigen Hinterhof oder in der Küche herumgelungert, wo seine Mutter gearbeitet hatte, aber das war lange her.

Jetzt war es endlich so weit. Die Tore des Tierparks wurden geschlossen. Ohne die Uniform auszuziehen, eilte er los. Er lief die Jägerstraße entlang, überquerte den Paulinenplatz, ging zügig durch die Wilhelmstraße, nahm eine Abkürzung quer durch die Reeperbahnen hindurch und erreichte die «Vier Löwen» noch vor Einbruch der Dunkelheit.

Trotz der frühen Stunde standen die Mädchen schon hinter einem Eisenzaun vor dem Eingang und sprachen die Passanten an. Männer, die sich erst einmal auf ein Gespräch eingelassen hatten, wurden die Dirnen kaum noch los. Das zeigte sich auch jetzt: Ein honorig aussehender Dicker mit Nickelbrille und strengem Gehrock bemühte sich gerade fluchend, ein Mädchen abzuschütteln, das ihn über das Gitter hinweg am Ärmel gepackt hatte und nicht mehr loslassen wollte. Zwei Matrosen gingen geschickter vor. Sie verteilten kleine Zigarillos und fragten die sich herandrängenden Mädchen nach ihren Preisen.

Kurz bevor er den Eingang erreichte, drängte sich eine kleine dralle Dunkelhaarige an ihn heran, zupfte an seiner Uniform und sagte keck: «Na, mein kleiner Soldat? Willst du mich mal in meinem Zelt besuchen?»

Er senkte den Blick, stürmte weiter und betrat die breite Vordiele, in der noch mehr Mädchen auf ihre Freier warteten. Sie trugen manchmal recht kurze, immer aber tief ausgeschnittene bunte Kleider mit Bändern und Glasperlenschmuck. Wenn sie nicht herumstanden und plauderten, saßen sie auf Bänken und musterten wachsam jeden Hereinkommenden. Gefiel ihnen einer, sprangen sie hastig auf und zogen ihn am Arm beiseite, um ihn zu becircen.

Es gelang ihm, allen heranstürmenden Mädchen auszuweichen und unbehelligt in den großen Tanzsaal zu kommen. Dort war es heiß, stickig und verqualmt. Es roch nach Grog, der hier neben dem Bier von vielen Anwesenden, ob Männern oder Frauen, zum Lieblingsgetränk erkoren worden war. Auf der linken Seite spielte eine Kapelle wilde Rhythmen, zu denen eine wogende Menge in der Mitte des Raums tanzte. Zur Rechten saßen die Mädchen auf Tischen und Bänken, teils mit, teils ohne Freier. Manche von ihnen pafften Zigarren, die sie dann wieder ihren Männern in den Mund zurückschoben.

Er bahnte sich den Weg durch die Menge und schaffte es, sich bis zur lang gestreckten Theke durchzukämpfen. Dort fragte er einen der Männer hinter dem Tresen nach seinem Geschäftspartner und wurde in den ersten Stock verwiesen. Er ging durch eine Tür neben der Theke, lief einen Korridor entlang und stieg über eine Hintertreppe in den ersten Stock hinauf. Dort fing ihn ein massiger Kerl mit kahlem Schädel ab und fragte, was er hier verloren habe.

«Ich werde erwartet.»

Der Mann hob skeptisch die Augenbrauen und klopfte an eine Tür. Er ging rein, kam kurz darauf wieder heraus und bedeutete ihm, hineinzugehen.

Trader saß hinter einem mächtigen Mahagonischreibtisch vor einem mit Marmor eingefassten Kamin. An den Wänden standen hohe Bücherschränke aus dem gleichen Holz. Auf einem breiten Ledersessel saß eine elegante, schöne Dame mit rosigen Wangen und dunklen Haaren in einem teuren hellgrünen Kleid. So viel Eleganz hätte er in diesem Haus niemals erwartet. Er blieb verwirrt stehen.

Trader sah ihn an und lachte: «Sie sehen ja wirklich aus wie vom Zirkus. Kommen Sie rein. Iwersen?»

Er nickte.

«Nehmen Sie sich den Stuhl da.» Trader deutete auf einen ledergepolsterten Mahagonistuhl in einer Ecke.

Er nahm ihn mit beiden Händen und trug ihn vorsichtig

zum Schreibtisch. In gebührendem Abstand zu der Dame, die ihn aufmerksam anblickte, stellte er ihn hin und blieb daneben stehen.

«Setzen Sie sich, Iwersen.»

Während er sich vorsichtig auf der Stuhlkante niederließ, winkte Trader dem massigen Kerl zu, der noch immer neben dem Eingang stand und nun das Zimmer verließ und die Tür hinter sich schloss.

Der Geschäftsmann mit dem Henri-Quatre-Bart musterte seinen Gast mit leicht amüsiertem Gesichtsausdruck, dann sagte er: «Sie haben also das Mädchen gefunden, nach dem wir suchen?»

Er blickte zu Boden. Wie sollte er in Gegenwart einer Frau über eine solche Angelegenheit sprechen?

«Na, nun zieren Sie sich nicht, nur weil eine Dame anwesend ist. Sie gehört zum Haus.»

Er sah die schöne junge Frau erstaunt an und bemerkte, wie sie Trader einen bösen Blick zuwarf. Der verzog entschuldigend das Gesicht.

«Nun, was ist? Das Mädchen, das von diesem Schiff geflüchtet ist. Sie haben sie doch gefunden?»

Er nickte.

«Wissen Sie, wo sie sich jetzt aufhält?»

Er nickte wieder.

«Ist sie allein?»

Er zögerte. War sie allein oder mit ihm zusammen? Er entschied, dass sie, da er hier war, dort allein sein musste. Er nickte.

«Krank?»

Er schüttelte den Kopf.

«Es geht ihr gut?»

Er räusperte sich: «Ja.»

«Ist sie hübsch?»

Darüber hatte er sich noch keine Gedanken gemacht.

«Jung?»

«Ja, ich glaub schon.»

«Kann sie von da weglaufen, wo sie jetzt ist?»

«Nein.»

«Ist sie eingesperrt?»

«Ja.»

«Wo?»

«Bei mir zu Hause. Ich hab ihr zu essen gegeben. Sie war so dünn. Jetzt aber nicht mehr.»

«Meinen Sie, dass sie hier arbeiten könnte?»

«Warum nicht?»

«Sie wollen sie nicht behalten?»

«Nein. Was soll ich mit ihr?»

«Warum haben Sie sie noch nicht gehen lassen?»

«Ich weiß, dass es Leute gibt, die Geld für Frauen bezahlen.»

«Glauben Sie, dass ich so einer bin?»

Er zuckte mit den Schultern.

«Wie viel Geld wollen Sie für sie haben?»

Er nannte einen Betrag, von dem er glaubte, dass er für eine Reise zu den Galapagos-Inseln ausreichen würde.

Trader blickte amüsiert zu der schweigenden Dame im Ledersessel hin. «Wenn ich Ihnen das Geld jetzt gebe, können wir sie dann gleich abholen?»

Er schüttelte den Kopf.

«Nicht?»

«Ich will mich erst noch verabschieden.»

Der Geschäftsmann sah ihn verblüfft an. «Verabschieden?»

Er zuckte mit den Schultern. Der Gedanke war ihm ganz plötzlich gekommen. Er wollte von ihr Abschied nehmen, weil er gerade spürte, wie Leid es ihm tun würde, wenn sie nicht mehr da war.

«Sie können das tun», sagte Trader. «Wir kommen später am Abend vorbei und holen sie.»

Er schüttelte den Kopf: «Morgen.» Er wollte noch eine Nacht mit ihr zusammen verbringen. Er fühlte ganz deutlich, dass er das unbedingt wollte.

Sein Gegenüber seufzte. «Gut, morgen. Dann bringen wir auch das Geld mit. Geben Sie mir Ihre Adresse.»

Er nannte seine Straße und die Hausnummer und beschrieb den Hinterhof und wie man in seine Kellerwohnung kam.

Trader nickte zufrieden. «Gut, dann gehen Sie jetzt. Wir kommen morgen vorbei.»

Er stand auf und verließ das Zimmer. Während er durch den Tanzsaal zur Theke ging, stellte er sich vor, wie er mit einem großen Schiff zu den Galapagos-Inseln aufbrach. Aber immer wieder kam ihm das ernste Gesicht seiner Gefangenen in den Sinn, und ein Gefühl unendlicher Traurigkeit übermannte ihn.

Oben im Kaminzimmer sagte Trader zu Henriette Godefries: «Manchmal hasse ich mich für das, was ich tue.»

∽ 21 ∽ VERSTRICKT Das Gasthaus «Zur Treuge» lag im Keller eines zweistöckigen Hauses an der Heinestraße. Man musste sich bücken, um durch die Tür in die Kneipe zu kommen, ohne sich den Kopf zu stoßen. Auf diese Weise gelangte man in einen niedrigen Gastraum, in dem zwei lange Tische standen. Über diesen hingen Gaslampen, die den ganzen Tag brannten, weil durch die kleinen Souterrainfenster nicht genügend Licht hereindrang. Zu den Tischen gehörten Holzbänke ohne Lehnen. Nur neben dem dritten und kleinsten Tisch in der Ecke gab es ein abgenutztes Biedermeiersofa mit verblichenem Blümchenmuster und dazu passende, ebenso abgenutzte gepolsterte Stühle. Das war der Stammtisch, dort saßen die Seiler. Darauf wies ein Schild in Ankerform hin, das an einem kleinen Tau zwischen zwei handgeschnitzten Pollern hing.

Auf der anderen Seite des Raums befand sich ein lang gestreckter Tresen, außerdem weitere niedrige Hocker für müde Zecher und sogar ein Waschbecken, das an die Theke montiert worden war. Darüber befanden sich die Regale mit den Südweinen, die hier am Wochenende bevorzugt konsumiert wurden und durch ein Drahtgitter vor dem unbefugten Zugriff geschützt waren. Hinter dem Tresen gab ein Durchgang den Blick in eine schmuddelige Küche frei, wo eine dicke Frau, die sich mehrere Schürzen umgebunden hatte, mit großen Pfannen hantierte. Der Geruch von gebratenem Speck hing in der Luft.

«Finkenwerder! Wir wollen mehr Schollen!», riefen die Stammgäste aus ihrer Ecke.

Der Wirt, der den Kopf auf die verschränkten Arme gelegt hatte, um sich ein wenig auszuruhen, schreckte von der Theke hoch. Er war noch dicker als die Frau in der Küche und trug über der Hose eine zerknitterte weiße Schürze, über dem Bauch eine prall gefüllte Weste und darüber ein Jackett, bei dem nur noch der oberste Knopf zu schließen war. Sein Gesicht war ebenso rund wie der Rest seines Körpers. Aus kleinen, müden Augen blickte er den eben neu eingetretenen Gast an.

«Guten Tag», sagte Pistoux, nachdem er höflich den Hut abgenommen hatte. «Ich suche einen Tschechen namens Frantischek. Man hat mir gesagt, ich könne ihn hier finden.»

«Finkenwerder! Wo bleiben die Schollen?», schallte es erneut vom Stammtisch.

Der Wirt blickte von Pistoux zu den Seilern und wieder zu Pistoux. Er schien nicht ganz zu wissen, was er als Erstes tun sollte.

«Und mehr Bier, bitte!», riefen die Stammgäste.

«Erich, die Schollen sind fertig!», ließ sich nun die Frau aus der Küche vernehmen.

Der Wirt strich nervös mit den Händen über die Schürze. «Entschuldigen Sie mich.» Er drehte sich um und ging die bestellten Mahlzeiten holen.

Die Gäste in der Ecke schienen sehr gut gelaunt zu sein. Sie waren zu sechst. Jetzt drehten sie ihre Biergläser herum, um zu demonstrieren, dass sie leer waren. Vor jedem von ihnen stand bereits ein leer gegessener Teller. Nur einer schien sich nicht so gut zu amüsieren, ein schmaler, blonder Mann, der melancholisch vor sich hin blickte und sein Glas noch nicht ausgetrunken hatte. Ab und zu gab ihm jemand einen gut gemeinten Klaps auf den Rücken, was ihn aber nicht aufmunterte.

Der Wirt kam hinter dem Tresen hervor. Mit beiden Händen hielt er eine riesige Pfanne, in der sich eine große Menge gebratener Schollen befand.

«Finkenwerder!», schallte es wieder aus der Ecke. «Da kommen sie!»

Im Vorbeigehen sagte der Wirt zu Pistoux gewandt: «Das sind die Seiler, fragen Sie doch selbst.»

Pistoux folgte ihm an den Tisch. Der Wirt stellte die Pfanne in die Mitte, und die Männer bedienten sich gierig.

«Wo bleibt das Bier?», rief einer, und der Wirt eilte zum Tresen zurück.

Pistoux blickte in die Pfanne und spürte, wie ihm der Magen knurrte. Dort schwammen zahlreiche kleine, knusprig gebratene Maischollen in ausgelassenem Speck.

«Und mehr Brot!», rief einer. «Zum Stippen!»

«Entschuldigen Sie bitte», sagte Pistoux.

Die Männer sahen kaum auf.

«Ich suche Frantíšek, den Tschechen.»

Der schmale Kerl bekam wieder einen Klaps auf den Rücken. «Der sucht dich!»

Pistoux blickte den traurig wirkenden Mann an. «Ich würde gern mit Ihnen sprechen.»

«Wenn du mit ihm reden willst, setz dich», sagte einer der Seiler, während er sich eine Scholle auf den Teller hievte. «Hast du Hunger? Dann iss mit!»

Pistoux zog sich einen Hocker heran.

«He», sagte ein anderer. «Aber bevor du isst, musst du das Rätsel lösen. Wenn du es schaffst, halten wir dich frei.»

«Genau, das Rätsel!»

Frantischek warf dem Fremden einen abweisenden Blick zu.

Pistoux bekam einen Stoß in die Rippen. «Also, pass auf.» Der Seiler deutete auf die Pfanne mit den Fischen: «Warum heißen die hier Scholle ‹Finkenwerder Art›?»

Pistoux hatte keine Ahnung, worauf die Frage abzielte. Er kannte Schollen als einfache Fische, die in der Haute Cuisine keine Verwendung fanden, weil Seezungen und Steinbutt wesentlich schmackhafter waren. So derb in Speck gebraten hatte er sie in Frankreich nie gesehen. «Vielleicht nach dem Koch oder der Köchin oder dem Wirt ...»

Die Seiler sahen ihn mit großen Augen an, dann grinsten sie alle und riefen laut: «Ha! Habt ihr das gehört? Nach dem Wirt!» Sie brüllten vor Lachen.

«Kamerad!», sagte einer von ihnen. «So schlau war bisher keiner.» Er schob ihm seinen Teller hin und legte drei Schollen übereinander. Ein anderer reichte ihm Brot.

«Finkenwerder!», riefen sie dann. «Ein Bier für unseren Freund hier. Er hat es geraten!»

Einer beugte sich vertraulich zu Pistoux: «Es ist nämlich ein falsches Gerücht, dass die Fischer aus Finkenwerder dieses Rezept erfunden haben. Es war unser guter alter Finkenwerder, die Made im Speck! Deswegen heißt es ‹Scholle Finkenwerder Art›. Die anderen haben es bei ihm abgeguckt. Glaubst du nicht?»

Pistoux versicherte mit vollem Mund, dass er es natürlich glaube, genauer gesagt, immer gewusst habe, und fragte sich gleichzeitig, was denn das Geheimnis dieses einfachen Rezepts sein sollte. Immerhin waren die Schollen saftig, und auch der knusprige Speck schmeckte gut.

Der Wirt namens Finkenwerder brachte das Bier, und alle stießen an. Dann wurde die riesige Pfanne geleert. Pistoux musste mehr Schollen essen und mehr Bier trinken, als ihm lieb war. Aber immerhin kam er ins Gespräch.

Ab und zu stand einer auf, um den Abtritt im Hinterhof zu benutzen, und dann rutschte man auf einen anderen Sitzplatz. Irgendwann, als die Stimmung etwas ruhiger geworden war und die Männer ihre Pfeifen oder den Kautabak rausholten, saß Pistoux neben Frantischek, der jetzt etwas aufgeschlossener wirkte.

Auf den ersten Blick hatte «der Tscheche», wie seine Kollegen ihn nannten, blass und schwächlich ausgesehen, aber das täuschte. Er war zwar schmal, doch wenn er aufstand, sah man, dass er recht groß war und muskulöse Arme hatte. Er trug einen sorgfältig gezwirbelten Spitzbart und etwas längere Haare als die anderen. Sein Gesichtsausdruck hatte sich jetzt, dank der guten Stimmung und des Biers, von Melancholie in Stolz verwandelt.

Die Seiler sprachen von ihren Zukunftsplänen. Bis auf Frantischek glaubten sie, ein gutes Geschäft in Aussicht zu haben, wenn sie ihre Reeperbahnen an die Stadt verkauften. Der Tscheche war skeptisch. Da es der Staat sei, der das Areal erwerben wolle, könne der ihnen zwangsweise jeden Preis diktieren, meinte er.

«Sie fühlen sich betrogen», sagte Pistoux in einem ruhigen Moment zu Frantischek. «Kamlade hat Ihnen die Bahn verkauft, als er schon wusste, dass die Stadt das Gebiet enteignen würde.»

«Betrogen? Ja, natürlich hat er mich betrogen. Ich habe für ihn gearbeitet. Er hat mir die Bahn angeboten, weil er angeblich nach Amerika wollte. Mit meinem Geld hat er seine Eltern schon vorausgeschickt ... Aber was interessiert Sie das?»

«Seine Schwester arbeitet im selben Hotel wie ich.»

«Na und? Haben Sie was mit ihr? Dann passen Sie bloß auf! Die ist bestimmt nicht besser als ihr Bruder.»

«Ich kenne sie nicht besonders gut. Sie sitzt jetzt im Gefängnis.»

«Na, sehen Sie, hab ich doch gesagt.»

«Ich bin mir da nicht so sicher. Ich habe sie als nettes, ehrliches Mädchen kennen gelernt.»

«So kann man sich irren. Weshalb hat man sie denn ins Gefängnis gesteckt?»

«Sie soll ihren Bruder umgebracht haben.»

«Dann haben sie sich wohl gestritten. Sie hatten oft Streit, wenn sie mal auf der Bahn vorbeikam.»

«Weswegen?»

«Was weiß ich? Weshalb sich Bruder und Schwester eben so streiten. Es hat ihm wohl nicht gefallen, was sie so machte.»

«Was machte sie denn?»

«Trieb sich hier auf dem Berg herum ...» Frantischek zuckte unwirsch mit den Schultern. «Was weiß ich. Viele Mädchen machen das.»

«Mit Männern?»

«Na ja ... das wird's wohl gewesen sein.»

«Ich hatte den Eindruck, dass sie ein anständiges Mädchen ist», sagte Pistoux, «und außerdem sehr schüchtern. Wollten die beiden nicht nach Amerika?»

«Sie haben ja von nichts anderem gesprochen ...»

«Worauf haben sie noch gewartet?»

«Jan hat behauptet, das Geld für die Bahn habe nur für seine Eltern gereicht. Er wollte noch mehr verdienen. Jan hatte große Pläne für Amerika, sah sich schon als Fabrikant ...»

«Wie wollte er zu Geld kommen?»

«Weiß ich nicht. Vielleicht mit seiner Schwester?» Frantischek verzog höhnisch den Mund.

«Glauben Sie das wirklich?»

«Nein, er war ja dagegen.»

«Womit also sonst?»

«Keine Ahnung. Woher soll ich das wissen? Er kam ja nicht mehr her. Wusste schon, warum, er wäre nicht lebend weggekommen.» Frantischek biss sich auf die Lippen: «Aber ich hab ihn nicht umgebracht. So etwas könnte ich niemals tun.»

Warum hätte er ihn auch im Hotel töten sollen?, dachte Pistoux. Auch die anderen Seiler wussten nicht, was Jan Kamlade seit seinem Verschwinden von der Reeperbahn gemacht hatte. Das Schlimmste sei ja wohl, dass er seine alten Kameraden im Stich gelassen hatte. Und überhaupt: Ohne angemessene Abfindung würden sie sich nicht verjagen lassen. Niemals! Da müsste die Stadt schon ein Polizeibataillon schicken!

Die Stimmung am Stammtisch wurde lauter, und die Reepschläger wurden immer betrunkener. Das Lokal füllte sich. Irgendwann ging die Tür auf, und unter großem Hallo kam eine junge Frau herein. Sie trug Seemannskleidung und hatte sich keck eine Kapitänsmütze aufgesetzt. Außerdem hatte sie ein Schifferklavier dabei. Sofort machten die Gäste ihr Platz und ließen sie zum Tresen vor. Dort stieg sie auf einen Stuhl und setzte sich auf die Theke. Der Wirt schob ihr ein Glas Bier hin, sie nahm einen großen Schluck und fing an, Matrosenlieder zu singen.

Alle hörten ihr gebannt zu, auch die Reepschläger unterbrachen ihre Unterhaltung. Pistoux stand auf. Er bedankte sich bei den Seilern für die Einladung, verabschiedete sich, warf einen letzten Blick auf den Tschechen, der ihn misstrauisch musterte, und wandte sich zum Gehen. Er fühlte sich leicht benebelt und musste sich mühsam seinen Weg durch das überfüllte, verrauchte Arbeiterlokal nach draußen bahnen.

Als er die Tür hinter sich geschlossen hatte, warf er noch einen kurzen Blick über das Areal der Reepschläger, das sich vor ihm unter dem dunkelblauen Himmel ausbreitete. Dann machte er sich auf den Weg. Die frische Luft tat ihm gut, und er dachte über ein verfeinertes Schollenrezept nach.

Als er das inzwischen wohl bekannte Haus in der Gerhardstraße erreichte, bemerkte er, dass die Gestalt im langen Mantel und mit dem breitkrempigen Hut, die vor ihm ging, ebenfalls die Stufen zu dem schmalen dreistöckigen Gebäude hinaufstieg und nun den Klingelzug betätigte.

Was tun? Sollte er diskret warten, bis der Mann im Innern des Hauses verschwunden war? Oder sollte er einfach mit ihm eintreten? Pistoux empfand keine Befangenheit. Tatsächlich besuchte er ja nur eine Freundin, wenn auch unter dem Deckmantel der Verschwiegenheit. Der Mann vor ihm war womöglich mehr auf sein Inkognito bedacht und wollte nicht, dass seine Kontakte zu den Buhlschwestern, Gassennymphen und Venusdienerinnen, wie man sie in Hamburg nannte, bekannt wurden.

Die detektivische Neugier besiegte Pistoux' Neigung zur Diskretion. Er stieg zügig hinter dem Mann die Treppe hinauf und blieb neben ihm stehen, um darauf zu warten, dass die Tür geöffnet wurde.

Der Mann senkte den Kopf, sein Gesicht wurde von der breiten Krempe des Huts verdeckt. Es war hier jedoch so dunkel, dass man ohnehin kaum etwas erkennen konnte.

«Guten Abend», sagte Pistoux.

Der Mann murmelte etwas Unverständliches.

Die Tür ging auf, und das füllige Dekolleté der schönen Helene wurde sichtbar. Offenbar hatte sie den Mann erwartet. Sie zog ihn am Arm herein und warf Pistoux kurz einen missbilligenden Blick zu.

Der Franzose trat hinter ihnen in die Diele und stieg einige

Stufen der Treppe hinauf, die in die oberen Stockwerke führte. Kaum war er außer Sichtweite, begann die schöne Helene mit dem Neuankömmling zu schäkern. Lachend zog sie ihm den Hut vom Kopf. Pistoux, der leise einige Stufen zurückgegangen war, spähte um die Ecke und beobachtete, wie Helene mit ihrem Freier im Kaminzimmer verschwand, nachdem er sich nach vorn gebeugt und ihren üppigen Busen geküsst hatte. Pistoux konnte jetzt erkennen, um wen es sich handelte: Es war Johannes Wolf, der Chefredakteur des *Hamburger Beobachters*.

Vor kurzem erst hatte Pistoux zufällig mitbekommen, wie Hauptmann Petersen das Haus verließ. Aber der Beamte der Criminal-Polizei hatte hier wahrscheinlich dienstlich zu tun. Dennoch hatte er das beunruhigende Gefühl, dass sie alle in eine komplizierte Angelegenheit verstrickt waren, deren Ausmaße er noch nicht überblicken konnte. Aber er hatte sich vorgenommen, heute Licht ins Dunkel zu bringen. Auch wenn es ihm sehr schwer fiel, er musste endlich anfangen, Henriette Fragen zu stellen.

Mit diesem Vorsatz stieg er die Treppe in den dritten Stock hinauf. Er klopfte und hörte ihre fröhliche Stimme: «Herein!»

Pistoux drückte die Klinke hinunter und trat ein. Henriette saß vor dem Toilettentisch auf einem kleinen Schemel und kämmte sich das Haar. Sie trug ein hellrotes dekolletiertes Kleid.

«Jacques», begrüßte sie ihn lächelnd, «wo bist du gewesen? Ich warte schon so lange auf dich.»

Er legte seinen Hut auf einen Stuhl. «Ja», sagte er, «entschuldige bitte. Ich habe … Ich war …»

«Nun?» Sie stand auf und kam ihm entgegen, schlang ihre Arme um ihn und küsste ihn. Dann legte sie ihren Kopf gegen seine Schulter.

Eine Weile verharrten sie so, beide mit geschlossenen Augen.

Er liebte den feinen Duft ihres dunklen Haares und den Parfümhauch, der sie umgab.

«Jacques? Ich mag es nicht, wenn du mich warten lässt.»

«Ich hatte nicht die Absicht, es war ...»

«Wo bist du gewesen?»

«Bei den Reepschlägern.»

Sie hob den Kopf. «Wo?»

«Bei den Seilern.»

«Was, um Himmels willen, hattest du dort verloren?»

«Wegen Kamlade ...»

«Das ist doch alles längst vergessen.»

«Vergessen? Ich kann das nicht so einfach.»

Sie schmiegte sich an ihn. Ihre Hand strich über seine Brust. «Lass uns doch über Dinge schweigen, die uns nichts angehen.»

«Ich finde sehr wohl, dass sie mich etwas angehen.»

«Ach, Jacques ... Ich möchte, dass wir es heute nochmal versuchen.» Sie drängte ihn sanft zum Bett hin.

«Wir dürfen nichts überstürzen. Du bist noch nicht bereit.»

«Ich will aber doch ...» Sie ließ sich fallen und zog ihn mit sich aufs Bett.

«Halt!», rief er. «Nicht jetzt.»

«Jacques, du wolltest mir doch helfen ...»

«Henriette, ich bitte dich.» Er schob sie von sich. «Schluss», sagte er und stand auf.

«Was soll das?», fauchte sie wütend.

«Ich muss dir einige Fragen stellen.»

«Ich will keine Fragen! Das interessiert mich nicht.»

«Aber mich. Anna Kamlade ...»

«Sei still, ich will nichts hören, das ist mir gleichgültig!»

«Die Sache mit dem Fächer. Wieso hatte ihn der tote Jan Kamlade bei sich? Was hatte er im Park eurer Villa vor? Wollte er mit dir sprechen oder mit deinem Vater? Was hatte er mit euch zu tun?»

«Hör auf!», zischte sie. Sie zog die Schublade ihres Nachtschränkchens auf.

Pistoux ließ sich nicht beirren. «Wie kam er zu dem Geld, mit dem er sich die teuren Kleider kaufen konnte? Was wollte er auf dem Bankett? Jemanden erpressen? Deinen Vater? Dich? Habt ihr ihm das Geld gegeben? Hast du ihn umgebracht?»

Sie griff in die Schublade. Dann drehte sie sich blitzschnell zu ihm um. Sie hielt ein Messer in der Hand, einen zierlichen orientalischen Dolch. «Siehst du das hier?»

«Henriette, bitte!»

Sie strich mit der Hand über die Klinge. «Sieh es dir an. Ein feines Stück. Scharf. Sehr scharf.»

«Leg das Messer weg.»

«Und spitz», sagte sie. Sie setzte den Dolch auf ihre Brust. «Damit könnte ich mich verletzen. Wenn du nicht weggehst.» Ein kleiner Blutstropfen bildete sich da, wo die Messerspitze die Haut berührte.

«Hör auf.»

«Ich will nicht, dass du mir diese Fragen stellst.» Sie legte die Klinge an ihren Hals. «Das ist gefährlich.»

«Ich bitte dich, komm wieder zur Vernunft!»

«Du misstraust mir», zischte sie. «Du willst mich zerstören. Mich beherrschen. Wie mein Vater …»

«Aber …»

«Geh! Oder du wirst es bitter bereuen.»

War es ihr ernst damit? Pistoux war zutiefst erschüttert. Er nahm den Hut vom Sessel und wandte sich zur Tür. Dort warf er einen letzten Blick auf Henriette, die mit wutverzerrtem Gesicht auf dem Bett kniete, das Messer an der eigenen Kehle. War dies wirklich die Frau, die er liebte?

Als er die Treppe nach unten ging, spürte er, wie sein Herz heftig pochte. Draußen wehte ein kühler Wind. Müde und niedergeschlagen lenkte er seine Schritte Richtung Millerntor.

Sie
hatte das rote Kleid angezogen, das er ihr mitgebracht hatte, die
blassblaue Schürze umgebunden und trug darüber die lavendel-
farbene Jacke. Dazu hatte sie die zierlichen Schuhe an, obwohl
sie ihr zu eng wagen. Alle Kleider waren nicht neu. Sie rochen
nach Mottenkugeln, aber sie waren viel besser als seine fleckige
Unterwäsche, sein zerschlissenes Hemd und der alte Mantel.
Nachdem er ihr die Kleider mit dem knappen Befehl: «Zieh
das an!», hingelegt hatte, war er fortgegangen. Sie hatte sofort
nach den Sachen gegriffen, und nun, als sie sich im Spiegel betrachtete, spürte sie, wie ein merkwürdiges Glücksgefühl von
ihr Besitz ergriff. In diesen Kleidern würde sie dem Totenreich
entfliehen, in das sie durch eine grausame Laune des Schicksals
geraten war. Irgendwo dort draußen war das Leben, die Freiheit. Ob Amerika oder nicht, was spielte das schon für eine
Rolle? Sie würde hinausgehen, die Sonne würde scheinen, die
Menschen würden ihr zulächeln, ein sanfter Wind würde ihr
Kleid bauschen, und sie würde leichtfüßig in die Zukunft
schreiten.

Wenn sie nur erst diesen Kerker verlassen hatte, gäbe es keine
Grenzen mehr! Ein plötzlicher Schreck durchzuckte sie, als ihr
bewusst wurde, dass sie nicht darauf geachtet hatte, ob er die
Tür von außen wieder abgeschlossen hatte. Könnte er es vergessen haben? Ihr Herz begann heftig zu pochen. Wenn jetzt ein
Wunder geschah, käme es ihr ganz normal vor. Nach allem, was
sie erlebt hatte, wäre ein Wunder mehr als gerecht. Mit kleinen
Schritten ging sie zögernd auf die Tür zu, blieb davor stehen
und blickte wie gebannt auf die Klinke. Dann holte sie tief
Luft, fasste nach der Klinke, drückte sie hinunter und rüttelte
daran. Die Tür war verschlossen. Wie immer. Eine ungeheure
Wut stieg in ihr empor. Sie warf sich gegen die Tür, trommelte
mit den Fäusten dagegen und schrie: «Aufmachen! Aufmachen! Hilfe! Aufmachen!» Sie begann mit den Füßen dagegen-

zutreten, ihre Stimme wurde immer lauter und schriller, doch nichts geschah. Die Tür hielt stand. Niemand kam. Das Schicksal hatte kein Erbarmen mit ihr. Wie immer.

Ihr Trommeln wurde schwächer, sie begann zu schluchzen. Ein letztes Mal warf sie sich gegen die Tür, dann rutschte sie zu Boden und blieb dort hocken, bedeckte ihr Gesicht mit den Händen und spürte, wie die Tränen über die Wangen strömten.

«Aufmachen! Aufmachen!», hatten die Männer geschrien, als die Revolte auf der «Anastasia» begann. Nein, sie hatten nicht geschrien, sie hatten gebrüllt wie wild gewordene Tiere, und wie Berserker hatten sie begonnen, mit allen verfügbaren Geräten gegen die Luken des Zwischendecks zu schlagen. Die Reederei hatte jedoch in weiser Voraussicht dafür gesorgt, dass die hölzernen Türen extra dick vernagelt worden waren.

Die Situation im Zwischendeck war unerträglich geworden. Inzwischen weigerte sich die Besatzung, die Leichen der an der Seuche gestorbenen Passagiere herauszuholen. Und nachdem zwei Männer, die einen ihrer toten Gefährten an Deck getragen hatten, sich voller Wut über ihr Schicksal auf die Matrosen gestürzt hatten, weil der Hunger und die unmenschlichen Bedingungen im Zwischendeck sie zur Verzweiflung getrieben hatten, wurden die Toten überhaupt nicht mehr abtransportiert. Man hatte die beiden Männer erschossen, die Luken verbarrikadiert. Nicht mal mehr das hundsmiserable Essen wurde ihnen hereingeschoben. Die Auswanderer waren nun der festen Überzeugung, dass man sie allesamt zum Tode verurteilt hatte. Waren sie erst einmal an dieser schrecklichen Seuche gestorben, würde man ihre Leichen ins Meer werfen. Wen interessierte schon, ob sie jemals in Amerika ankamen?

Etwa vierzig Männer und wenige Frauen waren nach einer Woche Fahrt noch übrig geblieben. Die Männer berieten sich, während die Frauen ängstlich zuhörten. «Wenn wir nicht von alleine sterben», sagte einer, «werden sie uns umbringen.» Die anderen stimmten ihm zu. Der Kapitän hatte bereits zu viel Schuld auf sich geladen, um noch riskieren zu können, dass einer der Passagiere übrig blieb. Er hatte es versäumt, rechtzeitig umzukehren, er hatte nichts gegen das Ausbreiten der Seuche getan, er hatte die Kranken zusammengepfercht und in Kauf genommen, dass sie starben. Niemand durfte davon erfahren. «Eher werden sie das ganze Schiff versenken, um es als Sarg für uns zu benutzen, als ihr Verbrechen jemals zuzugeben», sagte einer, und die anderen nickten.

Es folgte ein bedrückendes Schweigen. Niemand wagte auszusprechen, was alle dachten und welche schreckliche Konsequenz diese Situation haben musste. Schließlich richtete sich einer der älteren Männer auf, der bisher zu Besonnenheit gemahnt hatte. Er ließ seinen Blick über die anderen Männer schweifen, die in dem kargen Zwielicht des von Moder, Krankheit und Leichengeruch verpesteten Decks zwischen den Betten auf dem Boden hockten, und schüttelte traurig den Kopf. Sie hatten eine Barrikade aus den überzähligen Betten errichtet, um den Raum zu teilen. Hinter die Barrikade hatten sie die Leichen gebracht. In einem Bereich davor lagen die Kranken, fiebrig stöhnend, auf ihren Lagern und warteten auf den Tod.

«Wenn es eine Hölle gibt», sagte der Mann, «dann muss sie dies hier sein. Und wenn der Mensch sich aus der Hölle befreien muss, dann ist ihm jedes Mittel erlaubt.» Er blickte zu Boden, schien nicht zu wagen, den anderen in die Augen zu sehen. «Sie wollen uns töten. Wenn wir überleben wollen, müssen wir sie töten.»

Niemand sagte etwas. Alle nickten. Der Mann hob den Blick und sah sie mit einem Ausdruck nackter Verzweiflung an. «Wir brechen aus und bringen sie um», sagte er.

Sie schärften Messer. Ein Zimmermann holte lange Nägel aus seinem Gepäck und steckte sie auf Latten oder Stöcke. Er selbst bewaffnete sich mit einem schweren Hammer. Sie bauten die Betten auseinander und fertigten Knüppel an. Zwei Passagiere hatten Pistolen an Bord geschmuggelt, sie würden vorangehen. Lanzen mit spitzen Enden wurden geschnitzt. Damit konnten die Widersacher erstochen werden, ohne dass es zu Körperkontakt kam. Stricke wurden mit Griffen versehen, um die Besatzungsmitglieder von hinten anfallen und erdrosseln zu können. Dann machten sie sich daran, so leise wie möglich die Luken aufzubrechen. Einige der Frauen hatten sich ebenfalls Waffen geben lassen und kamen mit.

Unglücklicherweise hatte die Besatzung Wind von ihrem Vorhaben bekommen. Sie war darauf vorbereitet, erwartete die Aufständischen mit Pistolen und Gewehren in den Händen. Es kam zu einem grässlichen Massaker auf dem Deck, eine grausige Szene, beschienen von einem kalten, mitleidlosen Mond. Schüsse hallten, Männer und Frauen schrien, brüllten, heulten und weinten, Kehlen wurden durchgeschnitten, Schädel von Kugeln zerschmettert, Bäuche von Lanzen und Messern aufgeschlitzt. Trotz ihrer besseren Bewaffnung mussten die Matrosen und Offiziere vor den tobenden Überlebenden der Hölle des Zwischendecks zurückweichen. Sie schossen wild um sich, wurden aber zusammengetrieben und brutal abgestochen oder erwürgt. In seiner übermächtigen Wut trieb es der Zimmermann so weit, den Kapitän mit einem langen Nagel an den Besanmast zu nageln.

Von den Aufständischen waren am Ende des Blutbads nur noch zehn Männer und drei Frauen übrig. Einziges überlebendes Besatzungsmitglied war der Steuermann. Er wurde gezwungen, einen neuen Kurs einzuschlagen. Man wollte nicht New York anlaufen, sondern irgendwo in Amerika heimlich an Land gehen.

Dann wurden die Passagiere jedoch plötzlich krank und starben innerhalb weniger Tage. Es war, als sei die Strafe Gottes im Gefolge der schlimmen Tat augenblicklich auf sie herniedergekommen. Am Schluss waren nur noch Grete und der Steuermann übrig. Er hatte bereits Kurs auf Hamburg genommen. Von Fieberanfällen gepeinigt, bat er sie, ihn ans Ruder zu binden, damit er Kurs halten konnte.

Sie tat es und gab alle Hoffnung auf, jemals aus diesem Albtraum erlöst zu werden. Das Trinkwasser war verseucht, die Lebensmittel waren verdorben, der Wind zerrte an den Masten, deren Segel niemand mehr reffen konnte. Und als ob dies alles nicht schlimm genug gewesen wäre, brach nun auch noch ein Sturm los, der den Dreimaster hin und her warf, den Großmast demolierte und den Fockmast umknickte. Zu diesem Zeitpunkt war sie selbst aber schon derart geschwächt, dass sie das Toben der Elemente apathisch über sich ergehen ließ, während sie darauf wartete, endlich durch den Tod erlöst zu werden.

Leiche um Leiche ging über Bord, nur der Kapitän blickte aus seinen toten Augen trotzig auf das tosende Meer, während die ans Steuerrad gebundene Leiche des Steuermanns durch die unkontrollierten Bewegungen des Ruders grotesk herumzappelte.

Dann beruhigte sich die See, und der Nebel kam. Sie bildete sich ein, diese weiße Wand, in die sie nun glitten, sei der Übergang ins Jenseits. Ohne den leisesten Anflug von Furcht zu verspüren, legte sie sich in eine Ecke und schlief ein.

Statt im Jenseits war sie jedoch in einem neuen Kerker gelandet. Die Geschehnisse an Bord der «Anastasia» waren nur noch eine blasse Erinnerung. Nun war sie wieder zu Kräften gekommen und hatte sich entschlossen weiterzuleben. Sie wischte ihre Tränen ab und kroch auf allen vieren in die Ecke neben dem Ofen. Dort löste sie das Ofenblech vom Boden und scharrte die trockene Erde beiseite. In einer Kuhle lag das Messer, das sie ihrem Gefängniswärter aus der Uniformjacke genommen hatte. Heute würde sie es benutzen. Sie band sich die Schürze ab. Auf dem roten Kleid würden Blutspritzer kaum auffallen.

Eine tiefe Trauer hatte sich seiner bemächtigt. Nachdem er eine ganze Zeit lang Bier trinkend an der Theke gestanden hatte, durchquerte er den Tanzsaal der «Vier Löwen». Seine Augen füllten sich mit Tränen, eine schwere Last ruhte auf seinen Schultern. Mädchen, die sich an ihn herandrängten – «He, Soldat, wie schmuck du aussiehst!» –, schob er unwirsch beiseite. Wie ein Dampfschiff folgte er unbeirrt seinem Kurs durch die wogende Menschenmasse, brachte die tanzenden Paare aus dem Takt, rempelte kräftige Matrosen an, merkte nicht, dass sie schon ausholten, um ihm einen Faustschlag zu verpassen, und nur von ihren Mädchen zurückgehalten wurden, schubste den einen oder anderen Herrn in Zylinder und Gehrock beiseite, ignorierte die empörten Blicke und stapfte schließlich mit schweren Schritten nach draußen, wo er beinahe über das Eisengitter stolperte, an dem die Mädchen lehnten.

Sie lachten. «He! Willst du uns Konkurrenz machen? Untersteh dich!» Aber er war nicht zu Scherzen aufgelegt.

Als sich ein Schluchzen seiner Kehle entrang, legte eine dralle Blondine einen Arm um seine Schulter und wandte sich empört an ihre Kolleginnen: «Wer von euch hat den denn so zugerichtet? Schämt ihr euch nicht?» Die Mädchen lachten, manche musterten ihn auch mit einem Anflug von Mitgefühl im grell geschminkten Gesicht.

«In welchem Land trägt man denn solche Uniformen?», fragte eine kleine Dünne, die einen Blumenkranz auf dem schwarzen Haar trug.

«Das ist doch der Knut von Hagenbeck», sagte eine andere.

Er riss sich los. Beinahe wäre er hingefallen, so heftig drehte er sich nach rechts. Er lief los, die Davidstraße entlang in Richtung Erichstraße. Er merkte nicht, dass zwei Männer mit Schiffermützen ihm folgten. Mit offenen Jacken, die Hände in den Hosentaschen, gingen sie zügig hinter ihm her.

Er wusste nicht, woher diese plötzliche Traurigkeit kam. Gerade eben noch hatte er sich vorgestellt, wie er auf einem schmucken Segelschiff zu den Galapagos-Inseln fahren würde, wo seine geliebten Schildkröten über den Strand krochen und durch die Meereswogen schwebten. Und plötzlich hatte er diese Angst gespürt, der eine tiefe Trauer folgte. Wovor er Angst hatte, wusste er nicht, aber er spürte, dass es ihn nach Hause zog.

Dorthin wollte er jetzt aber eigentlich gar nicht gehen, denn zu Hause würde er sich schämen. Er würde sich dafür schämen, dass er nie wusste, was er zu ihr sagen sollte. Gern hätte er mal mit ihr gesprochen, aber es ging nicht, und sie sagte auch so gut wie nie etwas. Er würde sich dafür schämen, dass er ein ungehobelter Kerl war, dass er nach Tiermist roch und große schmutzige Hände hatte. Ihre Hände waren klein, alles an ihr war klein, sie war wie ein Vogel. Er hätte ihr gern einen hübschen Käfig gebaut, aber mehr als ein schmutziges Kellerloch konnte er ihr nicht bieten. Und nun schämte er sich dafür, dass er sie verkaufen wollte.

Das alles waren neue, erschreckende Erkenntnisse für ihn. Je mehr er getrunken hatte, umso klarer war ihm geworden, was er da tun wollte. Er wollte sein Vögelchen an irgendwelche Schurken verkaufen. Und eins war gewiss: Einen goldenen Käfig würden sie ihr nicht bauen. Was waren Riesenschildkröten schon gegen einen hübschen kleinen Vogel? Am liebsten sah er ihr dabei zu, wie sie sein Kellerzimmer säuberte und in Ordnung hielt. Ohne ihn zu fragen, hatte sie einfach angefangen, zu fegen, zu waschen und zu kochen. Im Moment kam es ihm so vor, als könnte die schönste Südseeinsel nicht so paradiesisch sein wie sein eigenes düsteres Kellerloch.

Nun traute er sich jedoch nicht, dorthin zu gehen. Stattdessen stieg er die steinernen Stufen in den «Matrosenkeller» hinab. Hier hingen die Deckenbalken so niedrig, dass man sich bücken musste, wenn man die Kneipe durchqueren wollte. Es gab keinen Tresen, sondern nur eine Anrichte, wo die Getränke ausgeschenkt wurden, und einen Schrank, auf den man ein Bierfass gewuchtet hatte. Dazwischen stand ein Kanonenofen. Seeleute und Hafenarbeiter saßen an rohen Tischen. Kein Stuhl passte zum anderen, aber wenn man genau hinsah, bemerkte man, dass hier alles blitzsauber war. Dafür sorgte die kräftige Wirtin mit der weißen Schürze und dem Spitzenhäubchen auf dem Kopf.

Er setzte sich an einen freien Tisch und bestellte einen Rum. Er brauchte etwas Hartes. Der starke, kratzige Rum hatte kein Mitleid mit ihm, machte ihn betrunken und hielt die schmerzende Wunde in seiner Brust offen. Er wollte leiden und bestellte ein Glas nach dem anderen. Die beiden Männer mit den Schiffermützen, die kurz nach ihm in den «Matrosenkeller» gekommen waren, bemerkte er nicht. Sie hockten in einer dunklen Ecke, tranken Bier, starrten hin und wieder zu ihm herüber und sprachen kaum miteinander.

Nach dem vierten Glas ging die Wirtin dazu über, den 76-prozentigen Jamaikarum mit Wasser zu verdünnen. Er merkte es nicht. Er war jetzt froh. Das lag nicht nur daran, dass der Schmerz immer schöner wurde. Er hatte einen Entschluss gefasst. Sie sollte für ihn arbeiten. Was Männer wie Trader konnten, konnte er schon lange. Sie würde für ihn Geld verdienen, er würde auf sie aufpassen, und dann würden sie gemeinsam in die Südsee fahren.

«Ich habe ein gutes Herz», murmelte er. «Das wird sie schon merken.»

Er nickte so heftig vor sich hin, dass die Wirtin sich Sorgen machte, ob er noch ganz richtig im Kopf war. Die beiden Männer in der Ecke grinsten abfällig.

Er bestellte einen letzten Jamaikaner, trank ihn in einem Zug aus, stand schwankend auf, zahlte, indem er umständlich Münzen auf die Tischplatte legte, und taumelte die Treppe hoch zurück auf die Erichstraße.

Wenig später stolperte er in einen mit Kopfstein gepflasterten namenlosen Gang hinter dem Spritzenhaus und schließlich durch einen Torbogen in den mit Unrat übersäten Hinterhof, wo sich im Keller eines halb zerfallenen Werkstattgebäudes sein Zuhause befand. Seine Verfolger erreichten ebenfalls den Durchgang und blieben unter dem Torbogen stehen. Der eine zog einen Knüppel unter seiner Jacke hervor, in der Hand des anderen blitzte ein Messer.

«Lass das!», sagte der mit dem Knüppel. Sein Begleiter steckte das Messer wieder weg.

Sie hatte ihn schon bemerkt, bevor er die wenigen Treppenstufen ins Souterrain gestiegen war. Sie kannte das Geräusch seiner knirschenden Schritte ganz genau. Diesmal allerdings klangen sie anders als sonst, unregelmäßig, strauchelnd. Er ist betrunken, dachte sie. Sie wagte nicht zu entscheiden, ob dies ein gutes oder schlechtes Zeichen war. Betrunkene entwickelten manchmal enorme Kräfte und waren kaum zu bremsen, wenn sie in Wut gerieten.

Sie hörte, wie er den Schlüssel im Schloss der Kellertür umdrehte, die knarzende Tür aufschob und dann mit schlurfenden Schritten durch den Korridor näher kam. Sie klappte das Messer auf.

Er brauchte entsetzlich lange, bis er endlich das Schlüsselloch gefunden hatte, dann noch eine Weile, bis der Schlüssel richtig steckte und umgedreht werden konnte. Schließlich öffnete sich die Tür ganz langsam. Sie hob das Messer in die Höhe.

Sie hatte sich ganz genau überlegt, wie sie es machen würde. Sie hatte die Klinge an der rauen Unterseite eines Porzellantellers geschärft. Damit hätte er sich nun rasieren können, ohne sich die Haut blutig zu schaben. Aber sie wollte ihn ja nicht rasieren, sondern ihm die Kehle durchschneiden. Sie hatte es vor ihrem geistigen Auge mehrfach durchgespielt, wie sie hinter ihn treten würde, ihn am linken Oberarm zu sich hinziehen und ihm dann von rechts den Hals aufschlitzen würde. Wenn sie danach schnell zurück- oder beiseite trat, würde sie ihr Kleid hoffentlich nicht besudeln.

Das Messer in der erhobenen Hand, wartete sie hinter der Tür, dass er endlich hereinkam. Dann sah sie einen Fuß. Er taumelte an ihr vorbei, und noch ehe sie sich auf ihn stürzen konnte, war er gestolpert und zu Boden gegangen. Zusammengebrochen wie ein nasser Sack. Noch immer das Messer in der Faust, bereit zur Bluttat, trat sie zu ihm und sah auf ihn hinab. Sein Mund stand offen, er schnarchte bereits. Sie starrte gebannt auf seinen Kehlkopf, der aus dem Hals hervortrat, als sei dort der Schädel eines kleinen Vogels eingewachsen. Daneben pochte die Schlagader. Hätte sie den Hals ober- oder unterhalb des Kehlkopfes aufschlitzen müssen?

Die Tür ist auf, Grete! Ihr war, als riefe ihr eine Stimme dies zu. Sie drehte sich um und lief den Kellergang entlang, riss die Tür auf, stieg die Treppen hoch, hielt inne, warf einen kurzen Blick in den dunklen Innenhof, sah das diffuse Gaslicht, das durch die Toreinfahrt drang, und rannte darauf zu.

Plötzlich tauchte ein großer Mann mit einer Schiffermütze auf dem Kopf vor ihr auf. Sie wurde am linken Arm zur Seite gerissen, strauchelte, fing sich wieder, hob das Messer, das sie mit der rechten Hand umklammerte, und schnitt mit der scharfen Klinge einen tiefen Schlitz in die Kehle des Mannes. Er prallte zurück, gab einen gurgelnden Laut von sich, kippte nach hinten und verschwand aus ihrem Blickfeld.

Während sie weiter auf die Toreinfahrt zustolperte, merkte sie, wie das Messer zusammenklappte und die Klinge ihr tief in den Zeigefinger schnitt. Hinter sich hörte sie einen wütenden Aufschrei wie von einem wilden Tier. Sie spürte einen heftigen

Stoß im Rücken und hatte das seltsame Gefühl, in die Luft ge-
hoben zu werden. Dann war das Tier über ihr, und sie verlor das
Bewusstsein.

⌁ **24** ⌁ CULINARIA ℋANSEATICA II   Wenn er
ungehalten war, richtete sich Dyckhoff in seinem Sessel kerzengerade auf und sah auf den herbeizitierten Untergebenen herab
wie ein stolzer Adler auf seine jämmerliche Beute. Heute spürte
Pistoux zum ersten Mal diesen gnadenlosen Blick des sonst so
jovialen Hünen auf sich ruhen. Dabei hatte er keineswegs das
Gefühl, in das Büro des Küchendirektors vorgeladen worden zu
sein.

Er hatte einen Küchenjungen mit seinem gerade entworfe-
nen Bankettspeisenplan zu Dyckhoff geschickt, um dessen
Zustimmung zu erhalten. Normalerweise bekam er den Entwurf mit einigen Anmerkungen zurück, die er dann berück-
sichtigte. Mitunter machte Dyckhoff auch nur einen Haken
zum Zeichen des Einverständnisses und ein großes D in die
rechte untere Ecke des Menüvorschlags. Diesmal aber sah es so
aus, als wolle der Küchendirektor über Pistoux' Entwurf disku-
tieren.

Das Bankett sollte zur Feier des 75. Geburtstags eines angesehenen Bürgers der Hansestadt stattfinden. Der Jubilar Sigmund Overbek war im Zuge des Wiederaufbaus der Innenstadt
nach dem großen Brand vor vierzig Jahren als Bauunternehmer
zu ansehnlichem Reichtum gekommen. Er war ein glühender
Lokalpatriot und Freund der einfachen bürgerlichen Küche.
Das Menü musste also seinem Geschmack entsprechen und
gleichzeitig aufwändig genug sein, um die Gäste gehörig zu beeindrucken. Pistoux hatte lange darüber nachgedacht und den
folgenden Vorschlag formuliert:

$\mathcal{H}$OTEL DE L'$\mathcal{E}$UROPE

$\mathcal{M}$ENU

«Le Goût d'Hambourg»

$\mathcal{R}$AHMSUPPE VOM $\mathcal{H}$ELGOLÄNDER $\mathcal{H}$UMMER
$\mathcal{A}$AL IN $\mathcal{G}$ELEE

$\mathcal{S}$CHOLLE FARCIE OVERBEK
$\mathcal{P}$OMMES PARISIENNES

$\mathcal{L}$OB'S COURSE AU CANARD
$\mathcal{S}$ALADE DE BETTERAVES

$\mathcal{A}$LTLÄNDER $\mathcal{E}$RDBEEREN AU $\mathcal{P}$OIVRE VERT

$\mathcal{O}$CHSENBRATEN $\mathcal{C}$HÂTEAUNEUF
$\mathcal{V}$IERLÄNDER $\mathcal{G}$EMÜSE

$\mathcal{H}$OLUNDERBLÜTEN IN $\mathcal{W}$EINTEIG
$\mathcal{R}$OTE $\mathcal{G}$RÜTZE $\mathcal{S}$C. VANILLE

$\mathcal{M}$IGNARDISES
$\mathcal{C}$AFÉ

«Hm», sagte Dyckhoff mit gerunzelter Stirn, nachdem er einige Zeit auf das Papier gestarrt hatte. «Herr Overbek gilt nicht gerade als Franzosenfreund. Er hat zwar mit Châteauneuf zusammengearbeitet, aber der war ja nur der Sohn französischer Einwanderer und sonst ein waschechter Hanseat ... Sie sollten also alle französischen Ausdrücke herausnehmen. Auch wenn's Ihnen schwer fällt.»

Pistoux atmete erleichtert auf. «Das dürfte wohl keine Schwierigkeiten machen.»

Dyckhoff betrachtete ihn mit zusammengezogenen Augenbrauen. «Ein wenig bin ich schon in Sorge, was dann dabei herauskommt. ‹Scholle gefüllt Overbek› scheint mir doch arg unpoetisch, wenn ich mir diese Bemerkung erlauben darf. Womit füllen Sie den Fisch? Wie gehen Sie überhaupt dabei vor?»

«Es ist nichts weiter als eine Crepinette. Ich schlage die Schollenfilets in Schweinenetz ein und fülle das Ganze mit Schinken, Artischocken und Morcheln.»

«‹Crepinette› wird ebenfalls nicht möglich sein. Also nennen Sie es einfach ‹Scholle Overbek›.»

Pistoux nickte.

«Die Pommes parisiennes werden Sie wohl in ‹Bratkartoffeln› umtaufen müssen.»

Pistoux verzog das Gesicht. «Das klingt nach Bauernfrühstück.»

«Fällt Ihnen ein schöneres Wort ein?»

«Ich schlage ‹Röstkartoffeln› vor. Das ist zwar österreichisch, aber es trifft die Sache und klingt in meinen Ohren besser.»

«In meinen auch», murmelte Dyckhoff. «Also weiter: Auf Ihren Lob's course werden Sie verzichten müssen.»

Pistoux lächelte: «Ich dachte mir, dass Sie das sagen würden.»

Der Küchendirektor richtete sich in seinem Sessel noch höher auf als zuvor. «Tatsächlich? Ein Scherz auf meine Kosten? Labskaus? Dieser Seemannsbrei ist absolut indiskutabel in unserem Haus!»

«Vielleicht doch nicht», widersprach Pistoux. «Nämlich dann, wenn ich das Entenfleisch nicht untermenge, sondern als Ragout in einen Kreis von sahnigem Kartoffelpüree serviere, wobei Letzteres mit einem Jus von Roten Beeten verfeinert wird. Es wäre auch möglich, statt gepökelter Ente ein Confit de Canard dafür zu nehmen.»

Dyckhoff leckte sich die Lippen. Er schien versöhnt. «Na gut. Einverstanden. Aber in diesem Fall müssen Sie Ihren Lob's Course mit dem Zusatz ‹à la crème› versehen …»

«Trotz der Franzosenfeindlichkeit des Jubilars?»

«Wer die Formulierung ‹à la crème› als Kriegserklärung betrachtet, kann nicht in einem Haus wie dem Hotel de l'Europe einkehren.»

Pistoux nickte zustimmend.

«Unerlässlich ist natürlich, dass Sie die Betteraven in ‹Salat von Roten Beeten› umtaufen.»

«Einverstanden.»

Der Küchendirektor studierte erneut den Menüplan. Pistoux hatte plötzlich das Gefühl, dass sie beide hier auf irgendetwas warteten. Dyckhoff hatte bereits zweimal auf die kleine Uhr auf seinem Schreibtisch geblickt. Erwartete er noch jemanden? Gab es irgendwelche Schwierigkeiten?

Dann spürte er erneut den Adlerblick seines Vorgesetzten. «Erdbeeren mit grünem Pfeffer?», fragte Dyckhoff ungläubig.

«Ein Zwischengang, der den Magen erleichtert und belebt.»

«Unmöglich! Absolut indiskutabel.»

Pistoux zuckte zusammen. Er war der festen Überzeugung, dass Erdbeeren, weil sie nicht übermäßig süß und dennoch aromatisch waren, die Kombination mit salzigen und scharfen Zutaten verkraften konnten.

Doch sein Gegenüber schüttelte den Kopf: «Servieren Sie ein Erdbeersorbet mit Champagner!»

Nur mit Mühe unterdrückte Pistoux seinen Drang zu widersprechen. Ein Erdbeersorbet empfand er in diesem Zusammenhang als langweilig. Dann kam ihm der Gedanke, das Sorbet mit Pfeffer zu würzen. Er lächelte vor sich hin. Dyckhoff musste das ja nicht erfahren.

«Ochsenbraten Châteauneuf», rief der Küchenchef jetzt aus, «das ist großartig!»

«Es ist eine Variation des Burgunderbratens, den ich vor dem Servieren mit einem Püree aus Zwiebeln und Reis gratiniere.»

«Ausgezeichnet! Einverstanden. Ich hatte schon befürchtet, dass Sie wieder mit Pökelfleisch kommen würden, weil es der Jubilar so wünscht.»

«Ich bin durchaus von der Feinheit des hamburgischen Pökelfleischs beeindruckt», sagte Pistoux. «Aber im Rahmen dieser Speisenfolge wäre es ein allzu strenger Höhepunkt.»

«Sehr wahr. Wenn Sie nun noch die Mingnardises durch die Formulierung ‹Trüffeln und Gebäck› ersetzen, erteile ich Ihnen meinen Segen, in der Hoffnung, dass der gestrenge Herr Overbek sich nun in seinen patriotischen Gefühlen nicht mehr verletzt fühlen möge.»

«Ich danke Ihnen.»

Pistoux machte Anstalten aufzustehen, aber Dyckhoff hob die Hand: «Halt! Bleiben Sie sitzen. Wir sind noch nicht fertig miteinander.»

Pistoux fiel auf den Stuhl zurück.

Der Küchenchef blickte wieder auf die Uhr und räusperte sich: «Mit Ihrer Arbeit bin ich sehr zufrieden, Monsieur Pistoux ...», begann er zögernd. «Jedoch muss ich auch auf den Ruf unseres Hauses achten. Und da scheint mir ...» Er stockte, suchte nach den richtigen Worten. «Da scheint mir, dass es unglücklicherweise ...»

Jemand klopfte an der Tür.

Dyckhoff hielt erleichtert inne, warf Pistoux einen kurzen Blick zu und rief: «Herein.»

Die Tür ging auf, und Hauptmann Petersen von der Criminal-Polizei trat ein. Der korpulente Beamte sah in seinem staubigen schwarzen Mantel, zu dem er einen unförmigen Hut mit herabhängender Krempe trug, völlig derangiert und schäbig aus. In der Hand hielt er einen krummen Spazierstock.

Er blieb vor dem Schreibtisch des Küchendirektors stehen,

schlug die Hacken zusammen und grüßte beinahe militärisch: «Bitte, meinen Aufzug zu entschuldigen. Werde mich heute auf Vigilanz begeben.» Er strich über seinen wuchernden Schnurrbart und die unrasierten Wangen und rang sich ein Lächeln ab. «Keine Angst, Herr Dyckhoff, ich habe den Dienstboteneingang benutzt. Man weiß doch, was sich gehört.»

Der Angesprochene war aufgestanden und stellte dem Neuankömmling einen Stuhl hin. Er platzierte ihn so, dass Petersen näher bei ihm als bei Pistoux saß, eher auf der linken Seite des Schreibtischs als davor.

Der Hauptmann reichte Dyckhoff die Hand. Pistoux, der aus Höflichkeit kurz aufgestanden war, wurde mit einem kurzen Kopfnicken abgefertigt. Dann setzten sich die Herren hin.

«Eine lästige Sache», erklärte Petersen, indem er sich an den Küchenchef wandte, «man fühlt sich ja nur noch als halber Mensch. Aber es gibt leider einige Viertel in unserer Stadt, die man als Polizist besser inkognito aufsucht.» Er warf Pistoux einen Blick zu. «Dennoch bitte ich Sie, diese Unterredung als offiziell anzusehen.»

Dyckhoff nickte bedeutungsschwer. Pistoux fragte sich, ob er verhört werden sollte und wenn ja, warum.

Petersen wandte sich wieder an den Küchendirektor: «Wollen Sie vielleicht beginnen, Herr Dyckhoff?»

Augenscheinlich wollte dieser das nicht. Er verzog das Gesicht, schien gehofft zu haben, dass der Polizeibeamte alles erledigen würde. Mühsam richtete er sich auf und versuchte seinen Adlerblick aufzusetzen, was ihm im Moment nicht so recht gelingen wollte.

«Herr Pistoux», begann er mit verkniffenem Gesichtsausdruck, «unser gerade erfolgtes Gespräch – wie auch schon die vielen vorher – dürfte Ihnen bewiesen haben, dass ich Ihre Arbeit als Bankettchef sehr zu schätzen weiß. Sie haben den Ruf unseres Hotels in diesem Bereich gefestigt und mitgeholfen, den handwerklichen Stand in unserer Küche fortzuentwickeln. Unser Haus im Allgemeinen und meine Person im Besonderen sind Ihnen deshalb wohl gesinnt.»

Er machte eine kurze Pause. Pistoux deutete ein Kopfnicken an, um sich für das Kompliment zu bedanken.

«Dennoch», fuhr Dyckhoff fort, «kann ich nicht umhin, Ihnen einen Tadel auszusprechen.» Er zögerte, das Ganze schien ihm peinlich zu sein. Ein Hilfe suchender Blick zu Petersen, der stoisch nickte. «In handwerklicher Hinsicht, wie gesagt, tadellos … Aber nicht nur das Handwerk zählt in einem Haus wie dem unseren … Alle Mitarbeiter unseres Hotels sind dazu verpflichtet, sich in gesellschaftlicher Hinsicht keine Fehltritte zu erlauben. Sie jedoch, Pistoux …» Der Adlerblick gelang ihm endlich. «… Sie jedoch, Pistoux, haben sich eindeutig auf ein Terrain begeben, das zu betreten Ihnen nicht zusteht.»

«Ein Terrain?», fragte Pistoux.

«Sie wissen, was ich meine.»

«Nein.» Er hatte wirklich keine Ahnung.

«Sie haben eine Barriere überschritten.»

«Eine Barriere?»

«Es mag Ihnen schmeicheln, Herr Pistoux, dass Sie in einer gehobenen Position tätig sind, aber Sie sind dennoch nur ein Koch …»

«Nur? Ich bin stolz auf meinen Beruf.»

«Selbstverständlich, darum geht es nicht. Es geht um Ihren Rang …»

Pistoux wusste jetzt, worauf Dyckhoff hinauswollte. Er war verärgert genug, um ihm Paroli zu bieten: «Als Bankettchef ist es zweifellos meine Aufgabe, mit Gästen aller Kreise zu verkehren.»

«Das ist richtig», gab der Küchendirektor zu.

«Würdevoll, kompetent und verbindlich.» Pistoux zitierte die

Worte, die Dyckhoff in diesem Zusammenhang gern verwandte.

«Ganz recht. Aber genau so haben Sie sich nicht verhalten.» Der Adler stürzte sich auf sein Opfer. Es war so weit: «Sie hätten niemals einen Kontakt zu Fräulein Godefries knüpfen dürfen.»

Obwohl er gewusst hatte, dass Dyckhoff dies sagen würde, konnte Pistoux seine Wut nicht bremsen: «Was geht Sie das an?»

«Das habe ich Ihnen soeben erklärt!»

«Sie haben von Ihrem Standesdünkel gesprochen.»

«Nennen Sie es Standesdünkel, Pistoux. Ich nenne es Berufsehre.»

«Das ist lächerlich. Wir leben in einer Republik!», ließ sich der Franzose hinreißen.

Die beiden Männer blickten ihn verblüfft an: «Was hat denn das damit zu tun?»

«Allenthalben wird mir erzählt, diese Stadt sei ein Gemeinwesen freier Bürger, in dem jede Person das gleiche Ansehen verdient.»

Pistoux bemerkte ein höhnisches Grinsen auf dem Gesicht des Criminal-Polizisten.

«Gleiches Ansehen», sagte Petersen. «Sie haben da wohl etwas ganz gründlich missverstanden, Herr Pistoux. In Hamburg gibt es die Bürger, und es gibt das Volk. Die Bürger bestimmen die Geschicke der Stadt, das Volk hat zu arbeiten. Es gibt viele Arten von Republiken, dies ist eine Bürgerrepublik.»

«Ich beharre dennoch auf meiner persönlichen Freiheit.»

«Ihre persönliche Freiheit erscheint mir recht begrenzt», sagte Petersen. «Sie sind weder Bürger dieser Stadt noch Deutscher. Sie haben Glück, dass Sie hier überhaupt geduldet werden.»

«Ich wurde eingeladen, in diesem Hotel eine leitende Stel-

lung anzutreten. Aus gutem Grund.» Pistoux blickte selbstbe-
wusst zu Dyckhoff hin, der sich zurückgelehnt hatte und offenbar hoffte, dass der Hauptmann dieses Gespräch zu Ende führen würde.

«Das Hotel ist keine Insel, sondern der Polizeigewalt unter-
geordnet.» Petersen klopfte mit seinem krummen Stock auf den
Boden. «Ebenso wie Sie, Herr Pistoux!»

«Sie drohen mir?»

«Uns ist zu Ohren gekommen, dass Sie in St. Pauli herum-
schleichen und Menschen aushorchen.»

Dies klang so albern, dass Pistoux lächeln musste.

«Sie haben sich da, wie mir scheint, als Privatdetektiv betä-
tigt. Eine solche Art, sich in die Angelegenheiten der Obrig-
keit einzumischen, ist in Hamburg nicht gestattet. Sollten Sie
weiterhin auf diese Weise Ihre bescheidenen Rechte als Gast
der Stadt missbrauchen, werde ich gezwungen sein, Sie auszu-
weisen. Im Moment verdanken Sie es ohnehin nur der Fürsprache von Herrn Dyckhoff, dass Sie hier weiter geduldet
werden.»

Pistoux warf dem Küchenchef einen Blick zu. Doch dessen
Gesicht zeigte keine Regung.

«Haben Sie das verstanden?», fragte Petersen unwirsch.

«Sie wollen mir also verbieten, als Mensch zu handeln.»

«Was soll das heißen?»

«Ich bin der festen Überzeugung, dass Anna Kamlade ihren
Bruder nicht getötet hat. Ich habe den Eindruck, dass sie zu
Unrecht verhaftet wurde. Ich vermute, dass es ganz andere
Gründe für diesen Mord gibt.»

«Es ist vollkommen gleichgültig, was Sie vermuten! *Ich*
führe die Ermittlungen!»

«Und Sie interessieren sich nicht für meine Beobachtungen?»

«Nein.»

«Sie haben eine eigenartige Berufsauffassung, Herr Petersen.»

Der Hauptmann sprang von seinem Stuhl auf und hob drohend den Spazierstock: «Unterstehen Sie sich, mich herauszufordern, Sie blutiger Amateur!»

Pistoux war ebenfalls aufgestanden. «Es ist Ihnen also gleichgültig, dass ein unschuldiges Mädchen, dessen Bruder zu Tode gekommen ist, im Gefängnis leiden muss?»

«Sie sprechen über Dinge, von denen Sie nicht das Geringste verstehen, Pistoux. Anna Kamlade wurde heute Nachmittag auf freien Fuß gesetzt. Bis auf das Messer, das wir bei ihr gefunden haben und an dem letztendlich keine Blutspuren festzustellen waren, gab es keine Beweise.»

Pistoux sah den Beamten verdutzt an: «Sie wird nicht mehr verdächtigt? Ganz plötzlich?»

Petersen genoss die Verwirrung seines Gegners und strich zufrieden über seinen Bart: «Es gibt eine neue Spur.»

«Sie wissen, wer der Mörder ist?»

«Wir werden die Sache zügig aufklären. Auf St. Pauli wurde eine zweite Leiche gefunden, ebenfalls mit durchschnittener Kehle. Es muss sich um den gleichen Täter handeln. Auch bei diesem Opfer handelt es sich um einen ehemaligen Reepschläger. Wir werden den Mörder in diesem Umfeld suchen. Ich kann Ihnen nur dringend raten, die Finger davon zu lassen. Auf St. Pauli herrschen andere Sitten als in der Stadt. In den Gassen dort ist schon so mancher Fremde vom rechten Weg abgekommen und vom Erdboden verschwunden.»

«Wie heißt der Tote?»

«Dienstgeheimnis.»

«Kennen Sie das Motiv für die Tat? Die genauen Umstände?»

«Dienstgeheimnis, Herr Pistoux.»

«Wie war der Mann gekleidet, was ...?»

«Noch eine Frage, und ich sehe mich gezwungen, Sie unverzüglich zu verhaften», sagte Petersen. «Bedenken Sie, dass Sie sich nur dank der Fürsprache von Herrn Dyckhoff noch in Hamburg aufhalten dürfen.»

«Aber dennoch ...»

«Pistoux!», schaltete sich der Küchenchef mit mahnender Stimme ein. «Lassen Sie es gut sein.»

Pistoux zuckte mit den Schultern und fügte sich.

Ein Anflug von Schadenfreude erschien auf Petersens Gesicht. Er hob den Spazierstock und tippte dem Bankettchef damit auf die Schulter: «Noch eins, mein Freund. Niemand aus der Familie Godefries legt Wert darauf, Sie wieder zu sehen. Haben Sie verstanden?»

Pistoux griff nach dem Stock und hielt ihn fest. Auge in Auge sahen sich die beiden Widersacher an. Es dauerte nur einen kurzen Moment, dann ließen sie voneinander ab.

Petersen trat zwei Schritte zurück und zischte: «Bringen Sie Ihrem Franzosen Vernunft bei, Dyckhoff, sonst werde ich ihn ausweisen lassen.»

Dann verließ er grußlos das Büro.

«Sie sind ein rücksichtsloser Narr», sagte der Küchendirektor leise. «Lange werde ich Sie in unserem Haus nicht mehr halten können.»

Pistoux drehte sich zu ihm um. «Ich habe meine Beziehung zu Fräulein Godefries bereits abgebrochen.»

Dyckhoff blickte ihn erstaunt an: «Warum haben Sie ihm das nicht gesagt?»

«Weil es ihn nichts angeht.»

Der Küchendirektor schüttelte den Kopf. Dann reichte er ihm den Menüplan, auf den er seine Anmerkungen gekritzelt hatte. «Wir vertrödeln hier unsere kostbare Zeit. Los, gehen Sie jetzt wieder an Ihre Arbeit!»

«Mit Vergnügen», sagte Pistoux und nahm den Zettel entgegen. Aber kaum hatte er das Büro seines Vorgesetzten verlassen, begann er darüber nachzugrübeln, was es wohl mit dem neuen Toten auf sich hatte.

~ 25 ~ EIN GEMACHTER MANN   Alwin Traders Einladung erreichte Pistoux am Freitagmorgen. Bis Samstagnacht war er mit dem Bankett beschäftigt. Sonntagmorgen gegen zwei Uhr sank er erschöpft ins Bett und schlief einen traumlosen Schlaf. Als er aufwachte, war es bereits kurz vor zwölf. Er blieb noch eine Weile liegen und überdachte seine Situation. Dyckhoffs Botschaft war unmissverständlich: Wenn Pistoux sich weiter in Angelegenheiten einmischte, die ihn nichts angingen, würde er seinen Posten als Bankettchef verlieren. Der Küchendirektor war mit seiner Arbeit zufrieden, er würde ihn nicht gern verlieren. Aber Pistoux verstand auch, dass in einem Hotel, dessen Gäste ein Höchstmaß an Diskretion erwarteten, ein Angestellter, der sich als Amateurdetektiv betätigte, nicht geduldet werden konnte.

Die Sache war ganz einfach: Er musste nur aufhören, seine Nase in Dinge zu stecken, die ihn nichts angingen, und schon wäre alles in schönster Ordnung. Womöglich würde er als Koch zu lokaler Berühmtheit gelangen, denn es hatte sich schon in Hamburg herumgesprochen, dass die Bankettveranstaltungen des Hotels de l'Europe in kulinarischer Hinsicht etwas Besonderes waren. Die Liste der Anmeldungen reichte bis zum Jahresende. Wenn alles gut ging, konnte er sich bald eine kleine Wohnung nehmen. Auf längere Zeit in Hamburg zu bleiben würde ihm durchaus gefallen. Vielleicht schaffte er es eines Tages sogar bis zum Küchendirektor. Hier im Hotel de l'Europe oder in einem ähnlichen Haus. Man hörte immer wieder davon, dass neue Hotels gebaut werden sollten.

Aber nun war dieser Brief gekommen. Darin lud ihn der Unternehmer Trader zu einer «geschäftlichen Besprechung auf neutralem Boden ein». Pistoux fand die Formulierung eigenartig, schließlich befand man sich nicht im Krieg. Trader meinte damit ein Kaffeehaus in Altona und wahrscheinlich einfach nur den Umstand, dass die flussabwärts vor Hamburgs Toren gelegene Stadt bis vor sechzehn Jahren unter dänischer und jetzt unter preußischer Herrschaft stand. Aber was hatte er mit Trader geschäftlich zu besprechen? Pistoux befürchtete, dass es möglicherweise auch um Henriette gehen könnte. In welcher Beziehung sie zu Trader stand, war ihm noch immer nicht klar. Seine eigene Beziehung zu ihr hatte er endgültig abgebrochen, nachdem es zu einer letzten Unterredung hier in seinem Zimmer gekommen war.

Glücklicherweise hatte niemand bemerkt, dass sie ihn aufgesucht hatte. Es war sehr spät am Abend gewesen. Er hatte gerade seine Arbeit in der Hotelküche beendet – sie hatten die Hors d'œuvres und Desserts für den folgenden Abend vorbereitet – und war nach oben gegangen, um sich schlafen zu legen, als es klopfte.

Er hatte eben seinen weißen Kittel aufgeknöpft und vermutete, dass einem seiner Köche ein Versäumnis eingefallen war. Mürrisch öffnete er die Tür und erblickte im schwachen Schein der Flurlampen die Silhouette einer Frau. Sie trug ein dunkles Kleid und hatte sich ein Tuch über den Kopf geworfen, das ihren kleinen Hut bedeckte. Mit der Hand hielt sie sich einen Zipfel des Tuchs vors Gesicht.

«Ja, bitte?»

«Ich bin es», flüsterte sie und blickte nervös um sich. Der Korridor war menschenleer.

«Henriette? Was ...»

«Niemand hat mich gesehen.»

Sie nahm das Tuch vom Kopf und legte es sich über die

Schultern. Er fühlte sich wie versteinert, als er ihr blasses Gesicht sah, die geheimnisvollen Augen, die ihn scheu musterten. Unter ihnen hatte sie Ringe, und ihre Lippen erschienen ihm schmal und farblos.

«Bitte lass mich ein!», bat sie mit leiser Stimme.

Er zögerte.

«Bitte, Jacques.»

«Was soll ...»

«Du musst mit mir sprechen, Jacques.»

Er zog die Tür auf, damit sie eintreten konnte. «Ich will nicht mit dir sprechen.»

Sie blieb mitten im Zimmer stehen, sah sich mit ausdruckslosem Gesicht um und raffte das Tuch ein wenig, wodurch sie ihr Dekolleté entblößte. Einen Moment lang blickte sie zu Boden, während er sich fragte, was er jetzt bloß mit ihr anfangen sollte. Dann sah sie auf und fragte mit mädchenhaft schüchternem Lächeln: «Kein Kuss?» Sie machte einen Schritt auf ihn zu.

Er ging einen Schritt zurück. «Nach dem, was vorgefallen ist?»

«Das ... war doch nicht ... schlimm?» Sie senkte den Blick, verschämt.

«Es war eine unwürdige Szene.»

«Ich war nicht ganz bei mir. Es wird nicht wieder vorkommen.»

«Warum bist du hier?»

Sie streckte eine Hand aus. Eine theatralische Geste. Und dennoch merkte er, wie er weich wurde.

«Deinetwegen, Jacques. Es tut mir Leid, was passiert ist. Ich werde in Zukunft besser auf mich Acht eben. Du kannst mir dabei helfen. Es passiert manchmal ... Es sollte nicht ...»

«Was sollte nicht passieren?»

Sie wurde rot. «Dass ich ... dass ich mich vergesse ...» Sie blickte zu Boden.

«Es geht um mehr als nur das.»

«Verzeih mir – du wirst es nicht bereuen.» Jetzt trat sie auf ihn zu.

Er roch ein Parfüm, dessen Duft ihm Verheißung und Warnung zugleich zu sein schien, und wandte sich ab.

Sie hielt ihn am Arm fest. «Jacques.»

Er riss sich los, wandte ihr den Rücken zu.

«Jacques», flehte sie, «versteh mich doch. Ich bin krank.»

Was sollte er darauf entgegnen?

Sie trat dicht hinter ihn und legte ihren Arm auf seine Schulter. Er ließ es sich gefallen. Kurz darauf spürte er ihren anderen Arm. Jetzt hatte sie ihn von hinten umschlungen, schmiegte sich an ihn und flüsterte ihm ins Ohr: «War es denn wirklich so schlimm?»

Pistoux fühlte sich wie gelähmt.

«Ich will es nochmal versuchen», hauchte sie. «Mit dir fällt es mir gar nicht schwer ... Jacques ... Ich brauche dich.»

Wie versteinert stand er da, rührte sich nicht, außen kalt wie ein Stein, innerlich brodelnd. Er wich zurück. «Darum geht es nicht.»

«Worum denn?»

«Was ist mit dem Fächer?»

Sie wurde stocksteif.

«Wie kam der Tote zu deinem Fächer?»

Sie schwieg. Beide standen bewegungslos da.

«Ich hätte ihn dir niemals zurückgeben dürfen, Henriette.»

Sie löste sich von ihm. Er hörte ein bitteres Lachen, dann das Geräusch der Tür, die geöffnet wurde und wieder ins Schloss fiel. Er drehte sich um. Sie war gegangen.

Seitdem hatte er sie nicht mehr gesehen, aber ständig an sie gedacht, in einer Mischung aus Enttäuschung und Wissbegierde. Er spürte, dass er gar nicht anders konnte, als weiter nachzuforschen. Nun wollte er nicht nur über den Kriminalfall, sondern auch über Henriette alles herausfinden. Er wusste, dass seine Motive zweifelhaft waren, aber er würde dennoch weitermachen.

Zunächst würde er Trader auf den Zahn fühlen.

Pistoux stand auf, wusch und rasierte sich gründlich und zog seine besten Kleider an. Er hatte sich inzwischen einen eigenen Zylinder besorgt, den er sich jetzt aufsetzte. Nachdem er sich im Spiegel über dem Waschbecken gemustert und seinen Schnurrbart glatt gestrichen hatte, zog er seine Handschuhe über und verließ das Hotel.

Es war ein schöner Frühsommertag. Strahlend blauer Himmel, Schäfchenwolken, von Westen her blies eine frische Brise. Über Bergstraße, Schmiedestraße und den Fischmarkt gelangte er zur Niedernstraße und von dort bis zur Schützenpforte, durch die er auf den Platz vor dem Berliner Bahnhof kam. Das mächtige Backsteingebäude mit den schlanken eckigen Türmen und den gläsernen Rundbögen am Kopfende ließ er rechts liegen und ging durchs Klostertor zur kleineren Station der Verbindungsbahn. Vor H. C. Meyers Denkmal blieb er kurz stehen und beobachtete, wie ein uniformierter Bahnangestellter Fähnchen schwenkend vor einer Lokomotive herging, um den Zug aus Berlin im Schritttempo über die Straße in den Bahnhof zu geleiten.

Der Zug der Verbindungsbahn nach Altona stand schon bereit. Aus dem dünnen hohen Schornstein der kleinen Lokomotive quoll Rauch. Vereinzelt stiegen Passagiere auf die Plattformen der acht kleinen Wagons. Beim Näherkommen sah Pistoux, dass diese bereits gut gefüllt waren. Er stieg ein und fand noch einen Fensterplatz im letzten Wagen gegenüber einem schlafenden Mann mit Schiffermütze.

Nach einer Weile ertönte ein Pfiff, und der Zug setzte sich langsam in Bewegung. Im Schritttempo folgte er der geschwungenen Linie der Wallanlagen, die die innere Stadt von der

St.-Georg-Vorstadt trennten. Durch die Fenster auf der linken Seite sah man zunächst ein weiteres Denkmal vorbeiziehen, dann kam der Bau der neuen Kunsthalle ins Blickfeld. Auf der rechten Seite fiel der Blick zwischen den Bäumen hindurch auf die auf Pfählen gebaute Badeanstalt in der Außenalster. Dann gewann der Zug an Fahrt, rumpelte über die Lombardsbrücke, und man konnte auf der einen Seite die strahlenden Fassaden des Jungfernstiegs sehen und auf der anderen Seite bis hinauf in die grünen Vororte Uhlenhorst und Winterhude blicken.

Ich könnte mich mit dieser Stadt durchaus anfreunden, dachte Pistoux. Wenn es nicht gerade regnet, ist es eine der schönsten Städte, die ich jemals gesehen habe. Und selbst bei Regen und Sturm bewahrt sie ihren Charme – kühl, aber niemals abweisend. Heute jedoch, im Sonnenschein, wirkt sie frisch wie ein Backfisch.

Der Zug folgte weiter in engen Kurven dem Verlauf der Wallanlagen und hielt an den Bahnhöfen Dammtor, Sternschanze und Schulterblatt, bevor er einen weiten Bogen über das Altonaer Gebiet beschrieb, um schließlich im großen dreistöckigen Altonaer Bahnhof am Westende der Palmaille anzukommen. Es herrschte reges Treiben, denn von hier aus fuhren zahlreiche Züge Richtung Blankenese, Kiel, Flensburg und auch hinunter zum Altonaer Hafen.

Pistoux stieg aus dem Waggon, bahnte sich seinen Weg zwischen den zahlreichen Reisenden hindurch und trat auf den baumbestandenen Bahnhofsvorplatz, über den Menschen im Sonntagsstaat promenierten, die Herren mit grauen Zylindern, die Damen mit Sonnenschirmen. Auch Arbeiter und Seeleute in weniger feinen Kleidern waren hier und da zu sehen. Ein Pferdeomnibus wartete auf Passagiere.

Pistoux wandte sich Richtung Osten und gesellte sich zu den Spaziergängern, die auf der breiten Allee entlanggingen, die von klassizistischen großbürgerlichen Wohnhäusern gesäumt wurde. Trader hatte ihm den Weg genau beschrieben. Das Kaffeehaus war nicht schwer zu finden. Es befand sich auf der rechten Seite in einem Haus, dessen Fassade den Wohnhäusern ähnelte, nur dass Türen und Fenster etwas größer waren.

Durch ein im römischen Stil gehaltenes Vestibül gelangte man in einen großen Restaurationsraum mit zahlreichen kleinen runden Tischen und einer Empore, von der aus man durch die hohen Fenster über einen Garten hinweg auf die Elbe sehen konnte, wo zahlreiche Segelschiffe mit gerefften Segeln auf den Rückgang der Flut und günstigeren Wind warteten.

Pistoux fragte einen Kellner nach Alwin Trader und wurde in den Garten verwiesen. Er trat auf die Terrasse, ging zwischen den größtenteils noch unbesetzten Tischen und Stühlen hindurch und stieg eine breite Treppe in den Garten hinunter, der aus mehreren, von Rosenhecken abgeteilten Terrassen bestand. Auf diesen befanden sich Pavillons, und am Ende der Kieswege gab es kleine Lauben. Bis auf eine waren alle unbesetzt. Aus dem untersten Pavillon winkte ihm jemand zu.

Es war Trader. Er saß dort allein an einem von zwei runden Tischen. Als Pistoux näher kam, bemerkte er einen großen Plan, den der Geschäftsmann vor sich ausgebreitet hatte. Trader stand auf, rollte den Plan zusammen und kam ihm einige Schritte entgegen. Er trug einen blauen Gehrock und graue Hosen. Sie schüttelten sich die Hand. Es war ein herzlicher Händedruck. Trader nickte ihm freundlich zu, strich kurz über seinen Henri-Quatre-Bart und bot ihm dann einen der Gartenstühle an.

Unten auf der Elbe fuhr ein Dampfschiff mit qualmendem Schornstein an den Segelschiffen vorbei.

«Dies ist einer meiner liebsten Plätze», sagte er, nachdem sie sich gesetzt hatten. «Vor allem wenn ich sonntags Geschäftspartner empfangen muss. Wir leben in einer Zeit, in der alles immer schneller geht. Die Leute hasten von einem Geschäfts-abschluss zum nächsten, als hätten sie Angst, es könnte nicht genug für sie übrig bleiben.» Er deutete hinunter auf den Fluss. «Sehen Sie nur die Schiffe dort. Jahrhundertelang, nein, vielmehr jahrtausendelang haben sich die Menschen auf das Segelschiff verlassen. Nun haben sie das Dampfboot erfunden. Das Dampfboot fährt immer, egal, woher der Wind kommt, egal, ob die Flut in den Hafen drängt. Es ist in jeder Beziehung schneller. Es werden immer mehr und immer größere gebaut. Die Segelschiffe da unten werden verschwinden. Sie sind zu langsam. Der Fortschritt will schnell sein. Und laut. Die Welt beginnt zu hasten. Und warum? Was würden Sie tun, wenn Sie ein kleines Säckchen Gold auf kurzem Weg und einen Riesensack auf längerer Strecke ergattern könnten?»

Trader lachte. Pistoux zuckte mit den Schultern.

«Sie sollten sich eine Maschine bauen, die den längeren Weg kürzer macht. Natürlich kostet Sie das eine Menge, weshalb der große Sack schnell zusammenschrumpft, wenn Sie ihn haben, denn Sie müssen die Maschine damit bezahlen. Um dennoch einen Nutzen davon zu haben, schicken Sie die Maschine auf den Weg zum nächsten großen Goldsack. Aber dahin wollen auch andere mit schnelleren Maschinen. Also bauen Sie auch eine schnellere, denn sie wissen ja, dass sie den Goldsack dann bekommen werden. Aber das Bauen kostet noch mehr. Also wird ein dritter Goldsack fällig. Und so weiter. Das ist der Fortschritt. Er hört nie auf. Sie kommen nie ans Ziel, nie zur Ruhe, denn die Goldsäcke werden zwar immer größer, aber auch immer schneller verbraucht.»

Pistoux beobachtete, wie das Dampfboot an den Seglern vorbeizog, und bemerkte bereits ein weiteres Schiff, das eine schwarze Wolke hinter sich herzog.

«Deshalb werden sie dieses Kaffeehaus auch bald schließen», erklärte Trader mit einem Seufzen. «An Werktagen ist es hier nämlich sehr laut. Der Altonaer Hafen ist zur Industrie-anlage geworden. Industrie ist laut und verursacht Dreck. Wir Müßiggänger werden uns bald einen anderen Ort suchen müssen.»

Eine Servierin mit Schürze und Häubchen auf dem Kopf kam mit einem großen Tablett.

Trader wies sie an, es auf den zweiten Tisch zu stellen und das Servieren ihm zu überlassen. «Sorgen Sie nur dafür, dass mir das heiße Wasser nicht ausgeht!»

Das Mädchen nickte und ging. Auf dem Tablett standen eine Teekanne aus feinstem Porzellan, weißblau bemalt mit einem ländlichen Motiv, zwei dazu passende kleine Tassen sowie eine Schale mit Kandiszucker und ein Kännchen mit Sahne, außer-dem eine kleine Zange und ein eigenartig gebogener Löffel, bei-des aus Silber, sowie ein Teesieb.

«Darf ich Sie zu einer Tasse einladen?», fragte Trader.

«Gern.»

«Es wird mir ein Vergnügen sein, Sie zu bedienen. Gewisser-maßen als kleines Zeichen dafür, dass wir uns hier und heute auf gleicher Ebene begegnen.»

«Das tun wir ohnehin», entgegnete Pistoux.

Trader lachte und griff nach der Zange, mit der er ein Stück Zucker nahm und es in eine der Tassen fallen ließ. «Selbstver-ständlich», nickte er. «Sie haben Recht.» Er ließ ein zweites Zu-ckerstück in die andere Tasse fallen, legte die Zange beiseite und griff nach der Teekanne. Durch das Sieb hindurch goss er den Tee in die Tassen. Der Zucker knisterte, als die heiße Flüs-sigkeit ihn berührte.

«Da, wo ich herkomme», sagte Trader, «nimmt man das Tee-trinken sehr ernst.» Er stellte eine Tasse vor Pistoux hin, die an-dere an seinen Platz. «Passen Sie auf.» Er griff nach dem Sahne-kännchen, nahm den seltsam gebogenen Löffel und ließ etwas Sahne in den Tee gleiten. «Nicht umrühren», warnte er.

Pistoux beobachtete, wie kleine weiße Wölkchen sich aus der schwarzen Tiefe des Tees emporkräuselten.

Trader gab etwas Sahne in seine eigene Tasse und stellte das Kännchen auf das Tablett zurück. «Trinken Sie!», forderte er seinen Gast auf. «Es schmeckt zunächst bitter, dann sahnig und schließlich süß.»

Pistoux probierte. Der Tee schmeckte sehr bitter. Er verzog das Gesicht.

Trader lachte. «Nur weiter!»

Pistoux nahm den nächsten Schluck und kam dann langsam auf den Geschmack.

«Nicht so hastig. So eine Tasse Tee will in ihrer ganzen Schönheit ausgekostet werden.» Er stand auf und griff wieder nach der Zuckerzange. «Sie sind so schweigsam, Herr Pistoux. Bedrückt Sie etwas?»

Die Zuckerstücke klimperten.

«Sie haben mich doch sicherlich nicht nur zum Teetrinken hergebeten.»

«Natürlich nicht. Obwohl ich zugeben muss, dass es als Grund für mich ausreichen würde.» Er goss den Tee ein. Wieder knisterte der Zucker.

«Sie wollen mir ein Geschäft vorschlagen, vermute ich», sagte Pistoux.

«Erraten, mein Lieber. Aber das war auch nicht schwer.»

Wieder kräuselten sich die Sahnewölkchen in der Tasse.

«Sie sind in einem Geschäftsbereich engagiert, der mich nicht interessiert.»

«Glauben Sie?» Trader setzte sich wieder.

«Ich bin mir sehr sicher.»

Trader lachte. «Ich würde von Ihnen nie verlangen, dass Sie sich mit leichten Mädchen oder irgendwelchen Ganoven herumplagen, Monsieur Pistoux. Ich schätze Sie als Restaurationsfachmann.»

«Danke.»

«Und einen solchen brauche ich nun.»

Pistoux schwieg und wartete ab.

«Ich beabsichtige, auf St. Pauli ein Konzerthaus zu errichten. Nicht irgendeine Spelunke, sondern einen Palast, der diese Bezeichnung auch verdient. Dort, wo jetzt noch die Reepschläger sind, wird ein großes Areal frei. Ich habe günstige Kredite in Aussicht. Der Senat unterstützt mein Anliegen. Wir werden Wohnungen bauen und neue Ausflugs- und Vergnügungslokale einrichten. Das Gelände rund um den Spielbudenplatz reicht kaum noch aus. Hamburg wächst, und immer mehr Menschen strömen nach St. Pauli. Gleiches gilt für den Hafen. Die Zahl der Seeleute, die in Hamburg von Bord gehen, um ihre Heuer zu verprassen, wächst rapide an. Dem Hamburger Berg fehlt ein Zentrum, ein Ort, der für alle offen ist und allen etwas bieten kann, vom Matrosen bis zum Bürger. Mein Konzerthaus wird allen alles bieten.»

Trader griff nach dem Plan, den er bei Pistoux' Ankunft auf einen Stuhl gelegt hatte, rollte ihn auseinander und hielt ihn hoch.

«Sehen Sie hier. So wird mein Konzerthaus Hamburg aussehen. Es ist dem Wiener Burgtheater nachempfunden. Der große Saal bietet zweitausend Personen Platz. An gedeckten Tischen! Wir werden die größte Bühne der Stadt bauen. Nennen Sie mir eine Oper oder Operette, egal, wie aufwändig sie inszeniert werden muss – wir haben genügend Platz! Es wird einen Speisesaal geben für tausend Gäste. Im Wintergarten wird ein Wasserfall siebzehn Meter tief in einen See rauschen, der von Grotten umkränzt wird. Es wird elektrisch beleuchtete Wasserspiele geben. Im Sommer werden im weitläufigen Garten Konzerte veranstaltet. Wir haben einen Bankettsaal, wo private Feste gefeiert werden können, und einen Biersaal für volkstümliche Vergnügungen ...»

Trader ließ sich von seiner Begeisterung davontragen und erläuterte seine umfassenden Pläne bis ins letzte Detail.

Nachdem Pistoux den Ausführungen eine ganze Weile lang zugehört hatte, fragte er: «Woher nehmen Sie das Geld?»

«Ich verfüge durchaus über beachtliche Rücklagen, Monsieur Pistoux. Und außerdem über beste Beziehungen, die es mir erlauben, mich zu einem Großteil finanzieren zu lassen. Aber das soll Ihre Sorge nicht sein.»

«Nein? Was denn?»

«Sie sollen mein Küchendirektor werden. Und – in angemessenem Rahmen selbstverständlich – mein Teilhaber an diesem Projekt.»

Pistoux blickte ihn überrascht an: «Teilhaber?»

«Aber sicher. Mir ist klar, dass ich einem Mann wie Ihnen etwas Besonderes bieten muss.»

«Wieso ausgerechnet ich?»

Trader breitete die Hände aus: «Die ganze Stadt spricht von Ihnen. Und ich selbst weiß Ihre Kochkunst sehr wohl zu schätzen. Was ich brauche, ist ein Künstler mit Geschäftssinn. So etwas ist nicht leicht zu finden.»

Pistoux dachte an den ehemaligen Reepschläger Jan Kamlade, der im Hotel de l'Europe ermordet worden war. Auf seinem ehemaligen Arbeitsterrain sollte nun also ein gigantischer Vergnügungstempel entstehen.

Er sah Trader an und bemühte sich dabei, nicht allzu misstrauisch dreinzublicken: «Sie werden verstehen, dass ich eine solche Entscheidung erst nach reiflicher Überlegung treffen kann.»

«Selbstverständlich. Überlegen Sie! Sie kennen mein Angebot. Ein besseres werden Sie in Ihrem ganzen Leben nicht mehr bekommen. Sagen Sie ja und Sie sind ein gemachter Mann, wie ich.»

«Vielleicht ...»

«Bestimmt!»

Pistoux stand auf.

«Bleiben Sie sitzen», sagte Trader eifrig. «Oder kommen Sie mit rein. Wir sollten zusammen zu Mittag essen. Sie können gleich noch einen weiteren Geschäftspartner von mir kennen lernen. Sie werden überrascht sein.»

Pistoux schüttelte den Kopf. «Nein, danke, ein anderes Mal.»

«Ich bitte Sie ...»

«Das nächste Mal. Ich muss jetzt nachdenken.»

«Gut, gut, Sie haben Recht. Ich schätze Ihre Vorsicht. Überlegen Sie es sich», lenkte Trader ein. Über sein Gesicht huschte ein Anflug von Enttäuschung.

«Ihre Geschichte mit dem Goldsack hat mich nachdenklich gemacht», sagte Pistoux zum Abschied und ließ den verdutzten Trader in seinem Pavillon zurück.

Er durchquerte das Kaffeehaus und trat durch den Haupteingang wieder auf die Palmaille. Nachdem er einige Schritte in Richtung Bahnhof gegangen war, blieb er neugierig stehen. Durch die Baumreihe in der Mitte der Chaussee sah er auf der anderen Seite eine Kutsche halten. Ein Mann stieg aus. Es war Petersen, der Hauptmann der Criminal-Polizei. Er überquerte die Straße und betrat das Kaffeehaus.

Pistoux drehte sich um. Er würde nicht mit dem Zug zurückfahren, sondern am Elbufer entlanglaufen. Er brauchte Bewegung, frische Luft, Zeit zum Überlegen.

⌇ **26** ⌇ ƐHEBRECHERGANG   «Da wollen Sie hin?» Die Wirtin des «Club-Lokals Meyerdink» am Großneumarkt stemmte die Fäuste in die breiten Hüften und musterte den Franzosen, der sie soeben nach dem Weg zu einer Straße mit dem seltsamen Namen Ebräergang gefragt hatte.

Pistoux nickte.

Das Club-Lokal war eine Kombination aus Kaffeehaus und Kneipe, hatte große Fenster und warb mit einer Kegelbahn und Billardräumen. Arbeiter und Kleinbürger im Sonntagsstaat saßen an Tischen mit karierten Decken, tranken Bier und spielten Karten.

«So, so, da wollen Sie also hin.»

Die Männer am Tisch neben ihr sahen auf und lachten.

«Ja, ich möchte dort jemanden besuchen», sagte Pistoux.

Die Männer lachten noch lauter. Die Wirtin sah ihn spöttisch an.

«Eine Dame! Jede Wette!», rief einer der schon etwas angetrunkenen Kartenspieler.

Pistoux nickte. Sollten sie sich doch über ihn lustig machen. Hauptsache, sie sagten ihm, wo er langgehen musste.

«Da gibt's keine Damen», stellte die Wirtin kategorisch fest.

«Nun sei mal nicht so streng, Muttchen», sagte einer der Gäste. «Da ist auch schon mal ein weißes Schäfchen drunter.»

Die Wirtin blickte ihn streng an: «Na, ihr müsst das ja wissen.»

Die Männer lachten.

Sie wandte sich wieder an Pistoux: «Sie gehen den Alten Steinweg lang ... Den kennen Sie doch?»

Pistoux schüttelte verneinend den Kopf.

«Immer der Nase nach!», rief einer dazwischen. Wieder verhaltenes Gelächter.

«Sie sind wohl nicht von hier? Aber die Wexstraße, die sie quer durchgeschlagen haben, die kennen Sie?» Die Wirtin deutete über den Marktplatz hinweg. «Da drüben.»

Pistoux erinnerte sich an die Wexstraße und nickte.

«Eine weiter ist der Alte Steinweg. Und wenn Sie den langgehen, vorbei an der Baustelle ...»

«Das ist doch ein Müllplatz!», meldete sich wieder einer.

«… kommt auf der linken Seite so ein schmaler Durchgang. Da gehen Sie durch, und Sie sind im Ebräergang.»

«Und da können Sie sich dann Ihre Dame aussuchen», sagte ein Mann, der gerade dabei war, die Karten auszuteilen.

«Darum geht es nicht», sagte Pistoux verärgert. «Ich suche eine ganz bestimmte Dame.» Er hielt inne und korrigierte: «Keine Dame, und schon gar nicht so eine. Ein Zimmermädchen aus dem Hotel de l'Europe. Anna Kamlade heißt sie.»

«Oho!», meldete sich wieder eine vorlaute Stimme.

«Wohnen Sie im Hotel de l'Europe?», fragte die Wirtin stirnrunzelnd.

«Nein, ich arbeite dort. Ich bin Koch.»

«Koch?» Die Wirtin musterte ihn zum zweiten Mal von Kopf bis Fuß. «Na, wenn man in so einem Hotel arbeitet …» Offenbar war er ihr zu fein angezogen.

«Dieses Mädchen wurde zu Unrecht verhaftet. Sie war in einen … Kriminalfall verstrickt. Vielleicht kann ich ihr helfen.»

Die Wirtin zuckte mit den Schultern. Ihr Interesse an ihm schien erlahmt zu sein: «Sie kennen jetzt den Weg. Dort müssen Sie sich halt durchfragen.»

«Die Damen geben gern Auskunft», witzelte einer.

Plötzlich stand ein Mann mit Schiffermütze und staubigem Anzug neben Pistoux. Er war braun gebrannt und hatte graue Bartstoppeln. «Ich bringe Sie hin», sagte er, während er sich die Pfeife am Schuhabsatz ausklopfte.

«Das ist nett, vielen Dank.»

«Bin sowieso gerade auf dem Weg nach Hause. Kommen Sie.»

Der Mann steckte seine Pfeife in die Jackentasche und winkte einigen Gästen zum Abschied zu, dann gingen sie los. Schweigend überquerten sie den Großneumarkt, auf dem eine Horde Kinder herumtobte.

Sie erreichten den Alten Steinweg.

«Bin auch Koch», sagte der Mann, den Pistoux auf etwa fünfzig Jahre schätzte, jetzt. «Na ja, sagen wir mal, ich bin es gewesen. Auf Schiffen. Zuletzt haben sie mich sogar auf einen Dampfer geholt.»

«Ich habe mal auf einem Raddampfer gearbeitet», sagte Pistoux. «Bei einer Kreuzfahrt auf dem Mittelmeer.»

«Eine Spazierfahrt, hm?»

«Frankreich, Spanien ... eine amerikanische Reisegruppe ...»

«Da gab es sicher keinen Stockfisch.»

«Nein, das nicht ...»

«Und?»

«Das Schiff ist untergegangen.»

«Hoppla! Mit Mann und Maus?»

«Nein, nur mit den Mäusen.»

Der Schiffskoch lachte. Dann deutete er auf einen schmalen Durchgang zwischen zwei Fachwerkhäusern: «Hier durch.»

Sie betraten eine schmale Gasse mit geduckten, störrisch nebeneinander hockenden zwei- oder dreistöckigen Häusern. Die zumeist windschiefen kleinen Gebäude waren aus Fachwerk und Backstein errichtet und wurden nach oben hin breiter, sodass die Fassaden der oberen Stockwerke in die Gasse hineinragten. Die Häuser standen teilweise so eng zusammen, dass die einander gegenüber wohnenden Nachbarn sich die Hand reichen konnten. Hier und da waren Wäscheleinen zwischen den Hauswänden gespannt. Die meisten Fenster in den oberen Stockwerken waren geöffnet, Menschen sahen heraus und unterhielten sich über die Gasse hinweg. Zwischen den Häusern gab es schmale Durchschlupfe, durch die man in dunkle Hinterhöfe gelangen konnte.

Überall standen kleine Gruppen von Frauen oder Männern herum und unterhielten sich. Vereinzelt saßen Kinder in Hauseingängen. Im Erdgeschoss beugten sich halb bekleidete junge Frauen aus den Fenstern und sprachen herumstreifende

Männer an, denen man an der Kleidung ansah, dass sie woanders herkamen. Ging einer an einem Haus vorbei und ließ eines der Mädchen links liegen, rief es ihm Schimpfworte hinterher.

Pistoux' Begleiter grüßte einige der Mädchen, die ihm zuwinkten. «Eigentlich sollten die Mädchen der Gasse den Namen geben, aber es waren die Männer», sagte er.

«Wieso?»

«Ebräergang heißt eigentlich Ehebrechergang. Hieß schon immer so, war wohl schon immer einer, vermute ich.»

«Ach so, deshalb diese Anspielungen vorhin in der Gaststätte.»

«Ja, ja. Fremde kommen hier nur aus einem einzigen Grund her. Dies ist das dunkle Herz der schönen Stadt Hamburg.»

«Alle Städte haben das.»

«Die Bürger wollen es aber ausmerzen. Am liebsten würden sie uns in die Vorstadt abschieben. Sie möchten nicht so gern mit der Nase in den eigenen Dreck gestoßen werden.»

«Dreck?»

«Das hier ist der Abfall der bürgerlichen Gesellschaft. Das Proletariat. Aber wir haben unseren eigenen Stolz. Die Geschichte ist auf unserer Seite. Eines Tages werden wir die Besen nehmen und sie auf den Misthaufen der Geschichte kehren.»

Der Schiffskoch blieb neben einem geöffneten Fenster stehen, holte die Pfeife heraus und stopfte sie. Ein Mädchen beugte sich aus dem Fenster und gab ihm Feuer. Er paffte ein paar Mal und sagte dann: «Was willst du von Anna Kamlade?»

«Ich möchte herausfinden, wer ihren Bruder umgebracht hat.»

«Sie war es nicht.»

«Davon bin ich überzeugt.»

«Und warum?»

«Ich kann mir nicht vorstellen, dass sie ihrem eigenen Bruder die Kehle durchschneidet. Ich habe sie kennen gelernt. Sie ist ein anständiges Mädchen.»

«Das meine ich nicht. Warum willst du herausfinden, wer ihren Bruder umgebracht hat?»

«Ich habe meine Gründe.»

«Erzähl sie mir.»

Pistoux blickte sich um: «Hier auf der Gasse? Zwischen all den Leuten?»

Der Schiffskoch deutete mit der Pfeife in der Hand zum Ende der Gasse. Auf einem Schild über einer Tür an der Ecke stand «Krögerei-Gaststätte». Sie gingen darauf zu. Ein gemaltes Schild neben einem der Fenster mit bunten Scheiben pries «Bier & Grog» an, auf einem anderen stand «Frühstücks- und Speisenwirtschaft».

Durch eine hohe, schmale Tür mit rundem Fenster traten sie in die Kneipe, in der zahlreiche Männer an rohen Tischen saßen oder vor dem klobigen Tresen mit Zinktheke standen und Bier tranken. Die meisten trugen Pullover oder Strickjacken, manche hatten ihre Jacketts ausgezogen und saßen in Weste und Hemdsärmeln beim Kartenspiel. Viele trugen Schirmmützen, andere hatten ihre Kopfbedeckung an die Garderobenhaken an der Wand gehängt.

Pistoux' Begleiter winkte dem Wirt zu, der eine ganze Batterie von Biergläsern vor sich gefüllt hatte und sie gerade auf ein Tablett stellte. In einer Ecke rückten einige Männer für sie beiseite. Der ehemalige Schiffskoch grüßte fast jeden und bot Pistoux den frei gewordenen Platz an, nachdem er einen anderen aufgefordert hatte, ihm seinen Stuhl zu überlassen, was dieser widerspruchslos hingenommen hatte. Pistoux setzte sich. Einige Gäste musterten ihn kritisch. Er war eindeutig zu fein angezogen.

«Ich bin Karl Martens.»

«Mein Name ist Jacques Pistoux.»

Sie gaben sich kurz die Hand.

«Trinkst du ein Bier mit mir, Jacques?»

«Wenn ich deins mitbezahlen darf.»

Martens grinste: «In Ordnung.» Er winkte dem Wirt zu.

Das Bier kam schnell. Jeder nahm einen Schluck, dann sagte Martens: «Also, warum liegt dir Annas Schicksal so am Herzen?»

«Es ist nicht nur das», sagte Pistoux und begann zu erzählen. Ohne Namen zu nennen, berichtete er von dem, was am Abend des Godefries'schen Banketts geschehen war, wie er die Leiche gefunden hatte und dass er den Toten vorher in wesentlich schäbigeren Kleidern gesehen hatte. Er erzählte von dem Fächer, deutete seine eigene Verstrickung an, ließ die intimen Details jedoch aus, schilderte seinen Besuch auf den Reeperbahnen, beschrieb sein Treffen mit Frantischek und berichtete von dem Angebot, das Alwin Trader ihm gemacht hatte.

Pistoux war froh, dass er endlich mit jemandem darüber sprechen konnte. Als er fertig war, waren die Biergläser leer, und Martens bestellte zwei neue.

«Und du glaubst, dein Liebchen hat dem armen Teufel die Kehle durchgeschnitten?»

«Sie ist nicht mein Liebchen, und ich glaube gar nichts.»

Martens hob entschuldigend die Hand: «Bitte um Vergebung.»

«Jedenfalls hatte der Tote ihren Fächer.»

«Selbst wenn sie bei ihm war, muss sie ihn nicht getötet haben.»

«Das stimmt.»

«Und du hast dich schuldig gemacht, als du den Fächer an dich nahmst.»

«Ja.»

«Warum sollte eine Frau aus gutem Haus einen ehemaligen Reepschläger umbringen?»

«Das frage ich mich auch.»

«Vielleicht wurde sie erpresst. Wie viel weißt du über die Dame?»

«Zu viel», sagte Pistoux düster.

«Aber du willst es mir nicht erzählen?»

«Nein.»

«Könntest du dir einen Grund für eine Erpressung vorstellen?»

«Ich weiß nicht, vielleicht …»

«Nichts Konkretes?»

«Nein.»

«Gut. Betrachten wir die anderen Verdächtigen.»

«Frantischek fühlt sich von Kamlade betrogen», erklärte Pistoux.

«Er hätte also einen Grund gehabt.»

«Ja, eindeutig.»

«Was ist mit Trader?»

«Ich verstehe nicht, warum er mir dieses Angebot gemacht hat.»

«Er muss einen Grund dafür haben, ja.»

«Und dann ist da noch diese eigenartige Sache auf St. Pauli passiert.»

«Der zweite Mann, dem die Kehle aufgeschlitzt wurde. Wegen dieser Geschichte mussten sie Anna wieder freilassen. Aber keiner scheint zu wissen, was da eigentlich passiert ist.»

«Ich muss unbedingt mit Anna sprechen», sagte Pistoux.

Martens nickte: «Ich werde dich zu ihr bringen.»

27 DUNKLE GASSEN Im engen Straßengewirr des Gängeviertels war es dämmrig geworden, die Nacht begann hier früher als in der übrigen Stadt. Pistoux und Martens verließen die Gaststätte und bogen vom Ebräergang in den Schulgang, eine ebenso enge, mit Kopfstein gepflasterte Gasse. Nach einigen Schritten blieb Martens stehen und deutete in eine dunkle Passage. Zwischen zwei Häusern führte ein schmaler Weg in einen Hinterhof. Es roch modrig. Pistoux zögerte. Konnte er diesem Mann wirklich trauen? Man weiß es nie, bevor man es nicht versucht hat, entschied er. Pistoux nickte Martens zu und folgte ihm in den Durchgang. Sie gelangten in einen übel riechenden Hinterhof. Zwischen einigen Bretterbuden sprangen schmutzige Kinder herum. Die Buden entpuppten sich als Latrinen, deren Türen teilweise fehlten. Hier roch es nicht modrig, sondern nach Kot. Als die Kinder sie entdeckten, umringten sie sie. Martens kannte sie alle mit Namen und hatte für jedes einen Zuckerstein dabei.

Im Weitergehen sagte er: «Das Gängeviertel wäre eine wunderbare Welt, wenn nur der Schmutz und die Verzweiflung nicht wären.»

Durch einen weiteren muffig riechenden Durchgang gelangten sie in einen anderen Hinterhof, der mit Schutt von einem vor längerer Zeit zusammengefallenen Haus übersät war. Ein zerborstener Schrank stand in einer Ecke, eine verwahrloste schwarze Katze sprang auf eine halb zerfallene Mauer und verschwand. Werde ich hier jemals wieder herausfinden?, fragte sich Pistoux.

«Anna musste zu ihrer Schwester ziehen. Im Hotel durfte sie ja nicht mehr bleiben», sagte Martens. «Es ist da drüben.» Er deutete auf ein kleines, zweistöckiges Fachwerkhaus, das zwischen zwei größeren Gebäuden stand. Es neigte sich leicht zur rechten Seite, und ein Fenster im Erdgeschoss war mit Brettern vernagelt.

Als sie näher kamen, hörten sie Schreie. Die Stimmen kamen aus dem oberen Stockwerk. Ein Mann brüllte, eine Frau schrie dagegen an. Sie beschleunigten ihre Schritte.

Martens ging voran und stieß die Haustür auf. Es roch nach Kohl und Kartoffeln. Pistoux folgte ihm über die steile Treppe ins obere Stockwerk. Die Stimmen waren jetzt leiser geworden. Der Mann schimpfte, die Frau weinte.

Als Pistoux oben ankam, bemerkte er als Erstes eine stämmige Frau in einem grauen Kittel und mit ausgetretenen Filzpantoffeln. Sie starrte ihn müde an. Sie stand im Durchgang zur Küche, aus der die Essensdünste kamen. Hinter ihr am Tisch saß ein Mann im Unterhemd und blickte misstrauisch hoch.

«Die schreien schon eine geschlagene Stunde lang», sagte die Frau. «Schlimmer als unsere Gören. Die kann man wenigstens rausschmeißen.»

Das obere Stockwerk bestand aus einer kleinen Diele, der Küche und zwei Zimmern. Die Türen waren offen. Der eine Raum war das Schlafzimmer der Kinder, dort stand ein Gitterbett herum. Eine Puppe, der ein Bein fehlte, lag auf dem Boden. Den anderen Raum hatte Martens gerade betreten, und die Stimmen verstummten. Pistoux folgte ihm.

Die Einrichtung beschränkte sich auf einen Schrank, einen Stuhl, ein breites Bett und ein abgenutztes Sofa. Das Bett war gemacht, und eine überzählige Decke mit Kopfkissen lag darauf. Anna schlief offenbar auf dem Sofa.

Sie stand vor dem einzigen Fenster, dessen kurze Vorhänge halb geschlossen waren, und weinte, die Hände vors Gesicht geschlagen. Neben ihr wich der Mann, mit dem sie sich gestritten hatte, gerade vor Martens zurück.

«Was zum Teufel ist hier los?», rief der Schiffskoch verärgert.

Pistoux blieb erstaunt im Türrahmen stehen. Er kannte den Mann, den Martens jetzt am Hemd packte und auf den Stuhl setzte. Es war Frantischek, der schmale, blonde Tscheche. Man sah ihm an, dass er Angst vor dem viel größeren und kräftigeren Schiffskoch hatte.

«Hat er dich geschlagen?», fragte Martens.

Anna Kamlade nahm die Hände vom verweinten Gesicht. Auf ihren Wangen waren rote Male zu erkennen. Sie nickte.

Martens verpasste dem Tschechen zwei wohl gesetzte Ohrfeigen, die dieser mit regungsloser Miene hinnahm.

«Das ändert nichts», sagte Frantischek störrisch. «Ich will mein Geld zurück.»

«Ha!», sagte Martens. «Wofür denn?»

«Ich hab doch auch keins.» Anna trocknete mit der Schürze ihr tränennasses Gesicht ab und strich mit der Hand über ihre braunen welligen Haare. Sie war von leicht pummeliger Statur und hatte ein offenherziges Gesicht mit leicht slawischen Zügen.

«Lüge», stieß Frantischek hervor. «Sie hat viel. Es ist alles meins.»

«Was meint er damit?», fragte Martens.

Anna zuckte mit den Schultern und deutete in den Raum. «Würde ich denn hier hausen, wenn ich reich wäre?»

«Pah!», machte der Tscheche. «Ich glaube dir kein Wort.»

«Woher soll sie denn Geld haben?», fragte Martens verwundert.

«Sie weiß schon.»

«Nein!», rief Anna empört.

«Er meint das Geld ihres Bruders», schaltete Pistoux sich ein. «Das, was er für den Verkauf der Reeperbahn bekommen hat.»

Anna und Martens blickten ihn überrascht an. Frantischek nickte.

«Was …?», begann der Schiffskoch.

«Er hat sie schon verkauft?», fragte Anna erstaunt und bedachte Pistoux mit einem misstrauischen Blick.

Frantischek lachte hämisch: «Sie stellt sich dumm.»

Anna verschränkte die Hände vor der Brust und zog zweifelnd die Augenbrauen zusammen: «Woher wollen Sie das denn wissen, Herr Pistoux? Wieso sind Sie mit ihm hier bekannt?» Sie deutete auf den Tschechen.

«Ich war bei den Seilern», erklärte Pistoux. «Auf den Bahnen. Und im Gasthaus ‹Zur Treuge›. Er war auch dort. Er befürchtet, dass er die Bahn umsonst gekauft hat, denn die Reepschläger sollen enteignet werden.»

«Dein Bruder Jan hat mich betrogen.»

«Und deshalb hast du ihn umgebracht!», rief Anna aus.

Frantischek lachte verächtlich und schüttelte den Kopf: «Wer tot ist, zahlt nicht mehr.»

«Dann hast du ihm das Geld gestohlen!»

«Unsinn, warum sollte ich dann hierher kommen?»

«Er hat Recht», sagte Martens. «So einfach ist das nicht. Erzähl ihnen, was du darüber weißt, Franzose», wandte er sich an Pistoux.

«Jan hat ihm die Bahn verkauft, das haben die Seiler bezeugt. Er hat ihm aber nicht gesagt, dass sie enteignet werden soll, obwohl er es wusste.»

«Das war Betrug», stellte Martens nüchtern fest.

«Aber das kann nicht sein!», rief Anna aus und fügte dann kleinlaut hinzu: «Er war doch ein guter Mensch.»

«Er ist tot, aber das Geld muss noch da sein, wenn es niemand gestohlen hat», stieß Frantischek zwischen den Zähnen hervor.

«Ich hab es nicht», sagte Anna. «Wir hatten Schulden. Als ich ihn zuletzt gesprochen habe, an diesem schrecklichen Abend im Hotel, hat er mir erzählt, er hätte alles bezahlt.»

«Schulden?», fragte Pistoux. «Bei wem und wieso?»

«Unsere Eltern sind nach Amerika gegangen. Die Passage war teurer als gedacht. Wir haben uns das Geld geliehen …» Sie zögerte. «Von einem Wucherer offenbar. Jan hatte in solchen Dingen nie besonders viel Geschick. Jedenfalls musste schneller und mehr zurückbezahlt werden, als wir dachten. Deshalb musste er die Bahn verkaufen. Eigentlich wollten wir das Geld für unsere eigenen Schiffskarten verwenden. Wir wollten ihnen folgen. Und plötzlich, kurz vor seinem Tod, hatte Jan von irgendwoher viel Geld, obwohl er die Schulden bezahlen musste. Das hat mich gewundert. Er meinte noch, dass er uns besonders gute Karten besorgen würde, weil er neuerdings gute Verbindungen hätte.»

«Zu einer Reederei?», fragte Pistoux.

«Ja.»

«Welche?»

«Godefries.»

Pistoux zuckte zusammen.

«Unsere Eltern sind mit der ‹Anastasia› gefahren. Die gehört auch zu dieser Reederei.»

Pistoux bemerkte, wie Martens sorgenvoll die Stirn runzelte. Er warf ihm einen fragenden Blick zu, aber der Schiffskoch schüttelte nur leicht den Kopf.

«War Jan mit jemandem aus der Familie Godefries bekannt?», fragte Pistoux.

«Ach, das kann ich mir nicht vorstellen.» Anna schüttelte den Kopf.

«Wo hat er zuletzt gewohnt?»

«Ich habe ihn zum Schluss auf der Bahn besucht. Er hat dort auch übernachtet.»

Pistoux blickte Frantischek fragend an.

Der schüttelte den Kopf: «Nicht mehr, seit ich dort bin.»

Martens sah Anna streng an: «Wohin ist er nach dem Verkauf der Bahn gezogen?»

«In ein Zimmer auf dem Hamburger Berg, hat er gesagt. Ich weiß nicht, wo. Er hat es nur kurz erwähnt, als wir uns zuletzt ...» Sie begann leise zu weinen.

Martens nahm sie in den Arm.

«Sie lügt», sagte Frantischek. «Ich weiß es. Ich werde mir mein Geld zurückholen.»

«Hau endlich ab», sagte der Schiffskoch.

Der Tscheche stand auf und ging eilig davon.

Pistoux sah Martens fragend an.

Der zuckte leicht mit den Schultern: «Sie weiß nicht mehr.»

Anna drehte sich um und nickte.

«Das ist alles, was wir zu sagen haben», fügte der Schiffskoch hinzu.

Pistoux zögerte. Dann verabschiedete er sich.

Als er den Hinterhof überquerte, geriet er ins Grübeln. Wieder war der Name Godefries gefallen.

Er lief eilig auch durch den anderen Hof, ohne die Kinder zu beachten, die um ihn herumsprangen, und gelangte durch den schmalen Durchschlupf wieder auf den Schulgang.

Es war dunkel geworden, und vereinzelte Gaslampen an den Häuserecken verbreiteten ein diffuses Licht. Es waren jetzt weniger Menschen unterwegs als vorhin. Da Pistoux sich nicht auskannte, ging er in die falsche Richtung und verirrte sich in dem Gassengewirr zwischen Rademachergang und Caffamacherreihe.

Er war jedoch nicht der Einzige, der hier planlos herumlief. Die ganze Zeit über folgte ihm ein Mann, der eifrig darauf bedacht war, stets im dunkelsten Schatten zu gehen.

꙳ 28 ꙳ ALBTRAUM Ihr Zeigefinger schmerzte, wo die Klinge des zusammenklappenden Messers ins Fleisch geschnitten hatte. Die Wunde war entzündet. Niemand hatte sich die Mühe gemacht, sie zu verbinden. Sie spürte, wie ihr am ganzen Körper der Schweiß ausbrach.

Vielleicht ein Fieberanfall, vielleicht lag es auch nur an der Temperatur in diesem Zimmer. Es war sehr warm.

Sie schlug die Augen auf. Durch ein mit roten Vorhängen

verhängtes Fenster drang diffuses Licht. Das Zimmer lag im Halbdunkel. Ihr gegenüber hockte auf einem Sockel die steinerne Statue eines fetten, grinsenden Buddhas. Neben ihm, auf einem anderen Sockel, entdeckte sie eine tanzende Figur mit sechs Armen und sechs Beinen, außerdem hier und da im Raum verteilt hölzerne Statuen von Elefanten, Löwen und Stieren. Im Zimmer befanden sich viele Kissen und orientalische Bilder, auf denen Männer und Frauen zu sehen waren, die Dinge taten, bei denen man eigentlich nicht zusehen durfte.

Sie blickte die Bilder mit großem Interesse an. Wie viele gab es noch davon? Sie wollte sich zur Seite drehen, aber es ging nicht. Sie konnte sich nicht bewegen. Ihre Hände und Füße waren festgebunden. Die Erkenntnis traf sie wie ein Faustschlag. Ihr Herz begann heftig zu schlagen. Sie lag auf einem breiten Bett unter einem mit goldenen Arabesken und Kordeln verzierten Baldachin – und war gefesselt! Sie wand sich, wollte rufen, brachte aber nur einen erstickten Schrei hervor und begann lautlos zu weinen.

Sie versuchte sich zu erinnern, wie sie hierher gekommen war. Hatte sie nicht versucht zu fliehen? Wo war der tumbe Kerl, der sie in seinem schmutzigen Kellerloch gefangen gehalten hatte? Und was war mit dem fremden Mann geschehen, auf den sie mit dem Messer losgegangen war? Oder hatte sie doch ihren verhassten Gefängniswärter umgebracht, wie sie es geplant hatte? In ihrer Erinnerung verschwammen die Ereignisse zu unwirklichen Traumbildern. Und war dies hier nicht auch wieder nur ein Traum? Oder das Fegefeuer?

Manchmal hörte sie Stimmen. An der Stelle, wo ein dicker roter Vorhang hing, musste sich eine Tür befinden, die auf einen Flur hinausführte. Dort draußen gingen Leute vorbei. Sie hörte undeutliche Gesprächsfetzen, lachende Männer und Frauen. Einmal vernahm sie sogar das melodiöse Klingklang einer Spieluhr.

Irgendwann drehte sich ein Schlüssel im Türschloss, der Vorhang wurde beiseite geschoben, und eine verschleierte Frau erschien, in orientalischen Gewändern, die ihre üppigen Proportionen kaum verdeckten. Sie brachte ihr einen Teller mit buntem Gemüse in heller Sauce.

«*Schnüsch*», sagte sie. Dann löste sie ihr eine Fessel am rechten Arm und verschwand wieder.

Ein Löffel lag auch dabei. Sie richtete sich auf, so weit es ging, griff gierig zu und aß in kurzer Zeit das ganze Gemüse auf. Sie schob den Teller weg und wollte sich eben daranmachen, ihre Fesseln zu lösen, als die verschleierte Frau wieder erschien und sie erneut festband.

Sie hatte nicht genügend Kraft, sich zu wehren. Erschöpft sank sie auf das Lager zurück und schlief wenig später wieder ein.

Sie wurde vom Geräusch der zuklappenden Tür geweckt und vernahm das Geräusch des Schlüssels, der im Schloss herumgedreht wurde. Ein Mann mit weißem Haupthaar und Backenbart schob den Vorhang beiseite und trat ein. Er sah sehr seriös aus und passte mit seiner bürgerlichen Kleidung überhaupt nicht in diese Umgebung. Er trug einen Gehrock, in der Hand hielt er einen Spazierstock, einen Zylinder und weiße Handschuhe.

Er warf einen kurzen Blick auf sie, dann ging er im Zimmer hin und her und sah sich die Statuen und Bilder an. Schließlich nahm er sich einen Stuhl aus dunklem Holz mit hoher, aufwändig verzierter Lehne und trug ihn zum Bett. Er setzte sich darauf und starrte sie an.

«Wer sind Sie?», fragte sie ängstlich mit fast tonloser Stimme.

Der weißhaarige Mann antwortete nicht.

«Ich habe Angst vor Ihnen», sagte sie.

Er fuhr fort, sie ausdruckslos aus wässrigen Augen anzusehen.

Nach einer Weile erhob er sich, griff nach der dünnen Decke, unter der sie lag, und schlug sie zurück. Sie trug rüschenbesetzte Unterwäsche, die ihr völlig unbekannt war.

Der Mann betrachtete ihre Gestalt mit großem Interesse. Dann fasste er ihr plötzlich unters Kinn und murmelte: «Du bist hübsch, Kleine. Wie meine Tochter, fast wie meine Tochter.»

Er setzte sich wieder hin. Nach einer Weile begann er, die weißen Handschuhe anzuziehen. Immer wieder ließ er seinen wässrigen Blick über ihre Gestalt streichen.

«Was wollen Sie von mir?», fragte sie. «Ich kenne Ihre Tochter nicht.»

Er stand auf, beugte sich zu ihr und zerriss ihr Leibchen.

Sie erstarrte vor Schreck. Es war, als würde ihr ganzer Körper plötzlich zu Eis werden.

Schnaufend riss er das Kleidungsstück in Fetzen. Ihre Kehle war wie zugeschnürt.

Plötzlich kniete er sich neben sie auf das Bett und fasste nach ihrem Schoß. Sie bäumte sich auf, versuchte zu schreien, aber es kam kein Laut über ihre Lippen. Er zerriss ihren Schlüpfer. Dabei sah er aus, als würde er einer Arbeit nachgehen, und schnaufte wie ein Ochse.

Sie schloss die Augen, holte tief Luft, und endlich gelang es ihr: Sie schrie, kreischte und jaulte. Noch nie hatte sie solche Laute von sich gegeben, noch nie war sie so laut.

Der Mann warf sich auf sie, nutzte sein ganzes Körpergewicht, um ihr die Luft abzudrücken, und presste ihr die Hand auf den Mund. Sie konnte nur noch röcheln. Der weiße Handschuh roch nach Lavendel. Sie biss sich darin fest. Es schien ihm nichts auszumachen. Er blieb schnaufend auf ihr liegen. Sie merkte, dass er mit ihr das machen wollte, was auf den orientalischen Bildern zu sehen war. Seine Hand rutschte von ihrem Mund. Wieder gelang es ihr, laut zu schreien.

Er presste erneut die Hand auf ihren Mund. «Still, still, still», flüsterte er, «es tut nicht weh, du weißt doch, es tut nicht weh!»

Sie bäumte sich auf und strampelte, soweit das möglich war. Er fiel zur Seite. Wieder schrie sie.

Dann hörte sie ein Klopfen, ein lautes Pochen und eine Stimme jenseits der Tür. Aber sie war ja verschlossen!

Schnaufend zwängte der Mann seinen schweren Körper zwischen ihre Beine. Sie spürte, wie er zitterte.

Dann schlug er plötzlich auf sie ein. «Sei-still-es-tut-nicht-weh», stieß er hervor, «sei-still-du-hast-es-doch-gewollt!»

Sie hörte ein Splittern und Krachen, dann einen Entsetzensschrei, und mit einem Mal wurde der Mann von ihr heruntergerissen und stürzte zu Boden, wo er gegen eine Elefantenstatue prallte. Völlig verstört blickte er den Eindringling an. Dieser war genauso gekleidet wie der Weißhaarige, sah aber jünger aus und trug einen Henri-Quatre-Bart.

«Herrgott, Godefries!», rief der jüngere Mann aus. «Was, um Himmels willen, ist denn in Sie gefahren? Wir hatten uns doch darauf geeinigt, dass ich mir eine Lösung für das Mädchen überlege!»

Der Angesprochene antwortete nicht. Er blickte seinen Widersacher mit versteinerter Miene an und stand auf. Nachdem er seine Kleidung in Ordnung gebracht hatte, hob er Zylinder und Spazierstock auf, die zu Boden gefallen waren, drehte sich wortlos um und verließ den Raum.

Der Mann mit dem Henri-Quatre-Bart trat an das Bett. «Eine gefesselte Frau in meinem eigenen Haus», sagte er leise. «Ungeheuerlich!»

In der Tür erschien die üppige Frau in den orientalischen Gewändern.

«Herrgott, Helene! Hab ich dir nicht ausdrücklich gesagt, dass ich nicht will, dass er zu ihr geht!»

«Wie soll ich denn einem Godefries verbieten hereinzukommen ... Was glaubst du denn, wie ich das machen soll?»

«Ich habe es angeordnet.»

«Dann musst du dir eine Palastwache besorgen.»

«Es ist schon gut. Aber wer, um Himmels willen, hat sie denn ans Bett gefesselt?»

«Die Männer, die sie hergebracht haben.»

«Was für ein Unsinn!»

«Hättest du dich früher gekümmert ...»

«Still jetzt! Geh und hol ihr etwas zum Anziehen.»

Die Frau eilte nach draußen.

Der Mann mit dem Henri-Quatre-Bart versuchte ein freundliches Lächeln. Es misslang. Sie atmete noch immer heftig und kam nur langsam zur Ruhe. Als er sich daranmachte, ihre Fesseln zu lösen, bäumte sie sich ein letztes Mal auf.

«Still doch. Es ist vorbei», sagte er mit sanfter Stimme.

Als sie frei war, rollte sie zur Seite und zog die Decke über sich.

«Ich werde dir helfen», sagte der Mann. «Erzähl mir, was geschehen ist, und ich werde dir helfen.»

Die üppige Frau kam mit einigen Kleidern wieder hereingeeilt. Sie hatte den Schleier abgenommen und lächelte freundlich. «Lass sie jetzt, sie braucht Ruhe. Komm, Mädchen», sagte sie zu ihr. «Wir ziehen dich erst mal an.»

Sie nickte und rutschte ängstlich zu ihr hin. Ihr Blick fiel auf die Statue des fetten Buddhas. Er grinste sie an und strahlte eine seltsame Ruhe aus. Während sie sich anzog, musste sie immer wieder zu ihm hinüberschauen.

«Wer ist denn dieser dicke kleine Kerl?», fragte sie schließlich mit zittriger Stimme.

Helene lachte: «Sieht aus wie mein Bruder, was?»

«Dein Bruder? Wirklich?», fragte sie ungläubig.

◦⁓ **29** ⁓◦ SCHATTENWELT Zu allem Überfluss begann es nun auch noch zu regnen. Die Bewohner des Gängeviertels hatten sich in ihre engen Wohnungen zurückgezogen. Das schmutzige, unebene Pflaster wurde rutschig, das Licht der an den Häusern hängenden Laternen diffuser. Pistoux fluchte leise vor sich hin. Irgendwie musste man aus diesem verdammten Gängegewirr doch wieder hinauskommen! Da er aber vollkommen die Orientierung verloren hatte, bog er mehrmals falsch ab, nachdem er den Rat einer alten Frau eingeholt hatte, die regungslos in einer geöffneten Tür gestanden und ihn angestarrt hatte, bevor sie ihm endlich den Weg beschrieb. Ein paar Männer, die verschwörerisch an einer Ecke herumlungerten, schickten ihn in die entgegengesetzte Richtung. Es schien ganz so, als würde Hamburg, vom Gängeviertel aus betrachtet, überhaupt nicht existieren. Pistoux erinnerte sich an seine Zeit im winterlichen Nürnberg – dort bestand fast die ganze Stadt aus verwinkelten Gassen mit uralten Häusern. Hamburg war ihm da lieber, denn dies war eine lichte, offene Stadt.

Aber wo war Hamburg jetzt? Pistoux versuchte einen Mann anzusprechen, der mit seinem Zylinder und dem Mantel aussah wie ein Bürger «von draußen». Aber der Mann nahm ihn nicht zur Kenntnis, sondern hastete mit gesenktem Blick an ihm vorbei. Eine Gruppe Betrunkener machte sich über ihn lustig und bot ihm an, ihn für Geld in den Ehebrechergang zu führen. Pistoux ließ sie stehen. Ein Matrose schlug ihm eine Abkürzung vor und deutete auf einen engen Durchgang zwischen zwei Häusern, die sich altersschwach einander zuneigten, als wollten sie sich gegenseitig stützen. Pistoux blieb zögernd vor diesem schmalen Durchschlupf stehen. Er sah dem Matrosen hinterher, der in die andere Richtung ging und sich kurz umwandte. Wer weiß, ob jenseits des Gangs nicht jemand lauert, um mich zu überfallen, überlegte Pistoux. Aber was konnte man ihm schon wegnehmen? Außerdem hatte er in seinem Leben bereits gefährliche Situationen bewältigt.

Er wollte schon hineintreten, da bemerkte er an der Ecke, die er gerade passiert hatte, einen Schatten, der schnell wieder verschwand und wenig später erneut erschien. Hatte er diese Gestalt mit dem weiten Mantel und dem Bowler-Hat nicht schon einmal bemerkt? Der Mann trug einen Schirm in der Hand. Warum spannte er ihn nicht auf? Der Regen war jetzt heftiger geworden. Man trug einen solchen Schirm doch nicht umsonst mit sich herum. Es sei denn, er behinderte die Sicht auf jemanden, den man verfolgte.

Ich könnte versuchen, ihn abzuhängen, aber dann werde ich nie erfahren, warum er sich für mich interessiert, überlegte Pistoux. Derartige Ungewissheiten sollte man klären, denn allzu viel Rätselhaftes ist ungesund, entschied er. Dann tat er so, als würde er orientierungslos den Weg suchen, und betrat den Durchgang.

Der matschige Weg zwischen den beiden Häusern war so schmal, dass man das Gefühl hatte, einen Tunnel zu durchqueren. Am anderen Ende trat Pistoux in einen Hinterhof. Man hörte das Geräusch der auf Morast und Holzdächer fallenden Regentropfen. Es roch nach Kloake. Eine Tür quietschte und eine Gestalt im Nachthemd trat aus einem Abort und humpelte auf eine Hintertür zu. Pistoux lehnte sich gegen die Hauswand und horchte.

Es dauerte eine Weile, dann hörte er sich nähernde Schritte. Auf der anderen Seite des Durchgangs kamen sie zum Stehen. Ein kurzes, unentschlossenes Scharren, dann langsames Weitergehen. Der Mann hatte den schmalen, glitschigen Weg zwischen den Häusern betreten. Pistoux hörte, wie er rutschte und vor sich hinschimpfte. Dann trat er aus dem Durchgang auf den Hof und blieb nur einige Meter von Pistoux entfernt mit dem Rücken zu ihm stehen. Er blickte sich zögernd um und

konnte ganz offensichtlich bis auf die Schatten der Holzverschläge und Häuserdächer, deren Umrisse allmählich mit dem
dunklen Himmel verschwammen, nichts erkennen.

«Verflixt», murmelte der Fremde.

«Suchen Sie jemanden?», fragte Pistoux mit lauter Stimme.

Der Mann wirbelte erschrocken herum. Er wirkte jetzt kleiner und schmaler und ungefährlicher als aus der Ferne betrachtet. «Was?»

«Oder wohnen Sie hier?»

Es war so dunkel, dass man die Gesichtszüge seines Gegen-
übers kaum ausmachen konnte.

«Zum Teufel, Pistoux», sagte der Mann. «Sie haben mir aber
einen Schrecken eingejagt.»

«Ziehen Sie Ihren Hut ab, mein Herr!»

«Ich bitte Sie, wollen wir nicht an einem angenehmeren
Ort ...»

«Wer sind Sie? Warum folgen Sie mir?»

«Herrgott, wie das hier stinkt! Sind Sie sicher, dass Sie richtig
gegangen sind?»

«Den Hut ab! Aber ein bisschen plötzlich.»

Der Mann nahm seinen Bowler-Hat ab. Es war Johannes
Wolf, der Redakteur des «Hamburger Beobachters».

«Sieh mal an», sagte Pistoux. «Wir kennen uns. Warum folgen Sie mir so klammheimlich?»

«Darf ich den Hut wieder aufsetzen? Es regnet.»

«Spannen Sie doch Ihren Schirm auf, wenn es Ihnen zu nass
ist», sagte Pistoux spöttisch.

«Sie sind wirklich zu Scherzen aufgelegt, Herr Pistoux. Aber
dies ist nicht der rechte Ort, um zu plaudern ...» Wolf brach ab
und setzte seinen Bowler-Hat wieder auf. «Hören Sie, meine
Schuhe versinken im Morast ...»

«Gehen wir also zurück.»

«Das wäre sehr freundlich.»

«Sie gehen voran.»

Sie durchquerten den Durchgang zurück auf die Gasse.

«Wo wollen Sie denn eigentlich hin?», fragte Wolf.

«Raus aus diesen Gassen.»

«Raus? Na, da sind Sie ja einen eigenartigen Weg gegangen.»

«Statt mir nachzuschleichen, hätten Sie mir helfen können.»

«Ich bitte um Entschuldigung. Darf ich jetzt meinen Schirm …? Der Regen setzt mir zu.»

«Bitte.»

Wolf spannte umständlich seinen Schirm auf. «Sie haben keinen dabei? Wenn Sie mögen … Er ist groß genug für zwei …»

«Danke.»

Der Redakteur musste niesen. «Da haben wir es», kommentierte er. «Wir wären mal besser zu Hause geblieben.» Er kramte mit der Hand in seiner Manteltasche.

«Sie sind mir einige Erklärungen schuldig», sagte Pistoux streng.

Wolf zog ein Taschentuch hervor und schnäuzte sich. «Verzeihen Sie. Dieses feuchte Wetter bekommt mir gar nicht. Der Sommer naht und mit ihm die kalte Jahreszeit.»

«Warum haben Sie mich verfolgt?»

Der Regen wurde immer heftiger. Pistoux bemerkte, dass ihm dadurch empfindlich kühl wurde.

Wolf steckte das Taschentuch wieder weg. «Sie haben Recht, Pistoux. Wir sollten uns unterhalten. Da Sie sich in dieser Gegend nicht besonders gut auszukennen scheinen, erlaube ich mir, Sie zu führen. Drei Ecken weiter gibt es eine Gaststätte, in der wir ungestört reden können.»

Pistoux stimmte zu, und die beiden Männer setzten sich einträchtig unter dem Schirm in Bewegung.

Drei Abzweigungen später standen sie vor einer Eckkneipe mit schmaler Eingangstür, über der eine funzelige Lampe ein halb verblichenes Schild beleuchtete: «Gaststätte Fricke – Speisenwirtschaft & Club-Lokal».

Wolf zog die quietschende Tür auf, und sie traten in einen Kneipenraum, der so niedrig war, dass größer gewachsene Gäste Angst haben mussten, gegen die Deckenbalken oder eine Lampe zu stoßen. An einem Tisch saßen drei Männer und spielten in verbissenem Schweigen Karten. Ein alter Mann mit grauen Bartstoppeln saß an einem Ecktisch und starrte müde auf ein kleines Glas Bier. Hinter dem Tresen stand der kleine Wirt mit ärmellosem Pullover über dem langärmeligen Unterhemd und nickte den Neuankömmlingen zu.

Wolf deutete auf einen runden Tisch, und sie setzten sich. Der Wirt kam mit einem Handtuch und wischte beflissen über die Tischplatte. Er schien dem Redakteur einen gewissen Respekt entgegenzubringen.

Wolf deutete auf eine Tafel an der Wand. Darauf stand «Grog – Rumgrog – Eiergrog – Eierbier» und darunter: «Die Spezialitäten des Hauses». Und sarkastisch fügte er hinzu: «Das ganze Jahr über.»

«Eiergrog und Eierbier?», fragte Pistoux skeptisch.

«Das wärmt und ist noch dazu sehr nahrhaft. Aber wenn Ihnen richtig kalt ist, bestellen Sie lieber den Grog.»

Pistoux zuckte mit den Schultern: «Ich nehme das Eierbier.»

«Und ich den Eiergrog», entschied Wolf.

Der Wirt ging davon.

«Also?», begann der Redakteur. «Was führt Sie ins Gängeviertel?»

«Was bringt Sie dazu, mir zu folgen?», fragte Pistoux zurück.

«Das war ein Zufall. Auch ich wollte Anna Kamlade aufsuchen, aber Sie waren vor mir da. Das hat mich neugierig darauf gemacht, zu wem Sie als Nächstes gehen würden.»

«Ich war auf dem Nachhauseweg.»

«Da sind Sie aber beständig in die falsche Richtung gelaufen.»

«Ich habe mich verirrt.»

Wolf lachte: «Und ich dachte, Sie wollten mich abschütteln.»

«Ich hab Sie erst sehr spät bemerkt.»

«Amateurdetektive unter sich», kommentierte der Redakteur sarkastisch. «Aber mir scheint, wir können den Professionellen auf die Sprünge helfen. Nach allem, was meine Informanten mir zugetragen haben, tappen die Herren von der Criminal-Polizei ziemlich im Dunkeln.»

«Was wollten Sie denn von Anna Kamlade?», fragte Pistoux.

Wolf seufzte: «Ich glaube und hoffe, dass wir beide am gleichen Strang ziehen. Und da ich dringend einen Verbündeten brauche, will ich Ihnen antworten. Wenn ich fertig bin, müssen Sie aber auch meine Fragen beantworten.»

Pistoux nickte. Nun war er neugierig geworden. Auch ihn drängte es, endlich mit einem Vertrauten über diese Dinge zu sprechen. «Einverstanden.»

«Also gut, fangen wir an. Kennen Sie einen Mann namens Iwersen?»

«Wer soll das sein?»

«Ein Tierpfleger von Hagenbecks Thierpark am Neuen Pferdemarkt. Er soll einem Mann die Kehle durchgeschnitten haben …»

Wolf brach ab, als der Wirt zwei dampfende Gläser mit schaumigem Inhalt servierte und eine Zuckerdose auf den Tisch stellte, neben die er zwei Löffel legte.

«Sehr zum Wohl», sagte er respektvoll und ging wieder.

«Nehmen Sie etwas Zucker in Ihr Getränk», schlug Wolf vor. «Hier wird das Eierbier mit hellem Bier gemacht, das ist recht bitter.» Er selbst gab zwei Löffel Zucker in den Grog und rührte lange und konzentriert um.

«Ein Mord auf St. Pauli?», nahm Pistoux das Thema wieder auf. «Ganz ähnlich wie der im Hotel?»

«Zumindest haben wir auch hier eine durchgeschnittene Kehle.»

«Was vermutet die Polizei?»

«Oh, Sie meinen unseren Freund Petersen? Ihm ist nicht viel dazu eingefallen. Also hat er den Tierpfleger verhaften lassen, der dort in einer Kellerwohnung hauste. Er hat zugegeben, dass das Messer, das neben der Leiche gefunden wurde, ihm gehört.»

«Und Sie glauben, dass Anna etwas damit zu tun hat?»

Wolf schüttelte den Kopf: «Nicht unbedingt. Eigentlich gar nicht, aber man weiß ja nie ... Meine Neugier wurde geweckt, weil es sich um die gleiche Tötungsart handelt. In der Keller- wohnung dieses Iwersen wurde eine Schürze gefunden, eine Küchenschürze, wie sie Frauen benutzen. Eine Frau war aber nicht da.»

«Und?»

«Vergessen Sie Ihr Bier nicht.» Der Redakteur schob ihm die Zuckerdose hin.

Pistoux nahm einen Löffel voll und rührte um. «Also?», fragte er dann.

Wolf nahm einen vorsichtigen Schluck von seinem heißen Grog und stellte das Glas wieder ab. «Der Tierpfleger Iwersen hat von einer Frau gesprochen. Er ist ein ziemlich einfältiger Kerl, etwas wirr, vielleicht auch verstört. Jedenfalls behauptet er, eine Frau beherbergt zu haben. Wochenlang. Sie sei ihm weggelaufen. Das fand er wohl sehr traurig und auch ein wenig undankbar, denn er sagt, er habe sich aufopferungsvoll um sie gekümmert. Tatsächlich hat er sie wohl wie eine Sklavin im Keller gefangen gehalten.»

«Und niemand hat das bemerkt?»

«Ein fast leeres, verfallenes Haus, eine Kellerwohnung im Hinterhof ... Auf St. Pauli ist alles möglich.»

«Aber wo kam die Frau her? Wie ist sie zu ihm gekommen?»

«Ja, sehen Sie. Das hat mich auch stutzig gemacht.»

Pistoux probierte sein Eierbier. Schon der Geruch war ihm nicht ganz geheuer. Er nippte und verzog das Gesicht.

«Dieser Mann behauptet nämlich, er hätte sie gefunden», fuhr Wolf fort.

«Gefunden? Wie kann man eine Frau finden?»

«Auf einem Schiff. Sie war die einzige Überlebende.»

«Das Totenschiff von Altona.»

«Sie haben davon gehört?» Der Redakteur nippte an seinem Grog.

«Ja.»

«Offenbar handelt es sich bei dieser Frau um die einzige Überlebende. Iwersen hat sie verschleppt und wollte sie an einen Bordellwirt verschachern. Er behauptet, er habe sie gemästet, weil sie so abgemagert war, dass er sie niemals hätte verkaufen können. Stellen Sie sich das nur mal vor.» Er schüttelte den Kopf.

«Ein Tierpfleger, der einen Menschen mästet.»

«Ja. Mir läuft ein kalter Schauer den Rücken hinunter, wenn ich mir das ausmale.»

«Hat er sie denn verkauft?»

«Er behauptet, nein. Sie sei ihm fortgelaufen. Und auf der Flucht habe sie einen Mann umgebracht, der sich ihr in den Weg stellte.»

«Klingt recht unglaubwürdig.»

«Das finde ich auch. Aber es ist vielleicht gar nicht so wichtig. Interessanter ist, dass es diese Gefangene wirklich gegeben hat, darauf deuten einige Spuren in Iwersens Wohnung – Verschlag, muss man wohl besser sagen – hin. Und noch interessanter ist, an wen er sie angeblich verkaufen wollte.» Wolf umschloss das warme Grogglas mit den Händen.

«An wen?»

«Einen gewissen Alwin Trader.»

«Trader? Aber der legt doch großen Wert darauf, als seriöser Geschäftsmann zu erscheinen.»

«Sein und Schein liegen oftmals weit auseinander, mein lieber Pistoux. Das ist bei uns in Hamburg nicht anders als sonst wo, vielleicht sogar noch deutlicher. Woher kennen Sie Trader?»

«Er war auf dem Godefries-Bankett ...»

«Natürlich, daher ...»

«Er ist mit Henriette Godefries bekannt ...»

«In der Tat. Und er scheint der einzige Mann zu sein, den sie bisher nicht in die Flucht geschlagen hat.» Wolf blickte Pistoux viel sagend an. «Man hört da ja die seltsamsten Gerüchte ...»

«Diese schöne Frau hat ein düsteres Geheimnis ...», murmelte Pistoux verlegen. Er zuckte mit den Schultern und blickte vor sich hin.

«... das Sie nicht ergründet haben?»

«Nein.»

«Man fragt sich, ob man es unbedingt wissen will ...» Wolf trank seinen Grog aus und winkte dem Wirt.

«Trader hat mir die Küchenleitung seines geplanten Konzerthauses angeboten. Ich soll sein Teilhaber werden.»

Der Redakteur starrte ihn beinahe erschrocken an. «Sie sind mit ihm verbündet?»

«Nein, ich habe abgelehnt.»

«Gut.»

Der Wirt trat an ihren Tisch.

«Noch einen Grog für mich», sagte Wolf, «und ...» Sein Blick fiel auf das Eierbier, das Pistoux nicht mehr angerührt hatte. «Schmeckt es Ihnen nicht?»

«Ich nehme lieber ein kaltes Bier.»

Der Wirt nahm kommentarlos die beiden Gläser und ließ sie wieder allein.

«Trader wollte Sie also als Geschäftspartner gewinnen», nahm der Redakteur den Faden wieder auf.

«Und als ich das Kaffeehaus verließ, wo wir uns getroffen

hatten, stieg Hauptmann Petersen gerade aus einer Kutsche. Ich vermute, er hatte ebenfalls einen Termin mit ihm.»

Wolf grinste: «Das würde das starke Erlahmen seiner detektivischen Aktivitäten erklären.»

«Möglicherweise.»

«Will Trader Sie ruhig stellen?»

«Es scheint so.»

«Warum könnten Sie ihm gefährlich werden?»

«Ich weiß es selbst nicht genau.» Pistoux hielt inne, als der Wirt den zweiten Eiergrog und ein kaltes Bier brachte. Dann fuhr er fort: «Ich weiß nur, dass er ein Konzerthaus bauen will, wo jetzt noch die Reeperbahnen sind. Ich weiß, dass der ermordete Jan Kamlade dort eine Bahn besaß, die er an einen Tschechen namens Frantischek verkauft hat. Ich weiß, dass Kamlade das Geld, das er dafür bekam, seinen Eltern gab, die kürzlich nach Amerika ausgewandert sind. Jan und Anna wollten ihnen folgen, hatten aber lange Zeit nicht genug Geld. Doch kurz vor seinem Tod muss Kamlade zu einigem Reichtum gekommen sein.»

«Man sah es an dem teuren Anzug, als er während des Banketts ermordet wurde.»

«Ganz recht.»

«Wissen Sie, wer es war?»

«Ich habe keine Ahnung.»

«Es war eine grausame Bluttat. Jemand muss sehr in Rage geraten sein, um dem armen Kerl so die Kehle durchzuschneiden», sagte Wolf.

Pistoux nickte düster.

«Was hat Jan Kamlade also getan, um den Mörder derart gegen sich aufzubringen?»

Pistoux schwieg.

Der Redakteur zog das Glas mit dem Grog zu sich heran. «Eine schaurige Geschichte.»

«Ja.»

«Trinken Sie Ihr Bier», forderte Wolf ihn auf. «Es wird bestimmt nicht kälter vom Stehen.»

Pistoux nahm einen Schluck. Es schmeckte so bitter, wie seine Gedanken waren. «Die Polizei hat doch nie herausgefunden, wo Kamlade zuletzt gewohnt hat, oder?», fragte er dann.

«Bei seiner Schwester wohl.»

Pistoux schüttelte den Kopf. «Nein. Sie behauptet, er hätte bei ihrer letzten Begegnung von einem Zimmer auf dem Hamburger Berg gesprochen.»

«Er hatte ein Zimmer? Wo genau.»

«Das wusste sie nicht.»

«Gottverdammt!», entfuhr es dem Redakteur. «Ich hab so das Gefühl, dass wir dort die Antwort auf unsere Fragen finden werden.»

«Gut möglich.»

Wolf sprang auf: «Also? Was hält uns dann noch hier?»

Pistoux deutete auf die beiden Gläser: «Ihr Eiergrog und mein Bier.»

«Herrgott, wie können Sie in so einer Situation nur derart beherrscht bleiben?» Er sank wieder auf seinen Stuhl.

«Das bringt mein Beruf so mit sich.» Pistoux griff nach seinem Bier.

Der Redakteur zog seufzend das Grogglas zu sich heran. «Sie haben Recht. Wir dürfen jetzt nichts überstürzen.»

⌇ **30** ⌇ SCHMERZLICHES GEHEIMNIS Im strömenden Regen führte der Redakteur Pistoux durch die engen Gassen des Gängeviertels zurück zum Großneumarkt. Mehr als einmal rutschten sie auf dem glitschigen Boden aus und wären hingefallen, hätte sich nicht der eine am anderen festgehalten.

Der Schirm schützte sie nur notdürftig vor dem herabprasselnden Regen. Pistoux' Gehrock und Wolfs Mantel wurden arg in Mitleidenschaft gezogen.

Auf dem Großneumarkt entdeckten sie eine einsame Kutsche, die dort im Regen stand. Der Kutscher hatte sich in eine Kneipe verzogen, und es dauerte eine Weile, bis sie ihn, vor einem Glas Teepunsch sitzend, fanden. Es war nicht sein erster Alkohol. Er hatte seine Zunge nicht mehr ganz unter Kontrolle, und als er aufstand, schwankte er beträchtlich. Trotzdem war er gern bereit, sie durch den Regen zu fahren, denn er hatte gerade sein letztes Geld ausgegeben. Mühsam nahm er einen schweren Mantel vom Garderobenständer, zog sich einen Zylinder auf und marschierte, die Peitsche in der Hand, nach draußen. Seine Fahrgäste folgten ihm, mussten im Regen warten, bis vor der Kutschentür ein Treppchen aufgebaut war, und konnten sich endlich erleichtert auf die Polster fallen lassen.

«Wohin, die Herrschaften?», fragte der Droschkenführer, nachdem er das Treppchen wieder verstaut hatte.

Wolf blickte Pistoux fragend an: «Wir beginnen am besten bei den Seilern.»

Pistoux nickte.

«Also, zu den Reeperbahnen.»

Pistoux schüttelte den Kopf: «Nein, wir fahren in ihr Stammlokal. Gasthaus ‹Zur Treuge› in der Heinestraße.»

Der Kutscher tippte an die Krempe seines Zylinders: «Sehr wohl, die Herren.»

Dann ruckelten sie in Richtung Millerntor und vorbei am Spielbudenplatz zum Ende der Reeperbahn. Die Lichter der Vergnügungsstätten am Spielbudenplatz glänzten blass und undeutlich im Regen. Es sah so aus, als versuchte der Himmel, die Farben abzuwaschen. Weiter unten an der Reeperbahn war es dunkler und trister, und nachdem die Kutsche in die Heinestraße eingebogen war, sah man nur noch vereinzelt eine Laterne gegen die Finsternis ankämpfen.

Sie befahlen dem Kutscher zu warten und eilten über die Straße in das Souterrain-Lokal. Schon bevor sie die Tür aufgestoßen hatten, hörten sie eine Frauenstimme, die Matrosenlieder sang, und die Klänge eines Akkordeons.

Drinnen ging es hoch her. Das Lokal war bis auf den letzten Platz besetzt. Die Frau mit dem Schifferklavier trug eine Seemannsuniform und Kapitänsmütze. Sie saß auf einem der Tische, spielte und sang und wurde von den Gästen bejubelt.

Pistoux zeigte seinem Begleiter den voll besetzten Stammtisch der Seiler. Als Frantischek sie bemerkte, zuckte er zusammen und versuchte, sich hinter dem Rücken eines Kollegen zu verstecken. Dann sah er, dass sie ihn entdeckt hatten, stand auf und wollte sich zwischen den Gästen hindurchdrängeln. Vielleicht gab es einen Hinterausgang, den er kannte. Das wogende Gedränge trieb ihn jedoch direkt in die Arme von Pistoux, der ihn mit sanfter Bestimmtheit festhielt und ihm ins Ohr schreien musste, damit er ihn in dem Lärm überhaupt verstand: «Wir wollen nur noch eine Auskunft von Ihnen.»

Wolf war jetzt neben Pistoux getreten und sah ihn fragend an.

«Das ist der Mann, dem Jan Kamlade die Reeperbahn verkauft hat.»

Der Redakteur stellte sich so hin, dass der Tscheche nun zwischen ihnen eingekeilt war und nicht mehr wegkonnte. Keiner der Umstehenden bemerkte etwas, dazu war die Stimmung zu ausgelassen.

«Wir haben nur eine einzige Frage!», schrie Pistoux dem fatalistisch dreinblickenden Seiler ins Ohr. «Wo hat Jan Kamlade zuletzt gewohnt?»

Frantischek sah ihn verblüfft an, dann hob er die Schultern. «Woher soll ich das wissen?»

«Irgendeiner von euch muss ihn doch nochmal gesehen haben.»

«Gesehen ja, aber nicht gesprochen. Er wollte ja nichts mehr mit uns zu tun haben. Außerdem hatte er Angst vor mir.» Er versuchte sich loszureißen.

«Aber er muss doch Freunde gehabt haben.»

«Freunde?» Frantischek verzog höhnisch das Gesicht.

Im Augenwinkel bemerkte Pistoux, dass ein Seiler vom Stammtisch auf sie aufmerksam geworden war und seinen Nebenmann anstieß. Bei einer Schlägerei mit diesen Männern würden sie garantiert den Kürzeren ziehen.

Wolf bemühte sich, entschlossen zu wirken, und brüllte dem Tschechen ins Ohr: «Los! Red schon, Kerl!»

«Fragt doch die schöne Helene!», rief Frantischek und riss sich los.

Wolf und Pistoux blickten sich verblüfft an, während der Tscheche eilig in der Menge verschwand.

«Die schöne Helene», sagte der Redakteur, peinlich berührt, «die kenne ich.»

Pistoux nickte: «Ich weiß schon. Gehen wir.»

Als sie ihren Droschkenführer instruierten, nickte der wissend, als hätte er die ganze Zeit geahnt, dass die Fahrt in der Gerhardstraße enden würde.

Nachdem die Kutsche mit einem Ruck angefahren war, sagte Wolf mit einem verschämten Lächeln: «Das Haus in der Gerhardstraße ist Ihnen auch bekannt? Mir scheint, wir sind selbst ein Stück weit in diesen eigenartigen Fall verstrickt.»

«Das ist wohl leider allzu wahr», murmelte Pistoux.

«Dennoch wird uns nichts anderes übrig bleiben, als auf dem einmal eingeschlagenen Weg weiterzugehen.»

«Ja, das sehe ich genauso.»

Die Droschke hielt vor dem dreistöckigen Haus in der Gerhardstraße. Nachdem sie ausgestiegen waren, drückte Wolf dem Kutscher einige Geldscheine in die Hand und sagte: «Warten Sie auf uns.»

Der warf einen Blick auf das Geld und sagte mit schläfriger Stimme: «Lassen Sie sich ruhig Zeit, die Herren.» Der Regen hatte nachgelassen und schien ihm ohnehin nicht viel auszumachen.

Sie stiegen die Stufen zur Haustür hinauf und betätigten den Klingelzug. Ein blondes Mädchen in einem Hausmantel öffnete ihnen. Pistoux kannte sie nicht. Als sie den Redakteur sah, machte sie einen Knicks und sagte: «Guten Abend, Herr Fuchs!»

Pistoux blickte Wolf erstaunt an.

Der verzog peinlich berührt das Gesicht. «Wir wollen zu Helene.»

«Oh, da muss ich mal nachsehen. Treten Sie doch ein.»

Die beiden Männer folgten ihr ins plüschige Vorzimmer mit den samtroten Möbeln und dem Gemälde mit der Erdbeerkur über dem Kamin. Vor dem Bild blieben sie stehen, unschlüssig, ob sie sich setzen sollten.

Kurz darauf ging die zweite Tür auf, und die schöne Helene stürmte herein, mit halb entblößtem wogendem Busen und roten Wangen. Sie breitete theatralisch die Arme aus: «Nanu, gleich zwei Mann! Was für eine Ehre. Und dazu noch Stammgäste des Hauses. Ich bin zutiefst erfreut, Sie zu sehen, meine Herren! Was darf ich Ihnen ...» Sie bemerkte die ernsten Mienen der beiden Besucher, brach ab und seufzte: «Worum geht es denn?»

«Um etwas anderes», sagte Wolf.

«Sie sind ja völlig durchnässt. Wollen Sie nicht ablegen? Etwas zu trinken vielleicht. Oder ...»

«Nein, danke.» Der Redakteur schüttelte den Kopf.

«Wir wollen nur ein paar Fragen stellen», sagte Pistoux.

Die schöne Helene warf den Kopf in den Nacken: «Ha,

Fragen! Fragen beantworte ich niemals. Also bitte, meine Herren ...»

«Es geht um Jan Kamlade», fuhr Pistoux fort.

«Ach Gott ...»

«Der Seiler, der im Hotel de l'Europe ermordet wurde», erklärte Wolf.

«Ich weiß sehr wohl, wer Jan Kamlade ist. Hat sich ja rumgesprochen, was da passiert ist. Außerdem war ich gewissermaßen dabei ...» Sie warf Wolf einen anzüglichen Blick zu, und das Gesicht des Redakteurs verfärbte sich ins Rötliche.

«Er war also hier?», fragte Pistoux. «Mehrmals?»

«Puh!», schnaufte die schöne Helene und verzog den Mund. «So, wie Sie beide aussehen, werde ich Sie wohl nicht los, bevor Sie nicht gehört haben, was Sie wissen wollen?»

«Ganz recht», sagte Pistoux.

«So ist es», fügte Wolf hinzu.

«Beim zweiten Mal hab ich ihn rausgeschmissen», erzählte die pralle Blondine. «Ich war nicht die richtige ... Partnerin für ihn, verstehen Sie? Er war ein bisschen heftig, falls Sie wissen, was ich meine ...»

Wolf nickte vage.

«Nein», sagte Pistoux.

Die schöne Helene lachte hämisch: «Das Verrückte war, dass er ja Seiler war, verstehen Sie? Das passte wie die Faust aufs Auge. Hätte nur noch gefehlt, dass er seine eigenen Fesseln mitbringt ... Ach Gott, hatte der Ideen ... Also, wissen Sie, man muss ja darauf achten, dass das eigene Kapital nicht in Mitleidenschaft gezogen wird.» Sie ließ ihre Brüste etwas wogen, um zu zeigen, was sie meinte.

«Sie haben ihn also rausgeschmissen», wiederholte Pistoux.

«Na ja, nicht richtig. Ich hab ihn an eine ... äh, Kollegin verwiesen, sozusagen weitergereicht ...»

«Und?», fragte der Redakteur.

«Und fertig. Danach hab ich ihn nicht mehr gesehen.»

«Aber er kam noch hier ins Haus?», fragte Pistoux.

«Nicht, dass ich wüsste.»

«Zu wem ist er gegangen?», wollte Wolf wissen.

«Mehr sag ich dazu nicht. Das war sowieso schon zu viel. Und außerdem soll man über Tote nicht schlecht sprechen.»

«Wo hat er gewohnt?», erkundigte sich Pistoux.

«Dieser verrückte Jan? Zwei Häuser weiter, glaube ich.»

Pistoux hielt die Luft an.

«Zwei Häuser weiter?», fragte Wolf.

«Da ist so eine Absteige. Ich glaube, er hat mal erwähnt, dass er ja sozusagen Nachbar sei, jedenfalls auf Zeit ... Was weiß ich, was der alles getrieben hat ... Ist mir auch egal.»

«Zwei Häuser weiter ist eine Pension», sagte der Redakteur.

«Dann gehen Sie doch dorthin und lassen Sie mich endlich in Ruhe», sagte die schöne Helene plötzlich unwirsch. «Auf Wiedersehen, Sie kennen ja den Weg.» Sie wandte sich ab.

Die beiden Männer verabschiedeten sich.

Der Kutscher starrte sie erstaunt an, als sie nach so kurzer Zeit heraustraten, lehnte sich aber sofort wieder zurück, als Wolf ihm bedeutete, er solle weiter warten.

Die Pension befand sich in einem schmalen, dreistöckigen Haus, das dem anderen sehr ähnelte.

«Was sagen wir?», fragte Pistoux.

«Wir werden schwere Geschütze auffahren. Lassen Sie mich das machen und halten Sie sich zurück. Bei Ihnen hört man den Franzosen zu sehr heraus.»

Pistoux nickte und betätigte einen schweren Türklopfer. Es dauerte eine Weile, bis die Tür aufgezogen wurde. Ein etwa fünfzigjähriger dünner Mann in Unterkleidern blickte sie aus müden Augen an. «Sie wünschen?»

«Hauptmann Petersen, Dauervigilanz der Hamburger Cri-

234

minal-Polizei», donnerte Wolf in militärischem Ton. «Bitte lassen Sie uns eintreten!»

Der Mann schreckte zusammen und gab den Weg frei. «Sehr wohl, die Herren, bitte entschuldigen Sie meinen Aufzug, Herr Hauptmann!»

«Nicht der Rede wert», sagte Wolf barsch. «Mit solchen Kleinigkeiten wollen wir uns nicht aufhalten, wenn Gefahr im Verzug ist. Wir sind mit einer Untersuchung beschäftigt, und die Zeit drängt!»

Nachdem sie eingetreten waren, schob der Pensionswirt eilig die Tür hinter ihnen zu.

«Darf ... ich Ihnen ... was anbieten?», stotterte er dann.

«Keine Fisimatenten jetzt!», polterte Wolf. «Es geht um einen gewissen Kamlade, Jan, der hier gewohnt hat.»

«Aber ...», sagte der Wirt, «... er wohnt ja noch hier.»

Pistoux und Wolf blickten sich erstaunt an.

«Ja! Ich habe ihn zwar länger nicht gesehen, aber er hat im Voraus bezahlt, also wohnt er noch hier, ob er kommt oder nicht. Ich sage immer, irgendwann holen die Leute ihre Sachen schon ab. Wir haben viele Matrosen zu Gast. Die bringen ihre Sachen und sind dann tagelang verschwunden. Am Schluss fehlt ihnen das Geld, und sie ziehen wieder aus. Deshalb müssen alle vorab zahlen. Aber dann ...»

«Schon gut, schon gut», fiel ihm der Redakteur ins Wort. «Wo ist sein Zimmer?»

«Ja, also, ich weiß nicht ... Was wird denn Herr Kamlade sagen, wenn ...»

«Er wird nichts mehr sagen, weil er nämlich tot ist.»

«Ach? Er ist verstorben?»

«Man hat ihn umgebracht.»

«Oh ... wenn das so ist.» Der dünne Wirt drehte sich um und lief so schnell, wie es seine ausgelatschten Pantoffeln erlaubten, hinter ein Pult, wo sich an einem Schlüsselbord noch drei Schlüssel mit hölzernen Anhängern befanden. Er griff hastig nach einem davon und reichte ihn Wolf über das Pult hinweg.

«Soll ich Ihnen …?», fragte er eingeschüchtert.

«Treppe hoch?», entgegnete Wolf unwirsch.

«Erster Stock rechts.»

«Sie bleiben hier», kommandierte Wolf. «Dies ist eine amtliche Untersuchung.»

«Jawohl, Herr Hauptmann.» Der Wirt deutete auf eine Petroleumlampe: «Nehmen Sie die mit. Oben ist das Gaslicht defekt.»

«Danke.»

Wolf nahm die Leuchte und ging voran. Pistoux folgte ihm die steile Treppe hinauf in den ersten Stock. Der Schlüssel passte in das Schloss von Zimmer 11. Sie traten ein. Es war ein kleiner Raum mit Bett, Schrank, Tisch und Stuhl.

Das Durchsuchen des Zimmers gestaltete sich mühsam. Wolf leuchtete mit der Lampe, und Pistoux suchte im diffusen Schein der Petroleumfunzel jeden Winkel ab. Im Schrank fanden sie einige nagelneue Anzüge, Hüte und ein Paar blank geputzte Schnürstiefel. Auf dem Tisch lagen eine alte Ausgabe des ‹Hamburger Korrespondenten›, ein Englisch-Lehrbuch, ein zerfledderter Ratgeber für Amerika-Auswanderer und Briefpapier sowie Federhalter und Tintenfass. In der Tischschublade entdeckten sie weiteres Papier und einen rostigen Dolch, unter der Matratze einen Briefumschlag mit einigen amerikanischen Dollarscheinen. Es war nicht besonders viel. Ein zweiter, kleinerer Umschlag lag daneben. In ihm befanden sich zwei Reisepässe sowie Karten für zwei Schiffspassagen nach New York, ausgestellt auf die Namen Jan und Anna Kamlade.

«Zweiter Klasse», sagte Wolf, nachdem er einen Blick darauf geworfen hatte. «Donnerwetter. Der muss ja Geld wie Heu gehabt haben.»

«Was man diesem Zimmer nicht ansieht.»

«Nein, wahrhaftig nicht.»

«Vielleicht wollte er Amerika schon als erfolgreicher Mann betreten und hat deshalb hier nicht mehr viel ausgegeben.»

«Na ja», bemerkte Wolf und deutete auf die Dollarscheine, «sehr viel Geld hatte er aber nicht mehr übrig.»

«Vielleicht doch», sagte Pistoux.

Der Redakteur zuckte mit den Schultern: «Wir haben alles durchsucht. Mehr ist nicht da.»

Pistoux lief auf dem knarrenden Holzfußboden hin und her. Wolf sah ihm nervös zu. Plötzlich kniete sich der Franzose hin und klopfte auf einige Holzbohlen. An einer Stelle zwischen Bett und Schrank klang es hohl.

Er stand auf. «Wir schieben den Schrank hier weg. Los!»

«Ich dachte, ich gebe die Befehle», nörgelte Wolf.

Sie schoben Bett und Schrank zur Seite, dann kniete sich Pistoux wieder hin. «Geben Sie mir das Messer aus der Schublade.»

Mit dem Dolch löste der Franzose die Holzbohlen vom Boden. Nachdem sie das Bett noch weiter weggeschoben hatten, kam ein Versteck zum Vorschein, in dem sich eine flache Holzkiste befand. Sie war mit einem Vorhängeschloss gesichert. Wolf zog ein Klappmesser aus der Tasche und reichte es Pistoux, dem es mühelos gelang, den Riegel abzustemmen.

Er stellte die Kiste auf den Stuhl in der Mitte des Zimmers und hob den Deckel. Sie fanden ein Etui, das zwei sorgsam gefaltete Zettel enthielt, und einen Umschlag mit pornografischen Zeichnungen.

Pistoux blickte die Bilder kurz an und reichte sie dann dem Redakteur.

«Was ist denn das für ein Schmuddelkram?» Wolf schüttelte den Kopf und schob die Zeichnungen angeekelt in den Umschlag zurück.

237

Die Zettel aus dem Etui waren mit einer ungelenken Handschrift beschrieben. Offenbar handelte es sich um den Entwurf zu einem Brief, denn vieles war durchgestrichen und geändert worden, und es gab keine Unterschrift. Die Adressatin war aber sehr wohl vermerkt: Henriette Godefries. In dem Schreiben wurde von einem nächtlichen Einbruch berichtet und davon, was der Eindringling zu seiner großen Verwunderung und unverhohlenen Schadenfreude beobachtet hatte. Es war nicht schwer zu erraten, dass es sich bei dem Haus um die Villa Godefries handelte und bei den beobachteten Personen um den Reeder selbst und seine Tochter Henriette. In hämischem Ton wurden viele Einzelheiten beschrieben. Es war ein Ekel erregendes Dokument menschlicher Niederträchtigkeit.

Pistoux reichte den Brief an Wolf weiter. Der lehnte sich gegen den Schrank und las schweigend.

Als auch er fertig war, sagte er mit tonloser Stimme: «Aber das ist ja ungeheuerlich ...»

Pistoux' Gesichtsausdruck schwankte zwischen Wut und Trauer. Zwei Tränen liefen ihm über die Wangen.

«Eine gemeine Form der Erpressung ... und eine ungeheuerliche Anschuldigung. Was, um Himmels willen, tun wir jetzt?», fragte Wolf leise. «Glauben Sie denn, dass an diesem Geschmiere etwas dran ist?»

Pistoux schluckte. «Ich fürchte, ja.»

꒰ **31** ꒱ 𝓡IVALEN Als Pistoux unter das Verandadach des Alsterpavillons trat, stand Alwin Trader von seinem Korbsessel auf und nahm den Strohhut ab. Pistoux tat das Gleiche mit seinem Bowler-Hat und reichte Trader die Hand.

Der Geschäftsmann blickte ihn mit verkniffenem Lächeln an, nickte und deutete dann auf den zweiten Sessel, der neben dem kleinen runden Holztisch stand. Er hatte sich eine Ecke ausgesucht, die etwas Abstand zu den übrigen Gästen hielt. Heute waren vorwiegend Damen in weißen Kleidern und sommerlichen Hüten anwesend, nur hier und da sah man einen Mann in dunklem Anzug eine Zeitung lesen. Die Herren befanden sich jetzt am Nachmittag größtenteils noch im Kontor oder in der Kanzlei.

«Danke.» Pistoux nahm Platz, und auch Trader setzte sich wieder.

«Sie entschuldigen, dass ich mir bereits einen Cognac habe kommen lassen, doch unter den gegebenen Umständen …»

«Aber ich bitte Sie …», entgegnete Pistoux.

«Trinken Sie Kaffee? Darf ich Sie zu einem Cognac einladen? Den Tee, der hier serviert wird, kann ich Ihnen allerdings nicht empfehlen.»

«Danke. Nur einen Kaffee bitte, ich muss bald wieder zurück an meine Arbeit.»

«Natürlich.» Trader winkte dem Kellner, der zwar ein weißes Hemd mit Stehkragen und Fliege unter dem Frack trug, mit seinen verbeulten Hosen und den ausgetretenen Schuhen aber dennoch keinen besonders noblen Eindruck machte. Bei uns im Hotel, dachte Pistoux, wäre so etwas unmöglich. Aber was ging ihn der Alsterpavillon an, dieses klassizistische Tempelchen mit seiner übertriebenen Ornamentik?

Trader bestellte einen Kaffee für seinen Gast und eine heiße Schokolade für sich selbst.

Er lehnte sich wieder zurück, sichtlich nervös. Dann deutete er auf die Binnenalster, auf der zwei weiße Dampfer ihre Runden drehten. Weiter hinten fuhr der Zug nach Altona über die Lombardsbrücke. Die Lokomotive schickte graue Wölkchen in den blauen Himmel. «Nun sehen Sie sich das an! Dafür kann man Hamburg einiges verzeihen.»

Pistoux sah ihn fragend an. «Verzeihen?»

239

Trader verzog das Gesicht zu einem schiefen Grinsen. «Dass diese Stadt Männer wie mich zwingt, sich so schlecht zu benehmen. Ich hätte weiß Gott Besseres verdient, als mich in diesem Milieu auf dem Hamburger Berg zu tummeln. Aber die alteingesessenen Bürger geben einem Eindringling nur selten eine Chance. Man muss sich von hinten anschleichen und sie überrumpeln. Nur so kann man mit ihnen ins Geschäft kommen.»

Pistoux nickte desinteressiert. Der Mann moralisierte erstaunlich viel dafür, dass er eigentlich nur ein Schacherer war, wenn nicht gar Schlimmeres.

«Es interessiert Sie nicht, ich sehe schon. Natürlich haben Sie Recht. Sie gehen einem anständigen Handwerk nach, was man von mir nicht gerade behaupten …»

Der Kellner brachte Kaffee und Schokolade. Als er wieder verschwunden war, schwiegen sie beide. Pistoux wusste nicht, wie er das heikle Thema angehen sollte, und Trader war offenbar auch nicht besonders wohl in seiner Haut.

Der Geschäftsmann gab großzügig Zucker in seine Schokolade und rührte lange darin herum. Nachdem er den Löffel wieder beiseite gelegt hatte, hüstelte er verlegen und sagte: «Wir sind in der Tat zwei interessante Exemplare … Rivalen um die Gunst einer Dame, die keine Gunst gewähren kann …»

«Henriette ist krank», sagte Pistoux nach einigem Zögern. Ihm war entsetzlich unwohl in seiner Haut. Wie konnten sie sich anmaßen, derart herablassend über eine so wundervolle junge Frau zu sprechen?

«Ja.»

«Ich verstehe diese Krankheit nicht.»

Trader zuckte mit den Schultern. «Kann man so etwas verstehen?»

«Hören Sie», brauste Pistoux nun auf. «Wir sind nicht hier, um …»

Sein Gegenüber hob beschwichtigend die Hände.

Pistoux fiel es schwer, die Stimme zu senken. «Dies mag ja eine lächerliche Situation sein, aber es geht doch wohl um mehr als Rivalitäten. Immerhin ist ein Mord geschehen!»

«Sie haben ja Recht, mein Lieber.»

Pistoux ärgerte sich maßlos über den spöttischen Gesichtsausdruck, den Trader aufgesetzt hatte. «Möglicherweise sind Sie in die Angelegenheit verstrickt!»

«Genauso wie Sie, Monsieur Pistoux.»

«Hören Sie! Dies ist wirklich nicht der rechte Augenblick, um ...»

«Natürlich», unterbrach ihn der Geschäftsmann. «Ich stimme Ihnen zu. Sie verlangen von mir Auskünfte. Ich frage mich zwar, welche Rechte Sie besitzen, derart anmaßend zu sein ... wenn man mal von unserer gemeinsamen Verstrickung absieht – nein, jetzt lassen Sie mich einfach reden! –, aber ich will Ihnen die Geschichte erzählen. Sie wird Sie nicht glücklich machen, genauso wenig, wie sie mich glücklich gemacht hat.» Er griff nach seiner Schokolade und nahm einen Schluck. «Wollen Sie nicht doch einen Cognac?»

«Nun reden Sie schon!»

«Gut, gut. Wie Sie wissen, bin ich mit Fräulein Henriette schon seit einiger Zeit bekannt. Wir haben uns gelegentlich auf zweitrangigen Veranstaltungen der hiesigen Gesellschaft getroffen – der Zutritt zu erstrangigen Ereignissen ist mir bislang verwehrt geblieben. Wie auch immer, wir lernten uns kennen, und sie hat mich mit ihrem Charme, ihrer Schönheit und, ich darf wohl auch sagen, ihrer Intelligenz bezaubert ...»

Pistoux rutschte unruhig auf seinem Sessel hin und her.

«Auch auf weniger exklusiven Bällen, die hin und wieder auf dem Hamburger Berg stattfinden und in Bürgerkreisen durchaus beliebt sind, sind wir uns begegnet. Es ist mir sogar hin und wieder gelungen, sie in ein Kaffeehaus einzuladen oder in ein Restaurant – wobei wir allerdings nach Altona ausgewichen sind, um nicht allzu viel Stoff für üble Nachrede zu bieten, zumal ihr Vater ...» Trader hielt inne.

«Godefries würde Henriette wohl niemals mit Ihnen verheiraten wollen.»

«Er würde sie am liebsten mit niemandem verheiraten. Aber natürlich erst recht nicht mit mir, da stimme ich Ihnen zu. Doch seien Sie sich gewiss: So schlecht, wie Sie jetzt glauben, ist mein Ruf auch wieder nicht. Mit geschäftlichen Erfolgen kann man die Hanseaten sehr wohl beeindrucken. Es dauert nur recht lange, bis sie es zugeben.»

«Darüber sollten wir jetzt nicht ...»

«Nein. Wir sprechen von Henriette. Ich darf Sie beruhigen: Wir sind uns nie so nahe gekommen, wie ich es gern gehabt hätte. Aber bitte verstehen Sie mich nicht falsch: Ich hatte nur die nobelsten Motive, auch wenn Sie es nicht glauben mögen.»

Pistoux nickte. Er glaubte ihm und konnte ihn sogar gut verstehen.

«Nachdem ich praktisch schon aufgegeben hatte, mich in mein trauriges Schicksal gefügt ...» Trader blickte theatralisch an seinem Tischnachbarn vorbei auf die Alster, «... stand sie eines Tages plötzlich vor meiner Tür.»

Pistoux spürte, wie sich etwas, das sich wie Enttäuschung anfühlte, in seinem Magen zusammenballte.

«Es war kurios», fuhr Trader fort, «ausgerechnet in meinem Haus in der Gerhardstraße. Sie hatte mich wohl gesucht, war mit einer Kutsche durch die Stadt geirrt, hatte herausgefunden, dass ich dort dieses ... Etablissement ... unterhalte, hatte sich ein Herz gefasst und geklingelt.» Er lächelte vor sich hin, sah aber nicht besonders fröhlich dabei aus. «Die gute Helene war wie vom Donner gerührt, als sich plötzlich eine Dame vor der Tür befand. Natürlich befürchtete sie zunächst einen schlimmen Skandal. Dann verlangte die junge Dame, die zweifellos zur besten Gesellschaft gehörte, ausdrücklich nach mir, was Helene in eine noch schlimmere Verwirrung stürzte. Sie konnte sich beim besten Willen nicht vorstellen, was eine solche Frau dazu bewegte, an dieser Tür zu klingeln ... Wie dem auch sei, sie führte sie schließlich zu mir nach oben ... Ich war wie vom Donner gerührt, als sie plötzlich vor mir stand. Ein seliges Glücksgefühl ergriff mich ... und zerbrach augenblicklich, als sie sich weinend an meine Brust warf ...» Er atmete tief durch.

«Was, um Himmels willen, war denn geschehen?»

Trader, den die Erinnerung an das Geschehene sichtlich bewegte, versuchte vergeblich, wieder seine überlegene spöttische Miene aufzusetzen. «Das Schlimmste für sie ... für mich ... für uns alle.»

Pistoux blickte ihn finster an.

Sein Gegenüber riss sich zusammen und fuhr fort. «Nachdem sie sich beruhigt hatte, begann sie zu erzählen. Sie habe sich verliebt, teilte sie mir mit. Für einen kurzen Moment gab ich mich der Illusion hin, das so lange herbeigesehnte Glück würde sich nun doch erfüllen, aber ... na ja ...» Er lachte traurig vor sich hin.

«Also?», drängte Pistoux.

«Ja, ja. Sie hatte sich verliebt. Aber nicht in mich, der ich sie so lange umworben hatte, sondern in einen Mann, den sie nur kurz gesehen hatte, der ihr bei einem Unfall mit der Kutsche geholfen hatte, ein Fremder, ein Franzose ...» Trader blickte zu Boden.

Pistoux wusste nicht, was er sagen sollte. Er wartete.

«Es war eine Katastrophe für die arme Henriette. So etwas hatte sie noch nie erlebt, nie erleben können ... Und ich meine damit nicht, dass sie sich nicht standesgemäß verliebt hatte, darüber hätte sie sich vermutlich jederzeit hinweggesetzt ...»

«Was meinen Sie dann?»

«Henriette lebt nicht unter normalen Bedingungen. Dieser plötzliche Einbruch der Liebe in ihr trauriges Dasein war ...» Trader brach ab.

Pistoux sah ihn an. Hatte er etwa Tränen in den Augen? «Was sind das für Andeutungen?»

Trader zuckte mit den Schultern.

«Heraus damit! Ich will die ganze Geschichte hören!»

«Nein, das wollen Sie nicht ...»

«Doch! Ich verlange Aufklärung!»

«Ist das Ihr Ernst?»

«Ich will wissen, was unsere Liebe unmöglich macht. Das ist es doch, worum es hier geht, nicht wahr ...»

Sein Gegenüber seufzte. «Ja.»

«Also, dann ...»

Trader winkte dem Kellner. «Nicht hier. Wir gehen ein paar Schritte.»

Er zahlte, und sie standen auf.

Pistoux und Trader begannen den Neuen Jungfernstieg entlangzuspazieren, und der Geschäftsmann erzählte seinem Rivalen eine Geschichte, die dieser lieber niemals gehört hätte. Danach fassten die beiden Männer den Entschluss, diese schreckliche Angelegenheit zu einem schnellen Ende zu bringen.

↢ 32 ↣   ENDE DER AFFÄRE

M. Auguste Escoffier, Directeur
Chevet & Cie
Palais Royal
Paris – Frankreich

Hamburg, den 7. Juni 1882

Lieber Auguste,
das Furchtbare ist geschehen – wie du es vorausgesehen hast!
Warum nur habe ich nicht auf dich gehört? Aber wäre es
dann anders gekommen? Wäre dies alles nicht geschehen,

*wenn ich mich nicht darum gekümmert hätte? Nein, das
kann die Lösung nicht sein, aber dennoch …*

Mein lieber Freund, es geht ja nicht um mich. ~~Kann es
nicht sein, dass~~

*Ich sitze hier an meinem Schreibtisch, mitten in der
Nacht, nachdem ich schweißgebadet aufwachte und aus
lauter Verzweiflung nach der Feder griff. Aber was für einen
Sinn macht es, nach Erklärungen zu suchen, wenn diese
grausige Rätsel aufgeben und Abgründe öffnen, in die niemand blicken kann, ohne Schaden an seinem Geist zu nehmen?*

*Was lässt mich so zittern? Ein Albtraum? Trugbilder?
Nein! Die Wahrheit. In welch schauderhaften, Grauen
erregenden Morast der Leidenschaft habe ich nur meinen
Fuß gesetzt? Arme Henriette, wer wird dich aus diesen Höl-
lenqualen befreien? Was für ein schreckliches Schicksal für
einen Vater, von der eigenen Tochter so geliebt zu werden,
dass sie Schmerzen hinnimmt, um ihre Schuld zu betäuben!*

*Wie konnte es nur dazu kommen, dass dieses Verbrechen
der Natur eine so widernatürliche Leidenschaft nährte?
Und wieso musste ausgerechnet ich in diesen* ~~quälenden~~
*Sumpf geraten? Blind, taub, auf geradezu lächerliche Weise
naiv und an Liebe glaubend, wo doch nur krankes Verlangen
war …*

*Und nun müssen wir die Sache zu Ende bringen, so hat es
das grausame Schicksal vorgesehen. Ha! Es verhöhnt uns
… und doch: Der Mensch ist, was er selbst aus sich macht.
Man hat eine Verpflichtung, kann sich nicht entziehen.*
~~Bringen wir es also zu Ende~~ *Nehmen wir die Herausforderung an … Es fragt ohnehin niemand danach, ob es uns
gefällt, diese Rolle zu spielen oder nicht.*

*Auguste, verzeih, dies ist kein Brief, sondern delirierendes
Gekritzel.*

245

*Du wirst es nie erhalten ... Nein, niemals. Wie sollte ich
dir das auch alles erklären? Willst du es überhaupt wissen?*

Und Henriette, meine Liebe?
  *Es ist aus. Es ist etwas zu Ende gegangen, das nie eine
Chance hatte.*
  Nennen wir es eine Affäre.
  Vergessen wir ...
  Ich möchte schlafen.

⤳ 33 ⤳ DIE EHRE DER HANSEATEN Die kleine
Abendgesellschaft, die sich im «Großen Séparée» – von den Bediensteten auch «das Particulière» genannt – des Hotels de
l'Europe zusammengefunden hatte, machte keinen besonders
fröhlichen Eindruck. Zwar hatten sich alle der festlichen Umgebung entsprechend gekleidet, doch die exotische Raumgestaltung ließ die zurückhaltende Abendgarderobe der Anwesenden seltsam deplatziert erscheinen. Das «Particulière» war für
die Frühjahrssaison im maurischen Stil eingerichtet und dekoriert worden. Alles, was orientalisch wirkte, hatte Eingang gefunden – angefangen bei den arabesken Verzierungen der Holzvertäfelungen an den Wänden über die zahlreichen kleinen
Dattelpalmen, die jeden Morgen auf der Dachterrasse des Hotels gewässert und gesonnt wurden, bis hin zu den Lampen, die
auf minarettartigen Säulen platziert worden waren. Darüber
hinaus gab es noch zwei Tische mit Fels- und Wüstensand-
Arrangements, auf denen üppige Früchtepyramiden aufgebaut
worden waren.

Die fünf Gäste fühlten sich hier sichtlich unwohl. Nervös
nippten sie an ihren Champagnergläsern, die von einem jungen
Mädchen mit Spitzenhäubchen und -schürze angeboten wur

den. Man bemühte sich um Höflichkeiten, die aber steif und unkonzentriert blieben. Gespräche über aktuelle Themen der Hansestadt brachen immer wieder ab. Hin und wieder sah sich der eine oder andere um, auf der Suche nach jemandem, der eintreten könnte, um ihnen den Sinn dieser Veranstaltung zu erklären. Dennoch wagte niemand, eine direkte Frage zum Anlass dieser Einladung zu stellen, die wohl eher einer Vorladung gleichkam.

Offizieller Gastgeber war der Unternehmer und Investor Alwin Trader. Er hatte das Séparée angemietet, ihm würde das Hotel die Rechnung ausstellen. Die schriftliche Einladung war auf 22 Uhr ausgestellt worden, was auch für hamburgische Verhältnisse relativ spät war, aber Trader hatte auf die noch nicht erschienene sechste Person Rücksicht nehmen müssen. Die Anwesenheit von Jacques Pistoux, dem Bankettchef des Hotels, war unerlässlich, aber er wurde bis 22 Uhr in der Küche gebraucht. Am heutigen Abend fand nämlich, ebenfalls im zweiten Stock, aber auf dem gegenüberliegenden Flur, die traditionelle «Frühsommerspeisung» des «Witwen-Clubs Rotherbaum» statt, zu der nicht nur die Witwen und ihr familiärer Anhang, sondern auch bekannte Schauspieler, Opernsänger, Musiker, Dichter und eine kleine Balletttruppe eingeladen worden waren. Nach üppiger Speisung und noch üppigerem kulturellem Beiprogramm sollten die Damen großzügig für soziale Zwecke spenden. Da das «Witwen-Menü», wie es in der Küche genannt wurde, immerhin zwölf Gänge umfasste und ständig von Deklamationen der anwesenden Künstler unterbrochen wurde, zog es sich sehr in die Länge, obwohl bereits seit 21 Uhr aufgefahren wurde. Pistoux musste seine wichtigeren Gäste warten lassen.

Abgesehen von Alwin Trader waren im maurischen Séparée noch anwesend: Jakob Godefries, der wohlhabende Reeder; Henriette Godefries, seine Tochter, die heute sehr blass und kränklich wirkte; Johannes Wolf, Chefredakteur des «Hamburger Beobachters», und J. H. Petersen, Hauptmann der Criminal-Polizei.

Nachdem sie sich endlich an den runden Tisch in der Mitte des Raums gesetzt hatten, bemühte sich Trader, zwischen den Anwesenden ein harmloses Gespräch zustande zu bringen. Er befragte Godefries nach neuen Entwicklungen im Handel mit der Südsee, worauf dieser zu einer Beschreibung seines letzten Sansibar-Aufenthalts anhob, der allerdings schon etwas länger zurücklag und den Anwesenden bereits in allen Details bekannt war. Nachdem Wolf ihn anschließend über die Fortschritte in der Dampfschifffahrt ausgefragt hatte, fing Hauptmann Petersen an, über sein Lieblingsthema – Sittenverfall und Kriminalitätsbekämpfung auf St. Pauli – zu sprechen. Trader hörte ihm mit ironischem Lächeln zu, die anderen begannen sich zu langweilen. Wären nicht die diversen Gänge des Abendessens gewesen, die zwei aufmerksame Kellner immer dann auftrugen, wenn die Konversation zu versiegen drohte, hätten die Gäste wohl noch öfter auf die große Standuhr geblickt, deren Pendel träge, aber unbeirrbar hin- und herruckte.

Für Henriette Godefries wurde die Uhr fast zum Folterinstrument: Immer wieder sah sie auf die sich quälend langsam bewegenden Zeiger und auf das noch unbenutzte Gedeck für Pistoux. Sie war die Einzige, die sich nicht an den Tischgesprächen beteiligte. Nur ab und zu lobte sie wortkarg die eine oder andere Speise und den dazu ausgeschenkten Wein.

Das Menü war gewissermaßen ein Abfallprodukt des großen Witwenbanketts, was die fünf Gäste jedoch nicht wussten. Die ohne jegliche Verzierung mit der Hand geschriebene Speisekarte las sich wie folgt:

Hôtel de l'Europe

Ménu Séparée

8 Juin 1882 Hambourg

Saumon fumé
Caviar de sterlet

Consommé Verdi
Velouté Rosemonde

Mousse d'Ecrevisses

Poularde à l'Éstragon

Noisette d'Agneau

Asperges à la polonaise

Pêches Alexandra

Mignardises
Café

Zwischen Poularde à l'Estragon und Noisette d'Agneau betrat endlich die von allen Anwesenden gleichermaßen sehnlich und ängstlich erwartete Hauptperson des Abends den Raum und begrüßte die Runde kurz: Jacques Pistoux trug noch die nicht mehr ganz weiße Chefkoch-Uniform und seine Toque auf dem Kopf. Er wirkte müde, sah verschwitzt aus und blickte nervös in die Runde. Mehrmals entschuldigte er sich für sein Fernbleiben, bemühte sich, zu erklären, dass seine Anwesenheit in der Küche leider noch immer unerlässlich sei, fragte, ob die Gäste an dieser Stelle zur Erfrischung vielleicht ein Melonensorbet wünschten, was abgelehnt wurde, und verließ das Particulière wieder. Henriette hatte er nicht ein einziges Mal angesehen, und auch sie hatte während der Zeit, als er im Zimmer war, intensiv das orientalische Muster auf ihrem Platzteller studiert.

Erst kurz vorm Dessert erschien Pistoux wieder, nun in Abendgarderobe. Er entschuldigte sich nochmals und setzte sich dann auf den freien Platz zwischen Wolf und Petersen. Der Kriminalpolizist saß zu seiner Rechten, dann folgten Trader, Henriette, Godefries und schließlich der Redakteur.

Um das seit seinem Eintreten erstorbene Gespräch wieder in Gang zu bringen, schilderte Pistoux das Geschehen auf dem anderen Flur des zweiten Stocks, während die Kellner den Nachtisch servierten. Der Einzige, der seinen Ausführungen mit interessierter Miene zuhörte, war Johannes Wolf. Alle anderen wurden ungeduldig, aber Pistoux wollte abwarten, bis die Bediensteten verschwunden waren. Nichts von dem, was hier beredet wurde, durfte an die Öffentlichkeit dringen, es sei denn, es wurde so entschieden. Er hatte den Kellnern die Anweisung gegeben, nach dem Dessert nicht mehr hereinzukommen und niemanden vorzulassen.

Schließlich war es so weit. Während die ersten Silberlöffel den Schleier von gesponnenem Zucker durchstießen und sich auf die Rosenblätter senkten, die die pochierten Pfirsiche bedeckten, sagte Pistoux: «Ich möchte mich bei allen Anwesenden entschuldigen, dass es notwendig geworden ist, dieses unangenehme Thema anzuschneiden …» Sein Blick wanderte von einem zum anderen. Die Männer nickten ernst, nur Henriette blickte nicht auf. Sie hatte den ganzen Abend über kaum etwas gegessen und war nun dabei, ihr Dessert systematisch zu zerstören, ohne den Löffel auch nur ein einziges Mal zum Mund zu führen.

«Sie haben uns lange genug auf die Folter gespannt, Herr Pistoux», sagte Trader mit dem Anflug eines wehmütigen Lächelns. «Und auch wenn ich sagen muss, dass dieses Menü eine der angenehmsten Arten der Folter ist, hoffe ich doch, dass wir endlich so weit sind ...»

«Ja», stimmte Godefries zu. «Reden Sie!»

Wolf und Petersen widmeten sich schweigend ihrem Dessert. Henriette setzte ihr Zerstörungswerk fort.

Pistoux zögerte, holte tief Luft und begann: «Zunächst einmal muss ich allen Anwesenden leider mitteilen, dass sie unter Mordverdacht stehen beziehungsweise verdächtigt werden, in die Mordaffäre Kamlade verwickelt zu sein.»

«Alle?», warf Trader ein. «Auch Hauptmann Petersen?»

«Alle, die wir hier sitzen.»

Petersen blickte ihn empört an: «Das ist nun aber doch starker Tobak, mein Herr!»

«Verwickelt heißt noch nicht schuldig», versuchte Wolf den Polizisten zu beruhigen. «Wir stecken da alle mit drin. Und wir müssen sehen, wie wir diese Angelegenheit würdevoll zu Ende führen.»

«Also, ich für meinen Teil», sagte Trader spöttisch, «bin es gewohnt, ungerechtfertigten Beschuldigungen ausgesetzt zu sein.»

«Ich muss sagen, dass mir diese ganze Geschichte hier nicht gefällt», erklärte der Reeder. «Um es vorsichtig auszudrücken: Ich empfinde es als zutiefst kompromittierend für einen Ehrenmann, in diesem Zusammenhang verdächtigt zu werden.»

«Hört, hört», warf Trader ein.

«Desgleichen missfällt es mir sehr, mit einem Herrn an einem Tisch sitzen zu müssen, der als Emporkömmling von zweifelhaftem Ruf gilt, wie man an seinen Manieren unschwer erkennen kann.»

«Wie lange dauert es denn, bis ein Emporkömmling zum eh-

renhaften Hanseaten aufgestiegen ist, der über Leichen geht?»,
konterte Trader.

Der Reeder sprang mit zorngerötetem Gesicht auf: «Das
muss ich mir nicht bieten lassen ...» Er warf die Serviette auf
den Tisch und wandte sich zur Tür.

«Herr Godefries», sagte Pistoux ruhig. «Sie stehen unter
Mordverdacht. Sie sollten hier bleiben.»

Der Angesprochene wirbelte herum und geriet beinahe aus
dem Gleichgewicht. Die Röte wich schlagartig aus seinem Gesicht, er wurde bleich.

«Bitte», sagte Pistoux und deutete auf den verlassenen Stuhl.
«Wir müssten Sie sonst gewaltsam festhalten.»

«Wer würde es wagen ...»

«Wir alle, Herr Godefries», sagte Wolf.

Petersen und Trader nickten.

«Lächerlich!», stieß der Reeder hervor.

«Vater, bitte setz dich wieder hin», sagte Henriette leise. «Ich
möchte, dass dies hier so schnell wie möglich vorbeigeht.»

Godefries blickte sie verblüfft an und trat wieder an den
Tisch: «Aber was ist mit ihr, was ist mit meiner Tochter? Wieso
ist sie hier?»

«Weil sie ebenfalls des Mordes verdächtigt wird.»

«Und er?» Der Reeder deutete wütend auf Trader.

«Auch er hatte gute Gründe, Jan Kamlade zu töten», sagte
Pistoux.

Das Gesicht des Angesprochenen mit dem Henri-Quatre-
Bart verzerrte sich zu einem abfälligen Grinsen.

«Das ist ja wirklich ...» Godefries sank wieder auf seinen
Stuhl, «... ungeheuerlich.»

«Was ist mit Ihnen?» Trader deutete auf den Redakteur, den
Hauptmann und Pistoux.

«Herr Wolf hat einige Details in Erfahrung gebracht, die
Herr Petersen lieber unter den Teppich kehren würde ... Und

ich habe mich der Unterschlagung von Beweismaterial schuldig gemacht.»

Erstaunte Blicke in der Runde.

Wolf drängte: «Also, fangen wir endlich an. Der Fächer!»

«Gut», sagte Pistoux, «beginnen wir damit.»

Henriette starrte ihn ausdruckslos an. Ihm war, als würde sie durch ihn hindurchsehen, als wäre sie in Gedanken ganz woanders.

«Wie Ihnen allen bekannt ist, war ich es, der die Leiche von Jan Kamlade im Séparée drüben im anderen Flügel des Hotels entdeckte, und zwar am Abend des Festes zu Ehren von Fräulein Godefries. Was ich damals niemandem mitteilte, war, dass ich bei dem Toten einen Fächer fand, den ich an mich nahm ...»

«Was? Ein Beweisstück? Ungeheuerlich!», rief Petersen empört aus.

«In der Tat», gab Pistoux zu. «Ein unverzeihlicher Fehler ...»

«Behinderung der Polizei! Ein krimineller Akt!»

«Was hat Sie denn zu dieser seltsamen Handlungsweise veranlasst?», fragte Wolf.

«Meine Sympathie für Fräulein Godefries, vermute ich. Was natürlich nur eine Erklärung ist und niemals eine Entschuldigung sein kann ...»

«Das wird Konsequenzen haben», drohte der Hauptmann.

«Die nehme ich selbstverständlich auf mich.»

«Aber Sie kannten Fräulein Godefries doch noch gar nicht», sagte Wolf.

«Doch, doch, ich hatte sie bereits kennen gelernt. Zufällig, aber wir hatten schon miteinander gesprochen. Es gab ein gewisses, nun ja, gegenseitiges Interesse.»

Pistoux deutete auf Henriette, die gerade den Fächer mit dem Falkenmotiv aufklappte: «Wie Sie sehen, habe ich das Objekt der rechtmäßigen Besitzerin zurückgegeben.»

«Rechtmäßig wohl nicht mehr», widersprach Petersen.

Henriette klappte den Fächer zusammen und warf ihn auf den Tisch, damit ihn der Hauptmann an sich nehmen konnte. Kaum hatte er nach ihm gegriffen, schien er nicht mehr zu wissen, was er damit anfangen sollte. Er legte ihn beiseite.

«Sie haben sich also während der Feier mit Jan Kamlade in einem Séparée getroffen», wandte er sich dann betont sachlich an die Reedertochter. «War er nicht ein einfacher Seiler vom Hamburger Berg? Woher kannten Sie ihn überhaupt?»

Henriette senkte den Kopf und schwieg.

«Es war ihr Vater, der zuerst die Bekanntschaft von Jan Kamlade machte», erklärte Pistoux.

Jakob Godefries blickte ihn unter seinen buschigen weißen Augenbrauen drohend an.

«Doch beginnen wir am Anfang. Jan Kamlade war einer der Reepschläger auf dem Hamburger Berg. Er wusste, dass die Reeperbahnen enteignet werden sollten. Deshalb verkaufte er seine Bahn an einen Kollegen, der nichts davon ahnte. Mit dem Geld, das er dafür bekam, finanzierte er seinen Eltern die Passage nach Amerika. Jan selbst und seine Schwester Anna wollten später nachfolgen, denn für alle reichte es nicht.»

«Aber Kamlade schien erstaunlich wohlhabend für einen Reepschläger zu sein. Als wir seine Leiche fanden, war er sehr gut und teuer gekleidet», sagte Petersen.

«Ganz recht», bestätigte Pistoux. «Dabei hatte ich ihn einige Zeit vorher im Park der Villa Godefries in äußerst schäbigen Kleidern gesehen. Dort hatte er noch ärmlich gewirkt und war von den Dienern vertrieben worden.»

«Die Frage, die sich nun stellt», warf Wolf eifrig ein, «die Frage ist: Was wollte Jan Kamlade von Ihnen, Herr Godefries?»

«Ich habe diesen Mann niemals gesehen. Ich verkehre nicht mit Reepschlägern!», erklärte der alte Reeder zornig.

«Das ist eine Lüge», widersprach Pistoux.

Godefries schlug mit der Faust auf den Tisch: «Es reicht! Was erlauben Sie sich!»

«Ich muss die Anschuldigung von Herrn Pistoux leider bestätigen. Wir haben Beweise, dass Sie mit dem Ermordeten bekannt waren», sagte der Redakteur.

«Lächerlich!»

Pistoux bemerkte, wie Trader Henriette einen beunruhigten Blick zuwarf. Sie starrte jedoch weiter vor sich hin, als würde das Gespräch sie nicht interessieren.

«Der Segler, auf dem sich Kamlades Eltern nach Amerika eingeschifft hatten, gehörte zur Reederei Godefries», fuhr Pistoux fort.

Der Reeder lachte böse: «Na und? Was heißt das schon? Wenn ich alle meine Passagiere kennen würde …»

«Das Schiff, von dem wir sprechen, ist die ‹Anastasia›», unterbrach ihn Wolf.

«Das Totenschiff?», rief Petersen aus.

«Ganz recht», bestätigte der Redakteur. «Ich denke, wir alle wissen, worum es geht, auch wenn die Angelegenheit in der Öffentlichkeit nicht bekannt gemacht wurde. Die Eltern von Anna und Jan Kamlade kamen während der Katastrophe auf dem Auswandererschiff ums Leben. Der Senat hat in Absprache mit den Polizeibehörden und zuständigen Stellen von Hamburg und Altona sowie im Einvernehmen mit der Reederei die Angelegenheit in aller Stille erledigt. Das Schiff mit seinen zweihundert Toten wurde in die Nordsee geschleppt und versenkt. Die Gründe liegen auf der Hand: Die Hanseaten fürchteten um ihren Ruf, die Reederei um ihre guten Geschäfte mit den Auswanderern. Dennoch sind hier und da Gerüchte durchgesickert und haben sich vor allem auf dem Hamburger Berg hartnäckig verbreitet. Und so kam es, dass Jan Kamlade davon erfuhr. Er entschloss sich, den Mann, der anscheinend seine Eltern auf dem Gewissen hatte, zur Rede zu stellen, und drang in den Park der Villa Godefries ein ...»

«Er wurde hinausgeworfen, und die Sache war erledigt», sagte der Reeder mit wegwerfender Handbewegung

«Keineswegs», nahm Pistoux den Faden auf. «Er hat Ihnen nämlich aufgelauert, Ihre Kutsche auf der Elbchaussee angehalten und Sie zur Rede gestellt.»

«Daran kann ich mich nicht erinnern.»

«Doch, doch,», sagte Pistoux. «Er hat gewissermaßen Schmerzens- und Schweigegeld verlangt, und Sie haben es ihm gegeben.»

«Unsinn!»

«Herr Godefries», schaltete sich Wolf wieder ein. «Wir haben Aufzeichnungen im Zimmer von Kamlade gefunden, die dies bestätigen.»

Pistoux bemerkte, wie Trader eine Hand auf die von Henriette legte, als wollte er sie beruhigen.

Godefries zog die Augenbrauen zusammen und schluckte: «Briefe?»

«Ja.»

Der alte Reeder fasste sich wieder: «Was geht Sie das überhaupt an?», polterte er los. «Bin ich etwa dazu verpflichtet, einem Koch und einem Schreiberling Rede und Antwort zu stehen? Petersen!» Er wandte sich an den Polizisten. «Wieso sitzen Sie schweigend herum? Diese Kerle ziehen meinen guten Ruf in den Schmutz! Und wenn ich es richtig sehe, werden sie gleich versuchen, mich zu erpressen. Wollen Sie tatenlos zusehen?»

«Ich, ich ...», stotterte der Hauptmann, «bin selbst überrascht von dem Ausmaß der Anschuldigungen ...»

«Anschuldigungen? Verleumdungen!»

Nun schaltete sich Trader ein. Mit ernstem Gesichtsausdruck und ruhiger Stimme sagte er: «Meine Herren, wir sind doch hier zusammengekommen, um alles zur Sprache zu bringen, was in diesem Mordfall von Belang ist. Wenn wir es hier an dieser Stelle nicht tun, werden andere uns zur Rede stellen, und dann ...»

Godefries starrte ihn misstrauisch an: «Was wollen Sie eigentlich, Trader?» Er bemerkte die Hand des Unternehmers auf der seiner Tochter und rümpfte die Nase.

«Ich bin ein Freund Ihrer Familie, wenn ich das kurz in Erinnerung rufen darf.»

«Ich bin in keiner Weise mit Ihnen befreundet!»

«Meine Herren», schaltete sich nun wieder Wolf ein, «wir kommen vom Thema ab.»

«Ganz recht», stimmte ihm Petersen zu. «Weiter bitte.»

Pistoux wandte sich an den Reeder: «Sie haben Jan Kamlade Geld gezahlt. Auf diese Weise ist er zu seinem überraschenden Wohlstand gekommen.»

«Meinetwegen», lenkte Godefries ein. «Betrachten Sie es einfach als eine Art Entschädigung für entstandene Verluste. Ich sehe nicht ein, warum ich mich dafür rechtfertigen soll. Nennen Sie es Erpressung, gut. Aber *ich* bin doch das Opfer in dieser Angelegenheit!»

«Da hat er Recht», warf der Polizeihauptmann ein. «Viel Rauch um nichts.»

«Leider sind wir noch nicht am Ende unserer Ausführungen, Herr Petersen. Außerdem bin ich der Meinung, dass zweihundert Tote, auch wenn man sie verschwiegen hat, kaum als ‹nichts› bezeichnet werden können.»

«Kommen Sie endlich auf den Punkt», drängte Trader. «Henriette fühlt sich nicht wohl. Ich bitte Sie ...»

Pistoux fuhr fort: «Die Erpressung wegen des Totenschiffs war nur der Beginn. Es ging weiter. Kamlade meldete sich wieder. Er wollte noch viel mehr Geld. Aber nicht wegen der Katastrophe auf der Anastasia, sondern wegen ... weil ...» Er blickte Hilfe suchend zu Wolf.

Der holte tief Luft und ergänzte: «Wegen Fräulein Godefries.»

Trader rückte näher an Henriette heran, die in sich zusammenzusinken schien. Sie schluchzte leise auf. Er reichte ihr sein Taschentuch.

Godefries war bleich geworden und murmelte: «Hören Sie auf.»

Doch der Redakteur sprach weiter: «Kamlade hatte etwas über Sie herausgefunden, das für eine gemeine Erpressung noch viel besser geeignet war als die schreckliche Geschichte mit dem Totenschiff.»

Der Reeder sprang auf: «Schluss damit! Es genügt! Ich gehe!» Er wandte sich zur Tür.

«Godefries! Sie bleiben!», befahl Petersen.

Der alte Mann drehte sich um. Sein abfälliges Grinsen erstarb, als er den Revolver in der Hand des Hauptmanns sah. Mit unsicherem Blick in die Runde sagte er: «Schießen Sie doch, Sie Idiot.»

«Es gibt zwei Möglichkeiten», schaltete Wolf sich ein. «Entweder wir unterhalten uns jetzt weiter, oder Sie werden das, was wir Ihnen zu sagen haben, im ‹Beobachter› lesen.»

Godefries erstarrte.

«Vater ...», stieß Henriette mit erstickter Stimme hervor.

Der Reeder blickte seine Tochter wutentbrannt an und setzte sich wieder auf seinen Platz.

Petersen legte die Waffe vor sich auf den Tisch.

«Es geht um eine Geschichte, die sich vor vielen Jahren in Afrika zugetragen hat ...», fuhr Wolf mit leiser Stimme fort.

Godefries wurde noch bleicher und begann zu zittern.

«... eine Tragödie, die ein Menschenopfer forderte und die Seelen der Überlebenden aufs schwerste beschädigte ...»

«Schluss! Hören Sie auf damit! Ich verbiete es Ihnen!», unterbrach ihn der aufgebrachte Reeder.

Der Redakteur brach ab. Godefries stemmte die Ellbogen auf den Tisch und vergrub sein Gesicht in den Händen. Alle blickten betreten vor sich hin. Henriette lehnte kraftlos an Trader.

«Schweigen Sie doch», sagte der Unternehmer. «Das ist zu viel.»

Wolf holte tief Luft: «Kamlade hatte etwas in Erfahrung gebracht, womit er Godefries auf gemeinste Art unter Druck setzen konnte. Deshalb kam er am Abend des Banketts hier ins Hotel. In einem Separée traf er mit Fräulein Godefries zusammen und brachte sie in eine ausweglose Lage. Sie tötete ihn im Affekt ...»

Als hätte man ihr einen schmerzhaften Hieb versetzt, sprang Henriette auf und schrie: «Nein! Nein, nein, nein! Das ist nicht wahr! Ich bin es nicht gewesen!» Sie deutete auf Trader: «Er hat es getan! Er!»

Der Beschuldigte prallte gegen die Lehne seines Stuhls und starrte entgeistert in die Runde. «Ich? Niemals!»

Petersen griff nach seinem Revolver und richtete ihn auf ihn: «Alwin Trader, Sie sind verhaftet!»

Der Geschäftsmann stand auf: «Nicht so hastig, Herr Hauptmann. Seit wann sind Sie mir denn nicht mehr gewogen?»

«Schweigen Sie!»

«Ich werde mich doch wohl verteidigen dürfen?»

«Lassen Sie ihn reden, Petersen!», sagte Wolf.

«Henriette kam während des Banketts Hilfe suchend zu mir. Kamlade habe sie belästigt, ins Séparée gedrängt. Ich habe versucht, ihn zu beruhigen.»

«Das ist Ihnen ja auch gelungen», warf Petersen hämisch ein.

«Hören Sie auf! Sie sind allesamt auf dem Holzweg!», fuhr Trader fort. «Henriette ist aus dem Separée geflüchtet, weil Kamlade zudringlich wurde und sie erpresst hat. Bei der Auseinandersetzung verlor sie ihren Fächer. Ich bin dann zu ihm gegangen, um ihm klarzumachen, dass seine Forderungen unverschämt sind, von seinem Benehmen ganz abgesehen. Und ich wies ihn auf meine guten Verbindungen zur Criminal-Polizei hin.» Trader nickte Petersen zu. «Er stieß Drohungen aus, und ich verließ das Zimmer. Danach habe ich ihn nicht mehr gesehen.

«Und wer hat ihn nun getötet?», fragte Wolf verdutzt.

«Es gibt nur noch eine Möglichkeit», sagte Pistoux. Die Anwesenden hielten den Atem an. «Es war Jakob Godefries. In einem Anfall von überbordendem Hass.»

Der alte Reeder stemmte die Arme auf die Tischplatte und starrte Pistoux finster an. Er schnaufte, seine Unterlippe zitterte leicht. Hauptmann Petersen wusste offenbar nicht mehr, wohin er mit seinem Revolver zielen sollte. Der Lauf schwankte zwischen Trader und Henriette auf der einen und Godefries auf der anderen Seite hin und her.

«Nachdem Kamlade auf dem Bankett mit Fräulein Godefries und Herrn Trader gesprochen hatte, entschloss er sich, noch einen Schritt weiterzugehen, um seine Gier zu befriedigen. Er wandte sich an Jakob Godefries!»

Alle Blicke richteten sich auf den Reeder. Der schüttelte mechanisch den Kopf. «Unsinn!», stieß er hervor.

«Er wandte sich an den Vater, weil der von dieser schlimmen Geschichte genauso betroffen ist wie seine Tochter. Das schreckliche Vergehen, um das es sich handelt, betrifft beide gleichermaßen. Vater und Tochter haben sich versündigt.»

Henriette schluchzte auf und vergrub ihren Kopf an Traders Brust.

«O Gott! Hören Sie auf!», murmelte Jakob Godefries mit schwacher Stimme.

«Die schaurige Geschichte begann vor ungefähr zehn Jahren. Henriette begab sich mit ihrem Vater und ihrer Stiefmutter auf eine Reise nach Ostafrika, wo die Familie stattliche Besitzungen hat. Leider wurde es ein Albtraum für alle Beteiligten: Henriette, die sehr eifersüchtig auf ihre junge Stiefmutter war, machte aus ihrer Abneigung keinen Hehl. Die Enge im Lager während der Großwildjagd tat ein Übriges, um die Gefühle aufzurühren und die Menschen aufeinander prallen zu lassen. Nach einem heftigen Streit flüchtet Henriette in den Dschungel. Die Stiefmutter folgt ihr. Beide verirren sich. Ein Leopard nimmt ihre Spur auf. Die Stiefmutter stellt sich ihm in den Weg und wird zerfleischt. Irgendwie gelingt es Henriette, den Weg zum Lager zurückzufinden. Völlig verstört schleicht sie ins Zelt ihres Vaters und legt sich zu ihm ins Bett. Benommen vom Schlaf und in tiefster Dunkelheit denkt der Vater, es sei seine Ehefrau … Seitdem leidet Henriette unter einer schweren Verstörung ihrer Seele. Jan Kamlade fand es heraus, als er eines Abends in die Villa Godefries eindrang und Vater und Tochter beobachtete …»

Henriette schluchzte laut auf. Pistoux brach ab.

«Schluss damit!», stöhnte der Reeder und stemmte sich vom Tisch hoch. «Schluss!»

Pistoux stand ebenfalls auf, holte tief Luft und fuhr fort. «Der Erpresser konfrontierte den unseligen Vater in der Nacht des Banketts mit seinen Beobachtungen. Scham und Verzweiflung über die schwere Schuld, die er auf sich geladen hatte, trieben Godefries zum Äußersten. Auf dem Toilettentisch lag ein Rasiermesser, das er einige Stunden vorher in meinem Beisein benutzt hatte. Er hatte es aufgeklappt dort liegen lassen. In seiner plötzlichen unbändigen Wut griff er danach und stürzte sich auf Kamlade. Mit einem sicheren Schnitt, wie ihn Großwildjäger beherrschen, schlitzte er ihm die Kehle auf und warf den Sterbenden auf das Sofa. Dann verließ er fluchtartig das Zimmer und mischte sich wieder unter die Gäste. So kam Jan Kamlade zu Tode.»

Auch Wolf und Petersen waren jetzt aufgestanden. Die

Augen der Männer ruhten auf dem alten Reeder, der mit gesenktem Kopf dastand und leicht hin und her schwankte.

Niemand wagte etwas zu sagen.

«Meine Ehre», murmelte Godefries. «Er hat meine Ehre beschmutzt. Meine Ehre als Hanseat. Ich ... ich ... Henny ...» Er blickte Hilfe suchend zu seiner Tochter, doch die hielt noch immer den Kopf an Traders Brust gepresst und schluchzte leise.

Der Reeder drehte sich langsam um und wankte zur Tür.

«Sollten wir ihn nicht ...?», begann Petersen.

«Was wollen Sie denn tun?», fragte Wolf. «Diese Geschichte vor ein Gericht bringen?»

«Aber ...»

Godefries zog die Tür auf und verschwand im Korridor.

Eine Serviererin, die draußen offenbar gewartet hatte, trat herein und fragte: «Wird jetzt Kaffee gewünscht?»

Pistoux schüttelte den Kopf und winkte sie wieder hinaus.

Behutsam geleitete Alwin Trader die noch immer leise schluchzende Henriette aus dem Zimmer.

Die drei verbliebenen Männer sahen einander an.

«Wir unternehmen nichts?», fragte der Polizeihauptmann und starrte auf den Revolver in seiner Hand.

«Nein», sagte Wolf entschieden.

«Gar nichts», bestätigte Pistoux.

Petersen und der Redakteur verabschiedeten sich mit betretenen Mienen.

Als Letzter verließ Pistoux das Particulière. Im Flur kam ihm Dyckhoff entgegen. Ganz offensichtlich war er dem völlig aufgelösten Godefries begegnet.

«Das geht zu weit», stammelte er. «Sie sind entlassen!»

Pistoux nickte.

«Es tut mir Leid. Sie waren der beste Bankettchef, den wir je hatten. Aber einen Amateurdetektiv können wir wirklich nicht in unserem Haus gebrauchen.»

«Sie haben Recht. Ich werde morgen meine Papiere abholen. Gute Nacht.» Pistoux wandte sich ab.

«Sie sind ein Narr!», rief Dyckhoff hinter ihm her. «Was hätte hier noch aus Ihnen werden können!»

᪣ Epilog ᪣ EIN UNBESCHRIEBENES BLATT Am

Landungsplatz der Dampfschiffe unterhalb der Elbhöhe drängten sich die Menschen. Fast alle waren zu warm gekleidet, denn niemand hatte damit gerechnet, dass es ausgerechnet heute sommerliche Temperaturen geben würde. Am frühen Morgen war ein letzter Schauer niedergegangen, danach brach die Wolkendecke auf, und die Sonne schickte strahlenden Glanz über die Elbe. Im Gegenlicht hob sich der Mastenwald der zahllosen Segelschiffe im Niederhafen wie ein Schattenriss vor dem blauen Himmel ab.

Ein sanfter Ostwind setzte ein. Es war ein Wetter, das Zuversicht verbreitete, und so schienen auch die meisten Passagiere, die sich am Landungsplatz eingefunden hatten, guter Dinge zu sein. Frauen unterhielten sich aufgeregt, Männer stapelten Gepäckstücke übereinander, Kinder tobten herum und fanden neue Freunde für die Überfahrt. Nur einige ältere Leute unter den Auswanderern blickten skeptisch auf das mächtige Dampfschiff, das jenseits der beiden eisernen Brücken am Ponton in der Elbe lag. Es war ein nagelneuer schnittiger Dampfer der Reederei Godefries, der erst kürzlich bei seinem Stapellauf auf den Namen «Henriette» getauft worden war.

Während die Auswanderer sich bemühten, die Übersicht über ihr Gepäck und die Kinder zu behalten, trafen die Kutschen mit den Reisenden der ersten und zweiten Klasse ein. Sie würden zuerst an Bord gehen. Soweit ihr Gepäck nicht schon von Dienstboten auf das Schiff gebracht worden war, wurde es

nun von Lastträgern abgeladen, auf zweirädrige Karren gestapelt und dann über die Brücken zum Schiff gezogen. Die elegant gekleideten Damen und Herren schritten gemächlich hinterher und wurden, nachdem sie das Fallreep hinaufgestiegen
waren, vom Kapitän persönlich begrüßt.

Nach und nach drängte es auch die übrigen Reisenden zum
Schiff. In kleinen Grüppchen gingen sie mit ihrem Gepäck
über die Stege zum Ponton, wo sie sich zusammendrängten und
ungeduldig warteten. Die Frauen nahmen ihre Kinder bei der
Hand, weil sie fürchteten, sie könnten ins Wasser fallen. Die
Männer starrten unruhig zum Oberdeck, um zu sehen, ob sich
dort endlich etwas tat.

Aber zunächst waren noch die Passagiere der dritten Klasse an
der Reihe. Unter ihnen befand sich eine junge Frau, die mit
einem etwas unsicheren Lächeln die Bordwand hinaufblickte.
Sie war froh, dass sie diesmal nicht wieder auf einem Segelschiff
reisen musste. Ihr Gönner, der joviale Herr mit dem Henri-Quatre-Bart, der ängstlich darauf bedacht gewesen war, ihr nicht zu
nahe zu kommen, hatte nagelneue Kleider und eine kleine Reisetasche für sie kaufen lassen. Ein ältliches Dienstmädchen hatte
ihr alles auf das Zimmer gebracht, in dem sie noch für einige
Tage gewohnt hatte. Nachdem sie sich angekleidet hatte, war ihr
Gönner noch einmal gekommen und hatte ihr die Papiere für die
Schiffspassage überreicht. Sie waren auf einen ihr fremden Namen ausgestellt, aber was spielte das jetzt noch für eine Rolle?

Der Herr mit dem Henri-Quatre-Bart hatte sich dafür entschuldigt, dass sie noch einige Tage in seinem Haus bleiben
musste und mit niemandem außer ihm sprechen durfte. Er
hatte sich auch für den weißhaarigen Mann entschuldigt, der
sich auf sie gestürzt hatte. Er hatte dafür gesorgt, dass der Kerl,
der sie in seinem Keller gefangen gehalten hatte, freikam und
dass er schweigen würde. Die Polizei ging nun davon aus, dass
es sich bei dem Todesfall auf St. Pauli um einen missglückten

Raubmord handelte. Der Täter war unerkannt entkommen. Auch von der angeblichen Überlebenden der «Anastasia» war nicht mehr die Rede. Man deckte den Mantel des Schweigens über die Vorkommnisse.

Das ältliche Dienstmädchen hatte sie zum Landungsplatz der Dampfschiffe gebracht. Dieser war gar nicht weit von dem Haus ihres Gönners entfernt. Über eine gepflasterte Straße waren sie den Hang hinabgestiegen. Die Bedienstete hatte ihre Reisetasche getragen, sie selbst nur die kleine Handtasche, in der sich ihre Papiere befanden.

Unten angekommen, hatte das Dienstmädchen ihr die Reisetasche in die Hand gedrückt und zum Abschied gesagt: «Sie sehen blass aus, Kindchen, die Seeluft wird Ihnen gut tun. Auf Wiedersehen!» Dann hatte sie sich umgedreht und war fortgegangen.

Die junge Frau hatte sich zu den Wartenden gesellt und war schließlich mit ihnen auf den Ponton gegangen.

Nun stieg sie das Fallreep hinauf und betrat das Schiffsdeck. Noch immer fühlte sie sich wie in einem Traum. Auch wenn der schreckliche Albdruck der vergangenen Wochen verschwunden war, so war sie noch immer nicht sicher, ob ihr dies alles wirklich geschah. Sie stolperte über ein zusammengelegtes Tau und konnte nur mühsam das Gleichgewicht halten. Hoppla, dachte sie, das ist die Wirklichkeit, die sich in Erinnerung bringen möchte! Sie musste lächeln. Das erste Mal seit langer Zeit. Das Lächeln fühlte sich seltsam ungewohnt an, als müssten sich die Muskeln daran gewöhnen und die Haut um den Mund herum erst wieder geschmeidig werden. Sie versuchte es noch einmal. Lächeln war offenbar gar nicht so einfach.

Sie trat an die Reling und blickte hinunter auf das Gewusel der Auswanderer. Immer wieder verzog sie den Mund, um ihre Gesichtszüge wieder zu beleben. Plötzlich merkte sie, dass sie beobachtet wurde. Ein Mann lehnte wenige Meter von ihr entfernt an der Reling und sah sie neugierig an. Sie zuckte zusammen, spürte, dass sie rot wurde, und hob trotzig den Kopf.

«Entschuldigen Sie bitte», sagte er freundlich. «Ich wollte Sie nicht in Verlegenheit bringen.» Er zog seinen Bowler-Hat ab und deutete höflich eine Verbeugung an.

«Schon gut.»

«Es sah eben so aus, als wollten Sie das Lächeln üben.»

Was ging ihn das an? Sie zog die Augenbrauen zusammen und wandte den Blick ab.

«Üben Sie jetzt, böse zu sein?» Er lachte.

Sie gab sich geschlagen und drehte sich wieder zu ihm um: «Bitte, mein Herr, machen Sie sich nicht über mich lustig.»

«Nichts läge mir ferner. Entschuldigen Sie bitte.»

Er blickte nach unten auf die Masse der Zwischendeckpassagiere, die jetzt ungeordnet über das Fallreep nach oben stürmten. Sie musterte ihn kurz. Er war groß, sah elegant aus und hatte einen dunklen Teint. Er sprach mit einem Akzent, den sie nicht einordnen konnte.

Schweigend standen sie eine Weile da und beobachteten, wie die Auswanderer an Bord gingen. Der Mann zündete sich eine Pfeife an. Der Rauch, der zu ihr herüberwehte, roch würzigsüß. Der Ponton leerte sich. Um sie herum versammelten sich immer mehr Passagiere und winkten ihren Angehörigen auf dem Landungssteg zu. Sie winkte nicht. Der Mann neben ihr winkte auch nicht. Sie blickten einander an.

«Es sieht beinahe so aus, als würden Sie niemanden hier zurücklassen», stellte der Fremde fest.

«Nichts und niemanden», bestätigte sie.

«Mir geht es genauso.»

Sie zuckte mit den Schultern und beobachtete, wie die Matrosen die Leinen einholten.

Er klopfte seine Pfeife an der Außenwand der Reling aus.

«Mein Name ist Jacques Pistoux», sagte er dann. «Dritter Klasse nach Amerika.»

Und wer bin ich? Die junge Frau dachte nach. «Ich reise auch dritter Klasse.»

«Wollen Sie mir nicht sagen, wie Sie heißen? Wir werden uns sehr wahrscheinlich öfter sehen. Wie soll ich Sie dann nennen?»

Sie überlegte.

«Fällt Ihnen Ihr Name nicht ein?», fragte der Mann belustigt.

«Ich habe keinen», entgegnete sie störrisch.

«Ein unbeschriebenes Blatt ...»

«Ja.»

«Bis New York müssen Sie auf dieses Blatt wenigstens einen Namen schreiben.»

Sie nickte nachdenklich. Vielleicht konnte ihr jemand während der Überfahrt das Schreiben beibringen. Dann würde sie ihren neuen Namen buchstabieren lernen und als neuer Mensch ein neues Leben in der Neuen Welt beginnen. Sie musste wieder lächeln.

Der Dampfer erzitterte. Langsam löste er sich vom Anleger und schob sich zwischen die anderen Schiffe in die Mitte des Stroms.

«Können Sie schreiben?», fragte sie.

DAS HAMBURG-KOCHBUCH
DES JACOUES PISTOUX

∴

«Während man sämtliche anderen Künste in Hamburg
darben lässt, blüht und gedeiht die Gastronomie umso
üppiger, und man kann dreist behaupten, dass es in dieser
Stadt mehr Leute gibt, welche leben, um zu essen, als solche,
welche essen, um wirklich zu leben.»

Jacob Gallois

In seinem Brief vom 13. April 1882 berichtet Jacques Pistoux
seinem Freund Auguste Escoffier von seiner Arbeit im Hotel
de l'Europe in Hamburg. Er kommt auch auf einige typische
Spezialitäten der einheimischen Küche zu sprechen und
erwähnt die lokaltypische Begeisterung für Ochsenfleisch:
« Das klingt doch ganz nach englischen Sitten und
Gebräuchen, meinst du nicht auch?»

ROASTBEEF

Fettrand von 1 kg Roastbeef gitterförmig einschneiden und
das Fleisch ringsum mit Salz und Pfeffer einreiben.
2 Knoblauchzehen zerpressen, mit 2 EL Öl vermischen und
das Fleisch damit bestreichen. Bei 220 Grad mit der
Fettkante nach oben 35 Minuten braten. Aus dem Ofen
nehmen, abdecken und 10 Minuten ruhen lassen. Dünn
aufschneiden und mit Remouladensauce zu Bratkartoffeln
servieren.

BEEFSTEAK MIT ZWIEBELN

Ein Beefsteak à 200 g mit Pfeffer einreiben und bei
Zimmertemperatur ruhen lassen. Eine in Ringe
geschnittene Zwiebel in Butter andünsten und salzen. 1 EL
Öl in einer Pfanne erhitzen und das Steak auf jeder Seite
etwa 5 Minuten braten. Salzen und auf vorgewärmte Teller
legen. Die Zwiebeln darüber verteilen. Den Bratfond mit
etwas Wasser ablöschen und mit einem Holzlöffel lösen,
über die Zwiebeln geben. Dazu isst man Salzkartoffeln,
grüne Bohnen oder auch gegrillte Tomaten.

◡: BEEFSTEAK◦TARTAR :◡

500 g Beefsteak durch den Fleischwolf drehen und mit
einer fein gehackten und weich gedünsteten Zwiebel
vermischen. 2 Eigelb und 2 TL Senf dazugeben und gut
vermischen. Mit Salz und Pfeffer abschmecken und mit
rohen Zwiebelringen und Kapern garniert servieren.

◡: RAUCHFLEISCH :◡

Rauchfleisch wird aus hochwertigen Zutaten hergestellt:
Man verwendet die besten Stücke aus der Ochsenkeule. Die
von Sehnen und Fett gänzlich befreiten Fleischteile werden
mit grobem Salz, Salpeter und Rohrzucker eingerieben und
in ein Fass gelegt, dessen Deckel beschwert wird. Dann
bedeckt man das Fleisch mit Schinkenlake und pökelt es
zwei Wochen lang. Anschließend wird es drei bis vier Tage
geräuchert und schließlich vor dem Verzehr gekocht. Man
isst es in der Kartoffelsuppe oder zusammen mit Grünkohl,
auch deftige Bohnen- oder Rübengerichte bieten sich an.
Besonders anglophile Hamburger reichen das Rauchfleisch
zu Plumpudding.

*Als Pistoux zu seinem Gesprächstermin mit Jakob Godefries
in dessen Villa am Elbufer eintrifft, wird er von einem
dünkelhaften Diener zunächst in die Küche geführt. «Auf
dem Herd stand bereits ein großer Suppentopf bereit, auf
dem Küchentisch bemerkte Pistoux einen Berg frisch
geernteter Küchenkräuter.» Ganz offensichtlich hat der Koch
gerade begonnen, eine Hamburger Aalsuppe zuzubereiten:*

ᴴᴀᴍʙᴜʀɢᴇʀ ᴀᴀʟsᴜᴘᴘᴇ

Einen Schinkenknochen über Nacht einweichen. Mit
frischem Wasser zum Kochen bringen. Nach einer Stunde
500 g Schinken oder Schweinefleisch dazugeben und gar
kochen. Brühe durchseihen und zusammen mit je 250 g
klein geschnittenen Karotten und Sellerie sowie 250 g
frischen Erbsen erneut aufkochen. Wenn das Gemüse gar
ist, 500 g gemischtes Backobst dazugeben und das Fleisch
von den Knochen lösen, klein schneiden und in die Brühe
zurücktun. 500 g Aal in Stücke schneiden und in Salzwasser
mit etwas Essig gar ziehen lassen, herausheben und in die
Suppe geben. Mit Salz und einer Hand voll gemischten
frischen Kräutern abschmecken. 2 Eigelb und 250 ml Sahne
verrühren und die Suppe damit binden.

*Gretes Gefängniswärter hat eingekauft und bringt in einer
Kiste verschiedene Gemüse und Speck mit. Er möchte, dass
sie etwas kocht. Dankbar, dass sie nun etwas zu tun hat,
macht sich Grete ans Werk. Aus den Zutaten kann man
einen deftigen Eintopf kochen, wie er in ihrer Heimat sehr
wahrscheinlich häufig auf den Tisch kam:*

ᴡʀᴜᴋᴇɴᴛᴏᴘғ

250 g Bauchspeck mit 1 Lorbeerblatt in 1 Liter Wasser garen
und anschließend in Würfel schneiden. Die Brühe
aufbewahren. 800 g Kohlrüben schälen und in kleine
Stücke schneiden. 800 g Kartoffeln und 2 Zwiebeln
ebenfalls schälen und klein schneiden. 1 bis 2 Teelöffel
Zucker in heißem Schmalz karamellisieren und die Rüben
und Zwiebeln darin schwenken. Kartoffeln dazugeben und

mit Brühe auffüllen. Mit Salz, Pfeffer und Thymian würzen und zu einem sämigen Eintopf verkochen. Bauchspeck darüber geben und mit frischen Kräutern bestreut servieren.

In seinem Brief vom 26. April 1882 an seinen Freund Auguste Escoffier kommt Pistoux noch einmal auf das Ochsenfleisch zu sprechen und erwähnt schließlich einige andere Lieblingsgerichte der Hamburger. «Man liebt es einfach und volkstümlich. Dabei allerdings scheut man keine großen Mengen, weder in der Speisenabfolge noch bei den Einzelportionen»:

✐ BRATKARTOFFELN ✐

2 EL Schweineschmalz in einer Pfanne auf mittlerer Stufe erhitzen. 1 kg Kartoffeln hineingeben, 150 g durchwachsenen Speck würfeln und darüber streuen und zum ersten Mal wenden, wenn sie auf der Unterseite kross gebraten sind. Jetzt erst die Zwiebeln darüber streuen. Noch einmal vorsichtig wenden, vermischen, nachbraten lassen, mit Salz und Pfeffer abschmecken.

✐ OCHSENBRUST MIT ROSINENSAUCE ✐

1 kg Ochsenbrust in einer kräftigen Fleischbrühe zwei Stunden leise köchelnd garen. Für die Rosinensauce 100 g Butter und 30 g Mehl anschwitzen und mit ½ l Fleischbrühe ablöschen. 30 g Korinthen, 30 g Rosinen, 40 g gehackte Mandeln und 250 ml Weißwein dazugeben, mit Zitronensaft und Zucker abschmecken und 5 Minuten kochen lassen. Zum Servieren das Fleisch aufschneiden,

die Sauce separat reichen. Am besten passen Kartoffeln,
die ebenfalls in der Fleischbrühe gegart wurden.

ᴠ᷅ ᴬAL MIT GRÜNER ᴬAUCE ᴗ

½ Liter Wasser mit 250 ml Wein und ½ in Scheiben
geschnittenen Zitrone, 2 Lorbeerblättern, 1 TL
Pfefferkörnern, 1 TL Senfkörnern, 1 Salbeizweig, 1 Prise
Zucker und Salz aufkochen und 10 Minuten köcheln
lassen. 1 kg in Stücke geschnittenen frischen Aal
hineingeben und bei geringer Hitze 20 Minuten köcheln
lassen. Herausnehmen und warm stellen. 50 Mehl in 40 g
Butter anschwitzen und mit ½ Liter von dem Fischsud
ablöschen. Aufkochen lassen, 250 ml Sahne einrühren und
sämig werden lassen. Dill, Petersilie oder Aalkruut
dazugeben und 10 Minuten ziehen lassen. Dazu reicht man
Pellkartoffeln und Gurkensalat.

*« Heringe, Schollen und Stinte werden vom einfachen Volk
verzehrt, wohingegen der Bürger die Seezunge liebt und den
Steinbutt wie einen Gott verehrt, weshalb er ihn mit zwei
Saucen servieren lässt »* :

ᴠ᷅ ᴬTEINBUTT MIT ZWEI ᴬAUCEN ᴗ

250 ml Weißwein und 250 ml Wasser zusammen mit 2 grob
gehackten Schalotten, 1 Knoblauchzehe, 1 EL Thymian,
etwas Salz und 50 g Butter 5 Minuten kochen, vom Herd
ziehen und 6 Steinbuttfilets à 150 g 6 Minuten darin ziehen
lassen. Für die Sauce Béarnaise: 2 Schalotten fein hacken
und zusammen mit 1 EL Estragon, 1 TL weißen
Pfefferkörnern, 5 EL Essig und 1 / 8 l Weißwein einkochen.

4 Eigelb mit diesem Sud im Wasserbad verschlagen und 200 g zerlassene Butter langsam unterrühren. Mit Salz und Zucker abschmecken und 2 EL gehackten Kerbel unterziehen. Für die Tomatensauce: 250 ml Tomatenpüree erhitzen und mit 125 g Sahne, etwas Fischsud, Salz und Zucker abschmecken. Den Fisch mit beiden Saucen begießen und mit Reis servieren.

Grete geht es wieder besser. Während der Mann, der sie gefangen hält, seine löchrigen Stiefel putzt, macht sie sich an dem kleinen Kohleherd zu schaffen: «Am Vortag hatte er einen neuen Sack Kartoffeln sowie Speck und dicke Rippen mitgebracht. Sie hatte ein paar Trockenpflaumen entdeckt, und da war ihr der Gedanke gekommen, eine Kartoffelsuppe zu kochen, so wie es in ihrer alten Heimat Sitte war.

꒰ KARTOFFELSUPPE ꒱

1 kg Kartoffeln schälen und würfeln. 250 g Karotten, 250 g Lauch und 250 Sellerieknolle klein schneiden und mit den Kartoffeln sowie Salz, Pfeffer und 1 Lorbeerblatt in 2 l Fleischbrühe geben und weich kochen. 125 g fetten Speck klein würfeln und auslassen, 2 Zwiebeln fein hacken, dazugeben und goldgelb rösten. Die fertige Suppe mit dem Zwiebel-Speck-Gemisch übergießen und mit gehackter Petersilie bestreuen.

«Nun kenne ich auch die Lieblingsspeisen der einfachen Leute», schreibt Pistoux an Escoffier. «Wer es sich leisten kann, isst einen Fleischbrei namens ‹Lob's course› oder ‹Labskaus›, der angeblich auf hoher See erfunden wurde.

Sonntags wirft man ein Stück Speck in den Eintopf, der werktags mit Schweinerüsseln und -füßen gekocht wird. ‹Arfken, Snuten un Poten› nennt man das in der norddeutschen Sprache, die mir sehr fremd ist» :

᪣ LABSKAUS ᪥

1 kg Pökelfleisch mit Wasser knapp bedeckt zusammen mit 1 Lorbeerblatt und 1 TL Pfefferkörner im geschlossenen Topf 1½ Stunden weich kochen. 1 kg Kartoffeln garen, pellen und zerstampfen. 500 g Zwiebeln grob hacken, im Schmalz andünsten. Anschließend das Pökelfleisch und die Zwiebeln mit 4 Salzheringfilets sowie 6 Salzgurken und 500 g Rote Beete durch den Fleischwolf drehen und mit dem Kartoffelbrei vermengen. Sollte die Masse zu dick sein, kann noch etwas Pökelfleischbrühe dazugegeben werden. Auf vorgewärmten Tellern servieren und mit 1 – 2 Spiegeleiern pro Person servieren.

᪣ ARFKEN, SNUTEN UN POTEN ᪥

500 g gelbe Erbsen großzügig mit Wasser bedecken und über Nacht einweichen. Am nächsten Tag 1 Bund Suppengrün grob schneiden, mit 1 grob gehackten Zwiebel in Schmalz andünsten, dann 1 Lorbeerblatt und die Erbsen mit 1 kg Schnauzen und Pfoten vom Schwein und das Lorbeerblatt dazugeben und mit 1 Liter Wasser aufgießen. Aufkochen und den Schaum abschöpfen. Leise köchelnd 1 Stunde garen. 500 g gewürfelte Kartoffeln dazugeben und weitere 15 Minuten kochen. Die Snuten un Poten herausnehmen und das Fleisch von den Knochen lösen. Die Stücke wieder in den Eintopf geben und mit Salz, Pfeffer und Majoran abschmecken.

«Wohlhabende Kleinbürger essen ihren Kohl gern gerollt mit einer Fleischfüllung als Kohlrouladen oder kochen mit dem Sauerkraut gepökelte Schweinshaxen, die man hier Eisbein nennt, weil aus den Knochen Schlittschuhkufen geschnitzt werden, wie mir Rother erklärte» :

KOHLROULADEN

1 Weißkohlkopf an der Strunkseite kegelförmig aushöhlen und mit der Strunkseite nach oben 10 Minuten in kochendem Salzwasser blanchieren. In der Zwischenzeit 1 altbackenes Brötchen in warmem Wasser einweichen. Den Kohlkopf aus dem Wasser nehmen und abtropfen lassen. Die Kohlblätter vom Strunk lösen, die übrig gebliebenen Rippen flach schneiden und zu 3 bis 4 Blättern je Portion anordnen. Die Innenseite der Blätter mit Salz, Pfeffer und etwas gemahlenem Kümmel bestreuen. Das Brötchen ausdrücken und mit 1 fein gehackten Zwiebel, 1 Ei, Salz, Pfeffer, Paprikapulver und 400 g gemischtem Hackfleisch verkneten. Die Fleischmasse in 4 Portionen teilen und je 1 Portion auf jede Kohlblätterunterlage geben. Die Blätter zusammenrollen und mit Küchengarn binden. 50 g Schweineschmalz in einem Bräter erhitzen und die Rouladen darin rundherum anbraten. 250 ml Fleischbrühe, Tomatenpüree und Pfefferkörner verrühren und die Kohlrouladen damit begießen. Abgedeckt auf kleiner Flamme oder im Backofen 90 Minuten schmoren. Vor dem Servieren 1 EL Mehl mit etwas kaltem Wasser verquirlen und die Sauce damit binden. Dazu gibt es Salzkartoffeln.

EISBEIN MIT SAUERKRAUT UND ERBSPÜREE

500 g getrocknete Erbsen 12 Stunden einweichen. Mit dem Einweichwasser und 1 Bund Suppengrün zum Kochen bringen und bei kleiner Hitze etwa zwei Stunden lang weich kochen. Das Suppengrün entfernen und die Erbsen durch ein Sieb passieren. Das Püree mit Salz und Pfeffer abschmecken und warm stellen. 1 kg gepökeltes Eisbein mit ½ Liter Wasser 45 Minuten vorkochen. 500 g Sauerkraut mit 3 Wacholderbeeren, 1 Lorbeerblatt, 2 gehackten Zwiebeln und 1 klein geschnittenen Apfel vermischen und um das Eisbein legen. 150 ml Weißwein angießen und 45 Minuten kochen. Das Eisbein auf das Sauerkraut legen. Das Erbspüree wird mit gebräunter Butter übergossen und separat serviert. Dazu gibt es Salzkartoffeln und Senf.

«Zurzeit sind alle, die es sich leisten können, ganz verrückt nach jungen Schollen»:

MAISCHOLLEN, GEBRATEN

Pro Person 2 Schollen putzen, waschen und trocken tupfen. Mehl, Ei und Semmelbrösel jeweils auf einen Teller geben. Schollen zuerst in Mehl wenden, dann in Ei und schließlich in den Semmelbröseln. In genügend Butter bei mittlerer Hitze goldgelb braten. Mit Zitronenspalten servieren. Am besten schmeckt Kartoffelsalat dazu.

279

« Rother redet sich schon jetzt den Mund wässrig, wenn er über den holländischen Salzhering spricht, der ab Juni verkauft werden soll und für den ganz junge Tiere verarbeitet werden, die in Fässern reifen und mit Kartoffeln und Bohnen gegessen werden » :

~: MATJES MIT BOHNEN UND SPECK :~

Die Matjesfilets wässern und abtropfen lassen. Je 2 Filets auf einem Teller anrichten und Zwiebelringe darauf verteilen. 20 g Butter in einem Topf zerlassen, 150 ml Fleischbrühe erhitzen und hinzufügen. Salzen, pfeffern, Bohnenkraut zugeben und 500 g Bohnen darin etwa 15 Minuten garen. In der Zwischenzeit 150 g Speck würfeln und in einer Pfanne anbraten. Bohnen abgießen, auf die Teller geben und den Speck darüber streuen. Dazu passen Pellkartoffeln.

« Die Hamburger bevorzugen eine eigenartige Geschmacksrichtung: die Kombination von Salzigem, Süßem und Saurem. Man kocht das Rindfleisch mit Pflaumen oder füllt den Schweinebraten mit Äpfeln, reicht zum Hecht eine Rosinensauce oder legt Gänsefleisch in eine gesüßte Essigtunke ein » :

~: RINDFLEISCH MIT PFLAUMEN :~

250 g Backpflaumen in lauwarmem Wasser 20 Minuten lang einweichen. Eine Zwiebel, 1 Stange Lauch und 3 Karotten klein schneiden. 2 Liter gesalzenes Wasser mit 3 Pimentkörnern, 1 Lorbeerblatt, dem klein geschnittenen Gemüse und 1,2 kg Rindfleisch aufkochen. Den Schaum

abschöpfen und dann 1½ Stunden köcheln lassen. Das Fleisch herausnehmen und warm stellen. Die Brühe durch ein Sieb gießen. ½ Liter davon beiseite stellen. In der restlichen Brühe die Backpflaumen mit 2 El Zucker erhitzen. 2 Zwiebeln in Ringe schneiden. Butter in einem Topf erhitzen und die Zwiebelringe darin glasig dünsten. Mit Mehl bestäuben, umrühren. Fleischbrühe angießen und aufkochen. Mit Salz und Pfeffer abschmecken. Nun das Fleisch gegen die Faser in fingerdicke Scheiben schneiden und auf eine vorgewärmte Platte legen. Die Pflaumen aus der Brühe nehmen und über dem Fleisch verteilen. Das Ganze mit der Zwiebelsauce übergießen. Dazu gibt es Kartoffelbrei und grünen Salat.

⌇ SCHWEINEBRATEN MIT ÄPFELN ⌇

In 1 kg Schweinebrust eine tiefe Tasche schneiden, die Schwarte rautenförmig einschneiden, rundum salzen. Äpfel schälen, entkernen, in Achtel schneiden, leicht zuckern, mit 2 EL Semmelbrösel bestreuen und mit 1 Eigelb vermischen. Die Füllung in die Tasche geben und die Öffnung mit einem Holzstäbchen verschließen. 40 g Schweineschmalz in einem Bräter erhitzen und das Fleisch von allen Seiten anbraten. Dann in den Backofen stellen und bei 200 Grad 1½ Stunden braten, zuerst mit der Schwarte nach unten. Nach der Hälfte der Garzeit den Braten umdrehen. Die Schwarte ab und zu mit Salzwasser bestreichen. Herausnehmen, eventuell vorhandenen Bratensaft darüber gießen. Traditionell isst man dazu Salzkartoffeln und Rotkohl.

◡ː HECHT IN ROSINENSAUCE ː◡

1 Hecht von etwa 1 kg in Essigwasser garen,
herausnehmen und warm stellen. 2 EL Mehl und 100 g
Butter anschwitzen, mit 250 ml Weißwein ablöschen und
die 30 g Korinthen, 50 g Rosinen und 40 g fein gehackte
Mandeln hineingeben. Mit Zitronensaft, Zucker und
Muskat abschmecken und die Sauce mit einem Eigelb
binden. Hecht und Sauce separat servieren, dazu
Salzkartoffeln.

◡ː GÄNSEKEULE SÜSSSAUER ː◡

250 ml Weißweinessig mit 2 grob gehackten Zwiebeln,
2 Lorbeerblättern, 1 EL Senfkörner, 1 Zimtstange und 1 TL
Salz sowie 4 EL Zucker aufkochen und die 4 Gänsekeulen
hineingeben. 2 Stunden leicht köcheln lassen, dann die
Keulen herausnehmen und abkühlen lassen. Die Brühe
kalt stellen, damit das Fett sich absetzen kann. Dann die
Keulen in 50 g Butter anbraten und dabei mit 1 EL Zucker
bestreuen. Der Zucker soll karamellisieren. Die Brühe
durch ein Sieb in einen Topf geben, aufkochen und mit
2 TL Stärke binden. Mit Zucker abschmecken und über die
Keulen geben. Dazu reicht man Bratkartoffeln.

*Nach ihrem Fluchtversuch wacht Grete in einem Zimmer
auf, das mit allerlei orientalischem Nippes eingerichtet ist.
«Irgendwann drehte sich ein Schlüssel im Türschloss, der
Vorhang wurde beiseite geschoben, und eine verschleierte
Frau erschien in orientalischen Gewändern, die ihre üppigen
Proportionen kaum verdeckten. Sie brachte ihr einen Teller
mit buntem Gemüse in heller Sauce.*

‹Schnüsch›, sagte sie. Dann löste sie ihr eine Fessel am
rechten Arm und verschwand wieder»:

◡⁙ SCHNÜSCH ⁙◡

250 g Kartoffeln in der Schale kochen, abpellen und in
Scheiben schneiden. 250 g Möhren und 250 g Erbsen in
wenig Wasser mit etwas Salz und Zucker garen. 250 g
Bohnen ebenfalls in leicht gesalzenem Wasser weich
kochen. ½ l Milch mit 50 g Butter aufkochen. Gemüse
und Kartoffeln mit jeweils 2 EL Kochbrühe dazugeben und
mit Salz, Zucker und Pfeffer abschmecken. Mit gehackter
Petersilie bestreut servieren. Dazu gibt es Katenschinken
oder geräucherten Speck.

*Im Hotel de l'Europe soll der 75. Geburtstag eines
angesehenen Bürgers der Hansestadt gefeiert werden. Der
Jubilar Sigmund Overbek « war ein glühender Lokalpatriot
und Freund der einfachen bürgerlichen Küche. Das Menü
musste also seinem Geschmack entsprechen und gleichzeitig
aufwändig genug sein, um die Gäste gehörig zu
beeindrucken.» Zur großen Zufriedenheit von Küchenchef
Dyckhoff gelingt es Pistoux, französische Haute Cuisine mit
hanseatischer Bodenständigkeit zu vereinen:*

◡⁙ MENU «LE GOÛT D'HAMBURG» ⁙◡

◡⁙ RAHMSUPPE VOM HELGOLÄNDER HUMMER ⁙◡

1 kg Hummerkarkassen klein hacken und zusammen mit
dem Olivenöl in einem Bräter im Ofen anrösten. Lauch,

Sellerie und Schalotten hinzufügen und mitrösten. 100 g Tomatenmark einrühren und kurz mitrösten, dann mit jeweils 65 ml Portwein, Wermut und Cognac ablöschen und alles in einen Topf umfüllen. Mit 1,5 Liter Sahne auffüllen. 1 Lorbeerblatt und 6 weiße Pfefferkörner hinein geben. 1 Stunde köcheln lassen, durch ein feines Sieb oder Tuch passieren und mit Einlagen aus Hummerfleisch oder Seezungenstreifen servieren.

✧ AAL IN GELEE ✧

1 kg grünen Aal enthäuten und in 5 cm lange Stücke schneiden. 250 ml Essig mit 250 ml Wein vermischen und 3 / 4 Liter Wasser dazugeben. Mit 1 Zwiebel, 10 Piment- und 10 weißen Pfefferkörnern, 1 TL Salz und 2 ganzen Karotten aufkochen und 5 Minuten ziehen lassen. Die Aalstücke in den Sud geben und bei geringer Hitze 15 Minuten gar ziehen lassen. Aal herausnehmen und in eine längliche Terrine legen. Die Brühe durch ein Sieb in einen Topf passieren und mit 1 leicht geschlagenen Eiweiß unter Rühren aufkochen. Erneut durch ein Sieb in einen Topf passieren. Die Karotten und 1 hart gekochtes Ei in Scheiben schneiden und auf die Aalstücke legen. 12 Blatt Gelatine einweichen und in der heißen Brühe auflösen, leicht abkühlen lassen und über die Aalstücke gießen. Kühl stellen und nach dem Erstarren in Scheiben schneiden.

✧ SCHOLLE OVERBEK ✧

4 dicke Scheiben Parmaschinken würfeln und in etwas Olivenöl anbraten. Schinkenwürfel herausheben und 2 klein gewürfelte Artischockenböden goldbraun anrösten. 300 g klein geschnittene Morcheln mit anrösten, salzen und

pfeffern. 4 Scheiben Toastbrot ohne Rinde würfeln und in Olivenöl bräunen. Schinken- und Brotwürfel mit Artischocken, Morcheln und 2 EL Crème fraîche vermischen und in 4 im Ganzen filetierte Schollen füllen. Jede Scholle in ein Schweinenetz einschlagen, in Mehl wenden, salzen und in Olivenöl beidseitig 12 Minuten anbraten. 150 g Butter aufschäumen, ½ Bund fein gehackte Petersilie dazugeben und mit Zitronensaft abschmecken. Die Schollen mit der Petersillenbutter beträufeln.

⤳ LOB'S COURSE À LA CRÈME ⤳

Brust und Keulen einer gepökelten und geräucherten Ente enthäuten. Haut in Würfel schneiden und in einer Pfanne auslassen und dabei kross braten. Das Entenfleisch in sehr kleine Würfel schneiden. 4 fein gehackte Schalotten in etwas Entenfett andünsten. Die Fleischwürfel und 4 sehr klein gewürfelte Gewürzgurken dazugeben und anbraten. 1 / 4 l Entenfond mit 100 ml Gewürzgurkensaft und 100 g Tomatenpüree vermischen und ebenfalls dazugeben. Zwei Rote Beete in Essigwasser garen und in dünne Streifen schneiden. Aus 3 EL Rotweinessig, 2 EL Oliven- und 2 EL Walnussöl sowie Salz und Pfeffer eine Vinaigrette rühren, mit den Roten Beeten vermischen und 1 EL fein gehackte Petersilie darüber streuen. 1 kg Kartoffeln kochen und durch eine Kartoffelpresse drücken. Mit etwas Milch, Salz, weißem Pfeffer und Muskat abschmecken und 4 EL geschlagene Sahne unterheben. Das Entenragout auf einen Servierteller geben, mit dem Rote-Beete-Salat dekorieren und mit Kartoffelpüree umkränzen.

⋄ ÀLTLÄNDER ÉRDBEEREN MIT GRÜNEM PFEFFER ⋄

500 g frische Erdbeeren je nach Größe halbieren oder vierteln und mit 2 TL grünen Pfefferkörnern vermischen. In Portionsschälchen aufteilen und mit Crème fraîche dekorieren.

⋄ OCHSENBRATEN CHÂTEAUNEUF ⋄

3 kg Rinderbraten aus der Oberschale mit dicken, in Cognac marinierten Speckstreifen spicken und drei bis fünf Stunden in Rotwein marinieren. In Butter anrösten und zur Hälfte mit Rotwein und Kalbsfond auffüllen. Bei 180 Grad 3 Stunden schmoren. Nach der Hälfte der Garzeit das Fleisch mit 1 kg in Scheiben geschnittenen Zwiebeln und 100 g Reis umgeben und fertig garen. Fleisch herausnehmen und warm halten. Zwiebeln und Reis durch ein Sieb passieren, das Püree mit Salz und Pfeffer abschmecken. Das Fleisch tranchieren, die einzelnen Scheiben mit je 1 EL Zwiebel-Reis-Püree bestreichen und den Braten wieder zusammensetzen. Den Braten mit dem Rest des Pürees bedecken, mit 25 g Semmelbrösel bestreuen und zerlassener Butter beträufeln und gratinieren. Dazu gibt es Vierländer Sommergemüse.

⋄ HOLUNDERBLÜTEN IN WEINTEIG ⋄

Aus 125 g Mehl, 125 ml Wein, 1 Ei, 2 TL Zucker und 1 Prise Salz einen Teig rühren und 15 Minuten quellen lassen. 6 Holunderblütendolden durch den Teig ziehen und in heißem Öl goldbraun ausbacken. Abtropfen lassen und warm servieren.

ROTE GRÜTZE MIT VANILLESAUCE

1 kg Johannisbeeren knapp mit Wasser bedecken, einmal
aufwallen lassen und den Saft durch ein Küchentuch
abtropfen lassen. 125 g Sago und 200 g Zucker mit 1 l Saft
aufkochen, 15 Minuten ziehen lassen, dabei rühren und am
Schluss eine Hand voll Himbeeren und eine Hand voll
Sauerkirschen dazugeben. Erkalten lassen und dabei immer
wieder durchrühren. Für die Vanillesauce 250 ml Milch mit
einer gespaltenen, ausgekratzten Vanilleschote aufkochen
und einige Zeit ziehen lassen. 3 Eigelb und 75 g Zucker
verrühren und die heiße Milch nach und nach zufügen.
Das Eier-Milch-Gemisch erhitzen (nicht kochen) und
unter ständigem Rühren eindicken. Abkühlen lassen und
zusammen mit der Roten Grütze servieren.

«Der Esstisch ist das einzige Schlachtfeld, auf dem die
Hamburger sich auszeichnen und sich als wirkliche Helden
zeigen. Als Auszeichnung müssten sie den Suppenlöffel am
Ordensband und die Gabel im Knopfloch tragen.»
Jacob Gallois